Von Anne McCaffrey erschienen in der Reihe
HEYNE SCIENCE FICTION & FANTASY:

**Der Drachenreiter (von Pern)-Zyklus**

 1. Die Welt der Drachen · 06/3291
 2. Die Suche der Drachen · 06/3330
 3. Drachengesang · 06/3791
 4. Drachensinger · 06/3849
 5. Drachentrommeln · 06/3996
 6. Der weiße Drache · 06/3918
 7. Moreta — Die Drachenherrin von Pern · 06/4196
 8. Nerilkas Abenteuer · 06/4548
 9. Drachendämmerung · 06/4666
10. Die Renegaten von Pern · 06/5007
11. Die Weyr von Pern · 06/5135

**Dinosaurier-Planet-Zyklus**

1. Dinosaurier-Planet · 06/4168
2. Die Überlebenden · 06/4347

Planet der Entscheidung · 06/3314
Ein Raumschiff namens Helva · 06/3354; auch ↗ 06/1008
Die Wiedergeborene · 06/3362
Wilde Talente · 06/4289
Killashandra · 06/4728

Dies ist ein Auszug aus der Heyne-Bibliographie,
**kein Verzeichnis lieferbarer Bücher!**

ANNE McCAFFREY

# DIE WELT DER DRACHEN

*Roman*

**Einmalige Sonderausgabe**

**WILHELM HEYNE VERLAG**
MÜNCHEN

HEYNE SCIENCE FICTION & FANTASY
Band 06/5224

Titel der amerikanischen Originalausgabe
DRAGONFLIGHT
Deutsche Übersetzung von Birgit Reß-Bohusch
Das Umschlagbild malte Segrelles/Norma
Die Illustrationen im Text zeichnete Johann Peterka
Die Karte auf Seite 6/7 zeichneten
Erhard Ringer und Johann Peterka

Dieses Buch erschien ursprünglich
als Heyne Taschenbuch Nummer
06/3291

Redaktion: Wolfgang Jeschke
Copyright © 1968 by Anne McCaffrey
Copyright © 1972 der deutschen Ausgabe und der Übersetzung
by Wilhelm Heyne Verlag GmbH & Co. KG, München
Printed in Germany 1994
Umschlaggestaltung: Atelier Ingrid Schütz, München
Gesamtherstellung: Elsnerdruck, Berlin

ISBN 3-453-07436-X

# TEIL I

*Rührt die Trommeln für den Krieg,*
*Schlagt die Harfe für den Sieg.*
*Feuer, friß dich tief ins Land,*
*Bis der Rote Stern gebannt.*

Lessa fror, als sie erwachte. Es war nicht nur die Kälte der ewig feuchten Steinwände. Sie fror, weil sie eine Gefahr heraufziehen spürte, deutlicher noch als vor zehn Planetendrehungen, da sie sich wimmernd in der stinkenden Hütte des Wachwhers verkrochen hatte.

Starr vor Konzentration lag Lessa im Stroh der muffigen Käsekammer, die sie nachts mit den anderen Küchenmägden teilte. Es war etwas Zwingendes in der düsteren Vorahnung, wie sie es noch nie zuvor empfunden hatte. Sie nahm Verbindung mit dem Wachwher auf. Er machte seine Runden durch den Hof, die Kette so angespannt, daß sie ihm in den Hals schnitt. Er war rastlos, aber er schien nichts Ungewöhnliches in der schwindenden Nacht zu bemerken.

Lessa rollte sich zu einem winzigen Bündel zusammen. Sie preßte die Arme um den Oberkörper, um die verkrampften Schultern zu lockern. Dann, während sie sich entspannte, Muskel um Muskel, Gelenk um Gelenk, versuchte sie zu ertasten, welche subtile Drohung es sein mochte, die sie weckte, aber den überempfindlichen Wachwher unberührt ließ.

Die Gefahr lag bestimmt nicht innerhalb der Mauern von Ruatha. Sie näherte sich auch nicht vom gepflasterten Außenhof, wo die Grashalme unerbittlich durch den bröckeligen Mörtel drängten, grüne Zeugen der Verwahrlosung. Sie kam nicht den wenig benutzten Fußweg vom Tal herauf, und sie lauerte nicht in den Steinhütten der Handwerker am Fuße des Burgberges. Und sie roch nicht nach dem Wind, der von

Tilleks kalten Gestaden herüberwehte. Dennoch durchfuhr sie scharf Lessas Sinne, vibrierte durch jeden Nerv ihres schmalen Körpers. Völlig wachgerüttelt, versuchte sie die Drohung zu identifizieren, bevor ihre Empfänglichkeit verflog. Sie sandte ihre Gedanken bis zum Paß aus, weiter als sie sich je gewagt hatte. Auf Ruatha war die Gefahr nicht — noch nicht. Und sie hatte nichts Vertrautes an sich. Also ging sie nicht von Fax aus.

Insgeheim war Lessa froh darüber, daß Fax sich seit drei vollen Planetendrehungen nicht mehr auf Ruatha gezeigt hatte. Die schlampige Arbeit der Handwerker, die verwahrlosten Gehöfte, ja selbst die bemoosten Steine der Burg versetzten den selbsternannten Herrn des Hochlands so in Zorn, daß er darüber vergaß, weshalb er die einst stolze und reiche Burg erobert hatte.

Getrieben von dem Zwang, die beklemmende Drohung zu erforschen, suchte Lessa im Stroh nach ihren Sandalen. Sie erhob sich, bürstete mechanisch ein paar Strohhalme aus dem verfilzten Haar und schlang es im Nacken zu einem häßlichen Knoten.

Sie stieg über die schlafenden Mägde hinweg, die sich der Kälte wegen dicht zusammendrängten, und huschte die ausgetretenen Stufen zur eigentlichen Küche hinauf. Der Koch und sein Helfer lagen auf dem langen Tisch vor dem Herd, die breiten Rücken dem schwach glimmenden Feuer zugewandt. Sie schnarchten mißtönend. Lessa glitt durch die dunkle Küche auf die Tür zu, die in den Hof vor den Stallungen führte. Sie zwängte sich durch einen schmalen Spalt ins Freie. Das Kopfsteinpflaster unter ihren Sohlen war eiskalt, und sie schauderte, als die Nachtluft ihre geflickten Kleider durchdrang.

Der Wachwher glitt zur Begrüßung herbei. Er bettelte wie immer darum, freigelassen zu werden. Tröstend kraulte sie ihm die spitzen Ohren und versprach ihm, daß sie ihn bei Gelegenheit tüchtig abschrubben würde. Er zerrte wimmernd am Ende der Kette, als sie weiterging und den Wachtturm über dem massiven Burgtor erklomm. Lessa starrte angestrengt nach Osten, wo sich die steinernen Brüste des Passes schwarz gegen das erste Licht der Dämmerung abhoben.

Unentschlossen wandte sie sich nach links, denn die Gefahr

schien auch aus dieser Richtung zu kommen. Ihr Blick wurde von dem Roten Stern angezogen, der seit kurzem den Morgenhimmel beherrschte. Er sandte ein pulsierendes, rubinrotes Licht aus, bis die aufgehende Sonne seinen Glanz verblassen ließ. Bruchstücke von Erzählungen und Balladen über die Erscheinung des Roten Sterns kamen ihr in Erinnerung, zu rasch und zusammenhanglos, um einen Sinn zu ergeben. Darüber hinaus fühlte sie instinktiv, daß die größere Drohung nicht im Nordosten, sondern im Osten lag. Sie sah starr in diese Richtung, als könnte sie durch beschwörende Blicke eine Brücke zu der Gefahr schlagen, die sie spürte. Und dann ließ die warnende Vorahnung sie los. Im gleichen Augenblick hörte sie das dünne Winseln des Wachwhers.

Lessa seufzte. Sie hatte keine Antwort im Morgengrauen gefunden, nur zwiespältige Andeutungen. Sie mußte warten. Sie hatte die Warnung vernommen und akzeptiert. Ans Warten war sie gewöhnt. Hartnäckigkeit, Ausdauer und List waren mit ihre stärksten Waffen. Dazu kam die unerschöpfliche Geduld einer Frau, die ihr Leben lang auf Rache gesonnen hatte.

Frühlicht erhellte die ungepflügten Felder im Tal. Frühlicht fiel auf verkrümmte Obsthaine, in denen vereinzelte Milchkühe nach Gras suchten. Das Gras auf Ruatha wuchs, wo es nicht wachsen sollte, und verdorrte, wo man es angepflanzt hatte. Lessa wußte kaum noch, wie das Ruatha-Tal früher ausgesehen hatte, als es noch Glück und Fruchtbarkeit kannte. Als Fax noch nicht hier herrschte. Ein düsteres Lächeln stahl sich über ihr Gesicht. Fax hatte mit der Eroberung von Ruatha keinen Gewinn erzielt ... und so sollte es bleiben, solange sie, Lessa, lebte. Er ahnte nicht, wer an seinem Verderben arbeitete.

Oder doch? In Lessas Innerm hallte immer noch die Drohung wider, die sie empfangen hatte. Im Westen lag die Stammburg von Fax, sein einziger rechtmäßiger Besitz. Im Nordosten gab es nichts außer nackten, öden Bergen und dem Weyr, der Pern beschützte.

Lessa richtete sich hoch auf und atmete die klare, frische Morgenluft ein.

Ein Hahn krähte vor dem Stall. Lessa wirbelte herum. Mit aufmerksamen Blicken spähte sie im äußeren Burghof umher, ob sie jemand in dieser ungewöhnlichen Pose entdeckt hatte.

Sie löste ihr Haar und ließ die dichten, fettigen Strähnen ins Gesicht fallen. Ihr Körper nahm wieder die gebeugte Haltung an, die sie seit Jahren vortäuschte. Rasch stieg sie in die Tiefe und ging hinüber zum Wachwher. Er winselte mitleiderregend. Seine empfindlichen Augen tränten im wachsenden Tageslicht. Lessa umarmte den schuppigen Kopf des Tieres, ohne auf seinen fauligen Atem zu achten, und strich ihm über die Ohren und Augenwülste. Der Wachwher geriet in Ekstase. Sein langgestreckter Körper zitterte, und die gestutzten Flügel spreizten sich raschelnd. Er allein wußte, wer sie war. Und von allen Geschöpfen auf Pern vertraute sie ihm allein — seit jenem Morgen, als sie vor den Schwertern Zuflucht in seiner Hütte gesucht hatte.

Langsam erhob sie sich und ermahnte ihn, in Gegenwart anderer so zu tun, als hasse er sie wie alle Menschen. Er versprach es, aber sie spürte sein Zögern.

Die ersten Sonnenstrahlen fielen über die äußere Burgmauer, und der Wachwher flüchtete mit einem Aufschrei in sein dunkles Lager. Lessa huschte eilig in die Küche und in die Käsekammer.

*Aus dem Weyr, zutiefst im Fels,*
*Steigen auf die Drachenreiter,*
*Schweben leuchtend über Pern,*
*Sind hier und dort, sind nah und fern.*

F'lar, auf dem breiten Nacken seines Bronzedrachen Mnementh, erschien als erster über dem Stammsitz von Fax, dem sogenannten Herrn des Hochlands. Hinter ihm tauchte in einem präzisen Keil das Geschwader auf. F'lar überprüfte automatisch die Formation; sie hatte sich seit ihrem Eintritt ins *Dazwischen* nicht verändert.

Während Mnementh, um die freundschaftliche Natur des Besuches zu unterstreichen, in einem Bogen auf den Außenbezirk der Burg zusteuerte, betrachtete F'lar mit wachsendem Abscheu den schlechten Zustand der Hügelverteidigungen. Die Feuersteingruben waren leer, und Moos überzog die Felsrinnen.

Gab es in ganz Pern überhaupt noch einen Baron, der den alten Gesetzen gehorchte und jegliches Grün von seinem Besitz verbannte? F'lar preßte die Lippen zu einem dünnen Strich zusammen. Wenn diese Suche und die anschließende Gegenüberstellung vorbei waren, mußte man im Weyr feierlich zu Gericht sitzen und Strafen gegen die Barone aussprechen. Und bei den goldenen Eierschalen der Königin, er wollte persönlich dafür sorgen, daß diese Lethargie ein Ende nahm! Der grüne Schimmer mußte von den Höhen Perns gesengt werden. Auf keinem Burghof sollte mehr Gras wachsen. Auch die Gehöfte würden seine Strenge spüren. Und die Abgaben, die so zögernd und widerwillig in den Drachenweyr flossen, sollten rascher und unter Androhung von Feuersteinbeschuß eingetrieben werden.

Mnementh knurrte zustimmend, als er elegant auf den moosgeränderten Platten des Hofes landete. Der Bronzedrachen rollte die großen Schwingen ein. Eine Fanfare klang im Wachturm auf. F'lar deutete an, daß er absteigen wolle, und Mnementh ging in die Knie. Der Bronzereiter stand neben dem riesigen keilförmigen Kopf seines Drachen und wartete höflich auf die Ankunft des Burgherrn. Seine Blicke schweiften über das Tal, das dunstig in der warmen Frühlingssonne dalag. Er schien die neugierigen Gesichter nicht zu bemerken, die ihn durch Schießscharten und Fensterschlitze beobachteten.

F'lar drehte sich nicht um, als ein Flügelrauschen die Ankunft des Geschwaders verriet. Er wußte jedoch, daß sein Halbbruder, der braune Reiter F'nor, eine Drachenlänge hinter ihm Aufstellung genommen hatte. Aus dem Augenwinkel bemerkte er, wie F'nor mit dem Stiefelabsatz das Gras zertrat, das üppig zwischen den Steinen wuchs.

Ein gedämpfter Befehl erklang innerhalb des Haupthofes, und im nächsten Moment marschierte ein Trupp auf das Tor zu, angeführt von einem plumpen, kaum mittelgroßen Mann.

Mnementh wölbte den Hals weit vor und stützte das Kinn auf den Boden. Seine Augen mit den vielen Facetten waren in F'lars Kopfhöhe. Sie musterten ungeniert die näherkommende Gruppe. Die Drachen konnten nie verstehen, weshalb sie bei normalen Menschen eine so abgrundtiefe Furcht auslösten. Nur ein einziges Mal in seinem Leben würde ein Drache Menschen angreifen, und auch das geschah aus Unwissenheit. F'lar konnte Mnementh nicht erklären, daß es notwendig war, den Bauern, Handwerkern und Baronen Furcht einzuflößen. Was ihn selbst betraf, so mußte er sich eingestehen, daß ihm die Angst und Besorgnis in den Mienen der anderen Menschen ein gewisses Vergnügen bereitete.

»Willkommen, Bronzereiter, auf der Burg von Fax, dem Herrn des Hochlands. Er steht Euch zu Diensten.«

Ein Pedant konnte in der Verwendung der dritten Person eine versteckte Beleidigung sehen. F'lar überhörte sie, aber sie paßte zu den Informationen, die er über Fax erhalten hatte. Auch die Behauptung, daß Fax ein gieriger Mann war, schien zu stimmen. Seine unruhigen Augen nahmen jede Einzelheit von F'lars Kleidung auf, und er zog die Stirn kraus, als er den kostbar ziselierten Schwertgriff bemerkte.

F'lar hingegen fielen die protzigen Ringe an der linken Hand des Burgherrn auf. Die Rechte hatte er nach Art eines echten Schwertkämpfers leicht angewinkelt. Seine Kleidung verriet Reichtum, aber sie war fleckig und ungepflegt. Er stand mit gespreizten Beinen da, das Gewicht auf die Zehenspitzen verlagert. Ein Mann, den man vorsichtig behandeln mußte, dachte F'lar. Dafür sprach schon die Tatsache, daß er fünf umliegende Burgen erobert hatte. Die sechste war ihm durch Heirat zugefallen, und eine siebente hatte er unter mysteriösen Umständen geerbt. Es hieß auch, daß er ein lüsterner Mensch war. F'lar erwartete, daß er in den sieben Burgen von Fax gutes Material für seine Suche entdecken würde. Sollte R'gul ruhig nach Süden gehen, um unter den trägen, wenn auch hübschen Frauen seine Wahl zu treffen. Der Weyr brauchte diesmal eine starke Herrin; Jora hatte bei Nemorth völlig versagt. Feindschaft, Unsicherheit – das waren die Voraussetzungen für die Entwicklung von Charaktereigenschaften, die eine Weyrherrin besitzen mußte.

»Wir sind auf der Suche«, erklärte F'lar lässig, »und erbitten Ihre Gastfreundschaft, Baron Fax.«

Fax' Augen weiteten sich ein wenig, als F'lar von der Suche sprach.

»Ich hörte von Joras Tod«, erwiderte er, ohne zur dritten Person zurückzukehren. Offenbar hatte F'lar eine Art Test bestanden, als er die Kränkung überhörte. »Nemorth hat also ein

Königinnen-Ei gelegt, hm?« fuhr er fort. Seine Blicke huschten über das Geschwader, notierten die disziplinierte Haltung der Reiter und die gesunde Farbe der Drachen.

F'lar gab keine Antwort. Sie war offensichtlich.

»Nun, Mylord ...« Fax zögerte und hielt erwartungsvoll den Kopf schräg.

Einen Herzschlag lang überlegte F'lar, ob der Mann ihn absichtlich herausforderte. Der Name der Bronzereiter war im allgemeinen in Pern ebenso bekannt wie der Name der Drachenkönigin und ihrer Betreuerin, der Weyrherrin. F'lars Miene blieb unbewegt, aber er ließ die Augen nicht von Fax.

Gemächlich, mit einer wohldosierten Spur von Arroganz, trat F'nor näher. Er blieb bei Mnementh stehen, und einen Moment lang ruhte seine Hand auf den mächtigen Kieferknochen des Drachen.

»Lord F'lar, der Bronzereiter von Mnementh, benötigt nur für sich Quartier. Ich F'nor, ziehe es vor, beim Geschwader untergebracht zu werden. Wir sind insgesamt zwölf.«

Es gefiel F'lar, wie F'nor mit dem Burgherrn umsprang. Er deutete praktisch an, daß Fax nicht selbst zählen könne. Aber dabei formulierte er seine Worte so geschickt, daß Fax keine Möglichkeit zum Protest hatte.

Fax setzte ein starres Lächeln auf. »Lord F'lar, das Hochland fühlt sich durch die Suche geehrt.«

»Es würde dem Hochland Ansehen bringen, wenn eine seiner Frauen die Eignung besäße«, erwiderte F'lar glatt.

»Immerwährendes Ansehen«, sagte Fax ebenso höflich. »In früheren Zeiten kamen viele berühmte Weyrherrinnen aus meinen Burgen.«

»Aus Ihren Burgen?« wiederholte F'lar lächelnd. Er betonte den Plural. »Ach ja, Sie sind jetzt Herrscher von Ruatha, nicht wahr? Von dort kam gutes Material.«

Ein merkwürdig lauernder Ausdruck huschte über das Gesicht des Burgherrn, doch gleich darauf lächelte er freundlich. Er trat zur Seite und winkte F'lar in den Burghof.

Der Anführer seiner Truppe gab einen hastigen Befehl, und die Männer stellten sich in zwei Reihen auf. Die Metallabsätze ihrer Stiefel dröhnten auf den Pflastersteinen.

Auf einen unausgesprochenen Befehl hin erhoben sich die

Drachen. Sie wirbelten Staubwolken auf. F'lar schritt lässig das Ehrenspalier ab. Die Männer rollten ängstlich die Augen, als die Drachen auf die Innenhöfe zuflogen. Jemand auf dem Wachtturm stieß einen Entsetzensschrei aus, als Mnementh diesen Aussichtspunkt für sich in Anspruch nahm. Seine breiten Schwingen peitschten durch die Luft, und Phosphordämpfe zogen über die Burg hinweg.

Obwohl F'lar äußerlich nicht zu bemerken schien, daß die Drachen Bestürzung und Angst auslösten, freute er sich insgeheim doch über ihre Wirkung. Man mußte den Burgherren gelegentlich in Erinnerung rufen, daß sie es nicht nur mit gewöhnlichen Sterblichen zu tun hatten. Der frühere Respekt für Drachenreiter und Drachen durfte nicht in Vergessenheit geraten.

»Wir hatten uns eben von der Tafel erhoben, Lord F'lar. Wenn ...« Fax sprach den Satz nicht zu Ende, da F'lar lächelnd abwinkte.

»Ich bitte, der Dame des Hauses meine Aufwartung machen zu dürfen«, erklärte F'lar. Er bemerkte mit innerer Befriedigung, wie Fax einen Moment lang die Lippen zusammenpreßte.

F'lar amüsierte sich ungemein. Er hatte bisher noch keine Suche mitgemacht, aber er wußte aus Archivberichten, daß es versteckte Mittel gab, um die Barone in Verlegenheit zu bringen, die ihre Frauen bei Ankunft der Drachenreiter verbargen. Falls Fax sich weigern sollte, F'lars Wunsch zu erfüllen, kam dies einer schweren Kränkung gleich, die geahndet werden mußte.

»Möchten Sie nicht zuerst Ihr Quartier sehen?« entgegnete Fax.

F'lar schnippte ein unsichtbares Stäubchen von seinem weichen Wherleder-Handschuh und schüttelte den Kopf.

»Zuerst die Pflicht«, sagte er mit einem leichten Achselzucken.

»Natürlich«, erwiderte Fax. Er beherrschte sich nur mühsam. Mit langen Schritten stapfte er über den Hof.

F'lar und F'nor folgten langsamer. Sie traten durch das metallbeschlagene Portal und gingen weiter in den Großen Saal, der direkt in den Fels gehauen war. Nervöse Dienerinnen räumten den hufeisenförmigen Tisch ab. Der Anblick der beiden Drachenreiter brachte sie vollends aus der Fassung. Einige ließen sogar das Geschirr fallen.

Fax hatte bereits das andere Ende des Saales erreicht und wartete ungeduldig an der offenen Felsnische, dem einzigen Zugang zur inneren Burg, die in Zeiten der Gefahr allen Bewohnern der Umgebung Schutz bot.

»Schlecht lebt man hier nicht«, stellte F'nor beiläufig fest, als sie am Tisch vorbeikamen.

»Besser jedenfalls als im Weyr«, erwiderte F'lar trocken. Er sah zwei Mägden nach, die unter dem Gewicht eines halb verzehrten Lamms hinauswankten.

»Jung und zart«, meinte F'nor mit einem Anflug von Bitterkeit. »Während wir uns mit flachsigem alten Viehzeug begnügen müssen.«

F'lar nickte.

»Sie sind vom Glück begünstigt«, sagte er liebenswürdig, als sie Fax erreichten. Da der Mann deutlich seine Ungeduld zeigte, drehte F'lar sich noch einmal um und betrachtete den bannergeschmückten Saal. Er zeigte F'nor die tief in den Stein gehauenen Fensterschlitze und die Bronzeläden, die jetzt offenstanden, um die Mittagssonne hereinzulassen. »Nach Osten gewandt, wie es sein soll. Ich höre, daß der neue Saal von Telgar nach Süden ausgerichtet ist. Halten Sie sich eigentlich noch an die alten Bräuche, Baron Fax? Stellen Sie im Morgengrauen eine Wache auf?«

Fax runzelte die Stirn. Er bemühte sich, die tiefere Bedeutung von F'lars Worten zu erkennen.

»Der Wehrgang ist immer besetzt.«

»Nach Osten hin?«

Fax warf einen Blick auf die Fenster, sah von F'lar zu F'nor und wieder auf die Fenster.

»Nach allen Zugängen hin«, sagte er scharf.

»Oh, nur nach den Zugängen hin.« F'lar nickte F'nor bedeutungsvoll zu.

»Wo sonst?« fragte Fax besorgt und betrachtete die beiden Drachenreiter.

»Ich werde diese Frage an Ihren Harfner weitergeben. Sie haben doch einen ausgebildeten Harfner auf Ihrer Burg?«

»Natürlich. Ich besitze mehrere ausgebildete Harfner.« Fax richtete sich stolz auf.

F'lar tat, als verstünde er nicht.

»Baron Fax ist Herr über sechs weitere Burgen«, erinnerte F'nor seinen Geschwaderführer.

»Natürlich«, sagte F'lar im gleichen Tonfall wie kurz zuvor Fax.

Die Nachahmung entging Fax nicht, aber da er eine harmlose Zustimmung unmöglich als bewußte Kränkung auslegen konnte, schwieg er. Er führte die Drachenreiter durch schwach erhellte Korridore.

»Es ist erfreulich, daß wenigstens noch manche Burgherren die alten Regeln befolgen«, sagte F'lar anerkennend zu F'nor, als sie ins Burginnere vordrangen. »Viele haben die Sicherheit der Felsen verlassen und ihre Außenbezirke gefährlich vergrößert. Ich kann diesen Leichtsinn nicht billigen.«

Fax hatte seine Schritte verlangsamt. »Der Leichtsinn der einen ist der Nutzen der anderen«, meinte er verächtlich.

»Nutzen?«

»Mit gut ausgebildeten Truppen, überlegter Strategie und einem klugen Führer läßt sich jeder Außenbezirk erobern, Bronzereiter.«

Der Mann war kein Schwätzer. Selbst jetzt, da alles friedlich war, stellte er nachts Wachen auf. Allerdings tat er es nicht aus Respekt vor den alten Bräuchen, sondern aus Vorsicht. Und er hielt Harfner nicht der Tradition wegen, sondern um seinen Reichtum zur Schau zu stellen. Die Feuersteingruben hingegen waren leer, und er ließ Gras wachsen. Er empfing Drachenreiter mit einem Minimum an Höflichkeit und brachte sogar versteckte Beleidigungen an. Ein Mann, vor dem man sich in acht nehmen mußte.

Die Frauengemächer befanden sich nicht, wie üblich, zutiefst im Fels, sondern an der Bergflanke. Sonnenlicht strömte durch drei vergitterte, tief in den Felsen gehauene Fensterschlitze. Gobelins hingen an den Wänden. Zu beiden Seiten des Hauptraumes führten Türen in kleinere Schlafnischen, und von dort tauchten zögernd die Frauen des Burghaushalts auf. Fax deutete unwirsch auf eine hochschwangere Frau in einem blauen Gewand. Weiße Strähnen durchzogen ihr Haar, und in ihr Gesicht waren tiefe Linien der Enttäuschung und Bitterkeit eingegraben. Sie kam schwerfällig näher und blieb in einiger Entfernung von ihrem Gemahl stehen. Aus ihrer Haltung schloß F'lar, daß sie Fax so weit wie möglich aus dem Wege ging.

»Die Herrin von Crom, Mutter meiner Erben«, sagte Fax ohne Stolz und ohne jede Herzlichkeit.

»Mylady ...« F'lar zögerte, da Fax ihren Namen nicht genannt hatte.

Sie warf ihrem Gatten einen argwöhnischen Blick zu.

»Gemma«, sagte Fax scharf.

F'lar verbeugte sich tief. »Mylady Gemma, der Weyr ist auf der Suche und erbittet die Gastfreundschaft dieser Burg.«

»Mylord F'lar, Sie sind herzlichst willkommen.«

F'lar entging weder die Betonung des Adverbs noch die Tatsache, daß Gemma sofort seinen Namen gewußt hatte. Sein Lächeln war freundlicher, als es die Höflichkeit verlangte. Er empfand Mitleid für sie. Die Zahl der Frauen in diesem Haushalt ließ darauf schließen, daß Fax auch hier seiner Gier freien Lauf ließ.

Fax murmelte die Namen der übrigen Frauen, bis er merkte, daß er damit nichts erreichte. F'lar bat höflich um eine Wiederholung, wenn er den Namen nicht verstanden hatte. F'nor lehnte lässig an der Tür. Er merkte sich genau, welche Frauen Fax nur ungern vorstellte, um seine Beobachtungen später F'lar mitzuteilen. Allerdings sah es nicht so aus, als würde die Suche hier zum Erfolg führen. Fax liebte kleine, plumpe Frauen. Und sie besaßen keinen eigenen Willen. Wenn sie je über Unabhängigkeit verfügt hatten, so war diese sicher brutal unterdrückt worden. Fax hatte offensichtlich nichts für Zärtlichkeit übrig. Er war ein Zuchtbulle, kein Liebhaber. Einige der Mädchen waren den ganzen Winter über nicht mit Wasser in Berührung gekommen, und alle rochen nach ranziger Pomade. Lediglich Lady Gemma stellte eine Ausnahme dar, aber sie kam für die Suche nicht mehr in Frage. Sie war zu alt.

Gleich nach der Vorstellung führte Fax seine ungebetenen Gäste wieder hinaus. F'nor begab sich zum Geschwader, und der Burgherr führte den Bronzereiter zu dem Quartier, das man ihm zugewiesen hatte.

Der Raum befand sich tiefer als die Frauengemächer. Er war durchaus standesgemäß für den hohen Besucher. Gobelins in kräftigen Farben zeigten Szenen aus der Geschichte Perns –

blutige Schlachten, Schwertduelle, Drachen im Fluge und Hänge, auf denen Feuerstein brannte.

»Ein hübsches Zimmer«, meinte F'lar anerkennend. Er warf lässig die Handschuhe und den Wherlederumhang auf den Tisch. »Ich werde nach meinen Leuten und den Tieren sehen. Die Drachen wurden noch vor dem Abflug versorgt.« Er deutete damit an, daß Fax vergessen hatte, sich danach zu erkundigen. »Ich bitte darum, auch die Handwerker besuchen zu dürfen.«

Fax nickte säuerlich. Es handelte sich um ein altes Privileg der Drachenreiter, und er konnte die Bitte nicht abschlagen.

»Ich will Sie nicht weiter bei der Arbeit stören, Baron Fax. Sicher haben Sie viel zu tun, wenn Sie sieben Burgen verwalten.« F'lar verbeugte sich leicht und drehte sich um. Er konnte sich den wütenden Gesichtsausdruck seines Gastgebers vorstellen. Nachdem die schweren Schritte von Fax im Korridor verklungen waren, ging F'lar zurück in den Großen Saal.

Die Mägde waren eben damit beschäftigt, zusätzliche Tische hereinzuschleppen. Sie hielten in ihrer Arbeit inne und starrten den Drachenreiter an. Er nickte ihnen freundlich zu. Keine von ihnen hatte das Zeug zur Betreuerin der Drachenkönigin. Sie waren überarbeitet, unterernährt, von Krankheiten und Peitschenhieben gezeichnet – geknechtete Kreaturen, die bis zu ihrem Tode weiterrackern mußten.

F'nor und seine Leute hatten in einem hastig freigeräumten Gesindebau Quartier bezogen. Die Drachen lagerten bequem auf den Felsen über der Burg. Sie hatten sich so verteilt, daß sie jeden Winkel des breiten Tales überwachen konnten. Alle waren vor dem Flug gefüttert worden. Bei einer Suche gingen die Drachenreiter kein Risiko ein.

Die Männer erhoben sich, als F'lar eintrat.

»Ihr könnt euch bis Sonnenuntergang umsehen«, meinte er lakonisch. »Laßt euch die Namen und die Gildezugehörigkeit aller Mädchen geben, die geeignet erscheinen.« Er bemerkte F'nors Grinsen und wußte, daß sein Halbbruder an die Frauen dachte, die Fax nur widerwillig vorgestellt hatte.

Die Männer nickten eifrig. Sie waren immer noch fest davon überzeugt, daß die Suche erfolgreich verlaufen würde. F'lar hingegen hegte seine Zweifel, jetzt, da er den Burghaushalt gesehen hatte. Aller Logik nach befanden sich die schönsten und klügsten Frauen auf dem Stammsitz von Fax, aber keine einzige hatte den Anforderungen entsprochen. Gewiß, es gab Handwerkersiedlungen in der Nähe, und da waren noch die sechs anderen Burgen, aber ...

F'lar und F'nor verließen gemeinsam das Quartier. Die übrigen Reiter würden ihnen unauffällig folgen, einzeln oder zu zweien, und Umschau auf den nähergelegenen Höfen und bei den Handwerkern halten. Die Männer freuten sich ebenso über die Abwechslung wie F'lar. In früheren Zeiten waren Drachenreiter häufige und gern gesehene Gäste auf allen Burgen von Pern gewesen. Aber diese Sitte war mit vielen anderen in Vergessenheit geraten, und heutzutage betrachtete man den Weyr sogar mit einer gewissen Verachtung. F'lar hatte sich geschworen, das zu ändern.

Der Verfall war langsam und beinahe unmerklich gekommen. Die Aufzeichnungen, die seit zweihundert Planetendrehungen von der jeweiligen Weyrherrin weitergeführt wurden, zeugten von einer allmählichen, aber stetigen Verschlechterung. Doch das Wissen allein half in dieser Situation nicht weiter. F'lar gehörte zu den wenigen im Weyr, die neben den Aufzeichnungen auch die alten Balladen studierten. Und diese Erzählungen deuteten darauf hin, daß sich die Lage in Kürze drastisch ändern würde.

F'lar spürte, daß jedes Weyr-Gesetz seinen Grund hatte, von der Ersten Gegenüberstellung bis zu den Feuersteinen, von den grasfreien Höhen bis zu den Rinnen, die entlang der Bergkämme verliefen. Selbst Kleinigkeiten wie die Nahrungsmenge der Drachen oder die beschränkte Bewohnerzahl in einem Weyr schienen wichtig zu sein. Allerdings verstand F'lar nicht, weshalb die übrigen fünf Weyrs verlassen waren. Ihm fiel ein, daß man vielleicht einmal nach Aufzeichnungen in den leerstehenden Räumen suchen konnte. Im Benden-Weyr gab es jedenfalls keine Erklärung für dieses Phänomen.

»Die Leute sind fleißig, aber lustlos«, sagte F'nor. Er brachte F'lar zurück in die Gegenwart.

Sie waren über eine steile Rampe nach unten gestiegen. Einfache Hütten säumten den Weg. F'lar bemerkte das Moos auf den Dächern und die Kletterpflanzen, die sich um das Mauerwerk rankten. Die Erkenntnis, daß selbst die primitivsten

Vorsichtsmaßnahmen außer acht gelassen wurden, berührte ihn schmerzhaft.

»Unsere Ankunft hat sich schnell herumgesprochen.« F'nor lachte vor sich hin und nickte einem Bäcker zu, der mit einem leisen Gruß an ihnen vorübereilte. »Nirgends sind Frauen zu sehen.«

Seine Beobachtung stimmte. Zu dieser Tageszeit hätte man normalerweise überall Frauen antreffen müssen – in den Läden, am Waschplatz oder in den Gärten.

»Früher war es eine Ehre, von Drachenreitern auserwählt zu werden«, stellte F'nor sarkastisch fest.

»Wir suchen zuerst die Tuchweber auf. Wenn mein Gedächtnis mich nicht im Stich läßt ...«

»Es läßt dich nie im Stich«, warf F'nor trocken ein. Er nützte ihre Blutsverwandschaft nicht aus, aber er hatte ein herzlicheres Verhältnis zu dem Bronzereiter als die anderen Männer im Weyr. F'lar war ein zurückhaltender Mensch, selbst in der kleinen Gemeinschaft, in der enge Bindungen herrschten. Er achtete bei seinem Geschwader auf strenge Disziplin, aber die Drachenreiter dienten gern unter ihm. Seine Gruppe siegte immer bei den Kampfspielen. Nie verschwand jemand im *Dazwischen*, und nie erkrankte ein Drache seines Geschwaders, so daß der zugehörige Reiter aus dem Weyr verstoßen werden mußte.

»L'tol ließ sich hier in der Nähe nieder«, fuhr F'lar fort.

»L'tol?«

»Ja. Ein grüner Reiter aus S'lels Geschwader. Du erinnerst dich sicherlich an ihn.«

Ein falsch berechneter Bogen während der Frühlingsspiele hatte L'tol und sein Tier genau in den Phosphorstrahl von S'lels Bronzedrachen Tuenth gebracht. Der Reiter war von einem anderen Tier aufgefangen worden, aber sein Drache hatte die Vergiftung nicht überlebt.

»L'tol könnte uns bei der Suche nützlich sein«, meinte F'nor zustimmend, als sie auf die Bronzetore des Tuchweberhauses zugingen. Sie blieben an der Schwelle stehen und warteten, bis sich ihre Augen an den schwachen Glanz gewöhnt hatten, der aus Nischen und Seitenschiffen drang. Plötzlich stand jemand neben ihnen und bat sie mitzukommen. Sie wurden in ein kleines Büro geführt, das durch einen Vorhang vom Hauptsaal getrennt war.

Ihr Führer drehte sich um. Im Schein der Wandleuchten sahen sie, daß er ein Drachenreiter war. Aber tiefe Falten zerfurchten sein Gesicht, und in seinen Augen brannte Sehnsucht. Er blinzelte unaufhörlich.

»Ich bin jetzt Lytol«, sagte er mit harter Stimme.

F'lar nickte.

»Sie müssen F'lar sein«, fuhr Lytol fort, »und Sie F'nor. Sie haben beide Ähnlichkeit mit Ihrem Vater.«

Wieder nickte F'lar.

Lytol schluckte und sein Gesicht verzerrte sich. Die Gegenwart der Drachenreiter hatte ihn daran erinnert, daß er im Exil lebte. Er versuchte zu lächeln.

»Drachen am Himmel! Die Nachricht hat sich mit der Schnelligkeit von Silberfäden verbreitet.«

»Nemorth hat ein Königinnenei gelegt.«

»Und Jora ist tot?« fragte Lytol besorgt. Einen Moment lang war sein Gesicht ruhig. »Ihr Partner war Hath?«

F'lar nickte.

Lytol schnitt eine bittere Grimasse. »Also wieder R'gul, was?« Er starrte ins Leere, und seine Wangenmuskeln zuckten. »Ihr übernehmt das Hochland? Alle Burgen?« Lytol legte eine sonderbare Betonung in das Wort »alle«.

F'lar nickte zustimmend.

»Ihr habt die Frauen gesehen.« Lytols Verachtung war unverkennbar. »Nun, es gibt nirgends im Hochland andere.« Er ließ sich an einem ausladenden Tisch nieder, der in der Ecke des Raumes stand. Seine Hände umkrampften den Gürtel.

»Man möchte beinahe das Gegenteil annehmen, nicht wahr?« fuhr Lytol fort. Er redete zuviel und zu schnell. Bei einem anderen Mann wäre es beleidigend, unhöflich gewesen. Aber sie wußten, wie sehr er unter der Einsamkeit des Exils litt. Lytol stellte oberflächliche Fragen, die er selbst beantwortete. Er hatte Angst davor, daß die Drachenreiter Themen anschneiden könnten, die zu schmerzhaft für ihn waren. Dennoch lieferte er den Männern genau die Informationen, die sie brauchten. »Aber Fax mag es, wenn seine Frauen fett und gehorsam sind«, sagte er. »Selbst Lady Gemma mußte das erfahren. Er hätte sie längst umgebracht, wenn er nicht auf die Unterstützung ihrer Familie angewiesen wäre. Ah, er hätte sie umgebracht. So zeugt er ein Kind nach dem anderen und hofft, daß sie eines Tages bei einer Geburt stirbt. Und das wird er erreichen, das wird er!«

Lytol lachte rauh.

»Als Fax an die Macht kam, schickte jeder kluge Mann seine Töchter fort von hier oder brandmarkte sie für immer.« In seinen Augen blitzte der Haß. »Ich war ein Narr. Ich dachte, meine Stellung würde mir Immunität verschaffen.«

Lytol zog sich hoch und trat dicht vor die beiden Drachenreiter. Sein Gesichtsausdruck war beschwörend, seine Stimme klang eindringlich.

»Drachenreiter, ihr müßt diesen Tyrannen töten. Es geht um die Sicherheit von Pern. Um das Geschick des Weyrs. Um die Königin. Er wartet nicht mehr lange. Er sät Unzufriedenheit unter den anderen Baronen. Er glaubt, er sei ebenso stark wie ein Drachenreiter.« Lytol lachte hysterisch.

»Dann gibt es hier also keine Anwärterinnen?« frage F'lar scharf.

Lytol starrte den Bronzereiter einen Moment lang an. »Sagte ich das nicht? Die besten Mädchen starben unter Fax oder wurden weggeschickt. Was übrigbleibt, ist nichts, nichts. Dumm, schwach, hohl, eitel. Wozu das führt, haben wir bei Jora gesehen. Sie ...« Er biß sich auf die Lippen. Verzweifelt versuchte er seine Gesichtsmuskeln zu beherrschen.

»Und die anderen Burgen?«

Lytol schüttelte düster den Kopf. »Das gleiche. Tot oder geflohen.«

»Was ist mit Ruatha?«

Lytol warf F'lar einen lauernden Blick zu. Dann lachte er hart.

»Glaubt ihr, daß sich heutzutage eine Torene oder Moreta auf Ruatha verbirgt? Nein, Bronzereiter, das Ruatha-Blut ist ausgestorben. Fax hat ganze Arbeit geleistet. Er kennt die Lieder der Harfner, in denen die Überlegenheit der Ruatha gepriesen wird. Er wußte auch, daß auf Ruatha die Drachenreiter immer willkommen waren.« Lytols Stimme sank zu einem vertraulichen Flüstern. »Es heißt, daß sogar Drachenreiter zu den Vorfahren der Ruatha gehörten – Männer, die im Exil lebten wie ich.«

F'lar nickte ernsthaft. Er gönnte Lytol diesen kleinen Triumph.

»Jetzt ist das Ruatha-Tal nur noch ein Schatten, verglichen mit früher.« Lytol lachte vor sich hin. »Fax hat nichts als Schwierigkeiten mit der Burg.« Einen Moment lang glättete sich seine Miene. »Die besten Tuchweber von ganz Pern arbeiten jetzt hier. Und unsere Schmiede liefern großartig gehärtete Waffen.« In seinem Blick drückte sich Stolz aus. »Aber die Leute, die Fax von Ruatha hierherholte, starben durch Unfälle oder seltsame Krankheiten. Und die Mädchen ...« Sein Lachen nahm einen boshaften Klang an. »Es ging das Gerücht um, daß er monatelang impotent war, wenn er ein Mädchen von Ruatha genommen hatte.«

F'lar kam ein sonderbarer Gedanke. »Ist wirklich kein Ruatha-Abkömmling mehr am Leben?«

»Nein!«

»Auch sonst gibt es keine Familien, die Weyr-Blut in sich haben?«

Lytol runzelte die Stirn und sah F'lar überrascht an. Er rieb nachdenklich über eine Narbe.

»Es gab einige«, meinte er langsam. »Einige. Aber ich glaube nicht, daß sie noch leben.« Er schüttelte den Kopf. »Fax kannte damals keine Gnade. Er metzelte alles nieder, auch Frauen und Kinder. Jeder, der auf Ruathas Seite gestanden hatte, wurde eingesperrt oder hingerichtet.«

F'lar zuckte mit den Schultern. Es war nur ein Gedanke gewesen. Zweifellos hatte Fax brutal jeglichen Widerstand gebrochen. Das erklärte auch, weshalb Ruatha keine guten Handwerksprodukte mehr lieferte. Früher einmal waren die Tuchweber von Ruatha berühmt gewesen.

»Es tut mir leid, daß ich keine günstigeren Nachrichten habe«, murmelte Lytol.

»Schon gut.« F'lar hob die Hand, um den Vorhang zu öffnen.

Lytol stand mit ein paar raschen Schritten neben ihm und sagte drängend: »Vergeßt meine Warnung nicht! Fax ist ehrgeizig! R'gul, oder wer der nächste Weyrherr sein mag, soll das Hochland überwachen lassen!«

»Weiß Fax, auf wessen Seite du stehst?«

Wieder huschte ein Ausdruck schmerzlicher Sehnsucht über Lytols Züge. Er schluckte. Als er dann endlich sprach, war seine Stimme ausdruckslos.

»Der Herr des Hochlands benötigt keinen Grund, wenn er jemanden beseitigen will. Aber meine Gilde schützt mich. Er ist auf unsere Produkte angewiesen.« Er lachte spöttisch. »Keiner webt Kampfszenen besser als ich. Allerdings fehlten seit einiger Zeit die Drachen als Kampfgefährten der Helden.« Er zog eine Augenbraue hoch. »Ihr habt vermutlich bemerkt, daß auf den Steinen Gras wächst?«

F'lars Miene verdüsterte sich. »Wir haben mehr als das bemerkt. Aber an andere Traditionen hält sich Fax ...«

Lytol winkte ab. »Nur wenn es sich um militärische Überlegungen handelt. Seine Nachbarn rüsteten sich mit Waffen aus, nachdem er Ruatha überfiel. Wohlgemerkt, es war ein heimtückischer Angriff. Und noch eines ...« Lytol deutete zur Burg hinüber. »Er spottet offen über die Erzählungen der Harfner. Er glaubt nicht an die Silberfäden, und er hat die Drachenballaden von seinem Hof verbannt. Die neue Generation kennt ihre Pflichten nicht mehr. Sie hat keine Ahnung von der Tradition.«

Lytols Enthüllung überraschte F'lar nicht, aber sie beunruhigte ihn mehr als alles andere. Es gab heutzutage viele Menschen, die das historische Geschehen als Geschwätz der Harfner abtaten. Und doch pulsierte der Rote Stern am Himmel. Die Zeit würde kommen, in der sie ihre Untertanenpflicht genauer nahmen – aus nackter Furcht vor dem Tode.

»Hast du in letzter Zeit den Morgenhimmel betrachtet?« fragte F'nor.

»O ja«, flüsterte Lytol erstickt. »O ja ...« Stöhnend wandte er sich von den Drachenreitern ab. »Geht«, sagte er. Und als sie zögerten, wiederholte er noch einmal bittend: »*Geht!*«

F'lar verließ rasch den Raum, gefolgt von F'nor. Der Bronzereiter durchquerte den Saal mit langen Schritten und trat ins grelle Sonnenlicht hinaus. Er blieb so abrupt stehen, daß F'nor gegen ihn stieß.

»Wir werden in den anderen Gildehäusern ebenso lange bleiben«, erklärte er, ohne F'nor anzusehen. Seine Kehle war wie zugeschnürt, und er schluckte mehrmals.

»Ein Leben ohne Drachen ...«, sagte F'nor leise. Die Begegnung mit Lytol hatte ihn aufgewühlt. Auch F'lar war zutiefst betroffen, selbst wenn er es zu verbergen suchte.

»Sobald die Gegenüberstellung stattgefunden hat, gibt es kein Zurück mehr«, stieß F'lar schließlich hervor. »Du weißt das.« Er ging auf das Gildehaus der Sattler zu.

> *Lob gebührt dem Drachenreiter,*
> *Zollt es ihm durch Wort und Tat,*
> *Seine starken Hände greifen*
> *Lenkend in das Schicksalsrad.*
>
> *Drachenreiter, Maß laß walten,*
> *Machtgier bringt den Untergang.*
> *Achte das Gesetz der Alten,*
> *Soll der Weyr fortbesteh'n.*

F'lar befand sich nun bereits den vierten Tag bei Fax, und nur seiner starken Selbstbeherrschung war es zu verdanken, daß es nicht zu offener Zwietracht kam.

Während Mnementh gemächlich auf den Paß von Ruatha zuglitt, überlegte F'lar, welch ein Glück es war, daß er und nicht R'gul das Hochland gewählt hatte. Bei R'gul, dem die Ehre über alles ging, hätte Fax mit seiner Taktik Erfolg gehabt; ebenso bei S'lan oder D'nol, die noch zu jung waren, um Geduld oder Zurückhaltung zu üben. S'lel hätte sich verwirrt zurückgezogen – eine Handlungsweise, die ebenso verhängnisvoll sein konnte wie der Kampf selbst.

Er hätte die Symptome längst miteinander in Verbindung bringen sollen. Man konnte nicht nur die Barone für den Verfall des Weyrs verantwortlich machen. Schwache Königinnen und unfähige Weyrherrinnen trugen ebenso die Schuld daran. Zudem beharrte R'gul unverständlicherweise darauf, die Barone nicht zu »belästigen«. Er zwang die Drachenreiter, im Weyr zu bleiben. Und er legte zuviel Wert auf die Kampfspiele, so daß der Wettbewerb zwischen den einzelnen Geschwadern zur Hauptbeschäftigung innerhalb des Weyrs geworden war.

Das Gras war nicht über Nacht aus dem Boden geschossen, und die Barone hatten nicht urplötzlich beschlossen, keine Abgaben mehr zu entrichten. Das hatte sich nach und nach entwickelt, und im Weyr hatte man nichts dagegen unternommen, so daß die Tradition immer mehr verblaßte. Und nun war man an einem Punkt angelangt, wo ein Emporkömmling, der Erbe einer unbedeutenden Nebenlinie, verächtlich auf die Drachenreiter herabsehen konnte.

F'lar bezweifelte, daß Fax die umliegenden Burgen unterdrückt hätte, wenn der Weyr noch so stark wie früher gewesen wäre. Jede Burg brauchte ihren Herrn, der sie und die umliegenden Siedlungen vor den Silberfäden beschützte. Wie sollte ein Mann für sieben Burgen sorgen? Keiner der früheren Weyrherren hätte eine so krasse Mißachtung der alten Sitten ungestraft gelassen.

F'lar sah die Flammenzungen auf den kahlen Hängen des Passes, und Mnementh stieg gehorsam höher, um seinem Reiter einen besseren Rundblick zu gewähren. F'lar hatte das halbe Geschwader vorausgeschickt. Es war eine gute Übung für die Leute, unregelmäßiges Terrain zu überfliegen. Er hatte kleine Portionen Feuerstein mit der Anweisung ausgegeben, jede Spur von Grün zu beseitigen. Diese Übung sollte Fax und seinen Leuten in Erinnerung rufen, welche außergewöhnlichen Fähigkeiten die Drachen besaßen. Das Volk von Pern schien sie völlig vergessen zu haben.

Die feurigen Phosphorwolken, welche die Drachen ausstießen, verrieten ihre strenge Flugformation. R'gul mochte sich gegen die Notwendigkeit dieser Feuerstein-Übungen wehren; er mochte Fälle wie Lytol anführen — F'lar hielt sich an die alte Tradition. Und wenn die Männer seines Geschwaders nicht damit einverstanden waren, konnten sie zu einem anderen Führer überwechseln. Doch bis jetzt hatte ihn keiner verlassen.

F'lar wußte, daß die Männer ebenso wie er eine wilde Freude dabei empfanden, die feuerspeienden Drachen zu reiten. Die Phosphordämpfe waren auf ihre Art berauschend, und das Gefühl der Macht, das sich dabei von den Drachen auf die Reiter übertrug, ließ sich mit keinem anderen Erlebnis vergleichen. Vom Augenblick der Gegenüberstellung an waren Drachenreiter eine Rasse für sich. Und der Ritt auf einem

Kampfdrachen entschädigte für alles – das Risiko, die ständige Wachsamkeit, die Isolierung von der übrigen Menschheit.

Mnementh glitt mit schräg gestellten Schwingen in die schmale Felsenspalte, die Crom und Ruatha miteinander verband. Kaum hatten sie den Paß durchquert, als der Unterschied zwischen den beiden Burgen offenkundig wurde.

F'lar war wie betäubt. Während seines Aufenthalts in den letzten vier Burgen hatte er sich immer wieder eingeredet, daß in Ruatha seine Suche Erfolg haben würde.

Gewiß, da war die zierliche Brünette von Nabol, die Tochter eines Tuchwebers, oder das hochgewachsene, gertenschlanke Mädchen von Crom, das von einem einfachen Beschließer abstammte. Möglichkeiten, ja, und wäre er S'lel, K'net oder D'nol gewesen, hätte er sie zumindest in den Weyr geholt.

Aber während der ganzen Suche hatte er sich gesagt, daß er im Süden die beste Auswahl antreffen würde. Nun, da er die Ruine von Ruatha unter sich liegen sah, waren seine Hoffnungen mit einem Schlag vernichtet.

Das Banner von Fax wehte im Wind. F'lar schluckte mühsam seine Enttäuschung hinunter und gab Mnementh die Anweisung, neben Fax zu landen. Der Baron zügelte mit harter Hand sein erschrecktes Reittier und deutete auf das öde Tal.

»Das berühmte Ruatha, auf das Sie so große Hoffnungen gesetzt hatten«, meinte er sarkastisch.

F'lar lächelte kühl. Woher wußte Fax, daß er sich viel von Ruatha versprochen hatte? Nun, der Baron war ein aufmerksamer Beobachter, und vielleicht hatte er sich selbst durch ein unbedachtes Wort verraten.

»Man sieht auf den ersten Blick, weshalb heutzutage die Güter des Hochlands bevorzugt werden«, erwiderte F'lar. Mnementh knurrte, und F'lar tadelte ihn scharf. Der Bronzedrache hatte Fax gegenüber eine Abneigung entwickelt, die an Haß grenzte. Das war höchst ungewöhnlich und bereitete F'lar Sorgen.

»Von Ruatha kommt nichts Gutes«, sagte Fax mit unterdrücktem Zorn. Er riß heftig am Zaumzeug des Pferdes. Als das Tier mit einem schmerzerfüllten Wiehern den Kopf zurückwarf, versetzte er ihm einen wütenden Hieb zwischen die Ohren. Der Schlag war im Grunde nicht gegen die arme

Kreatur, sondern gegen Ruatha gerichtet. »Da das Ruatha-Geschlecht ausgestorben ist, habe ich die Verwaltung der Burg übernommen. Die Bewohner sind verpflichtet, mir Abgaben zu leisten...«

»Und hungern dafür das ganze Jahr über«, stellte F'lar trocken fest. Er warf einen Blick auf das breite Tal. Nur wenige Felder waren gepflügt. Auf den Weiden standen kümmerliche Viehherden. Selbst die Obstbäume an den Hängen wirkten verkrüppelt. Obwohl die Sonne schon seit einiger Zeit am Himmel stand, wirkten die Gehöfte wie ausgestorben. Eine dumpfe Verzweiflung lag über Ruatha.

»Es gibt Widerstand gegen meine Herrschaft auf Ruatha.«

F'lar musterte Fax von der Seite. Die Stimme des Mannes klang drohend, als habe er die Absicht, jeden Rebellen hart zu bestrafen. Und es klang noch etwas anderes mit, ein Gefühl, das F'lar nicht so recht zu fassen vermochte. Angst konnte es nicht sein, denn Fax besaß ein ungeheures Selbstbewußtsein. Abscheu? Entsetzen? Unsicherheit? Jedenfalls hatte Fax sich dagegen gesträubt, Ruatha zu besuchen, und man spürte nun an seiner heftigen Reaktion, daß er sich hier alles andere als wohl fühlte.

»Wie unklug von den Leuten«, erwiderte F'lar liebenswürdig. Fax drehte sich ruckartig um. Seine Augen blitzten, und seine Rechte hing Millimeter über dem Schwert. F'lar war sprachlos. Der Mann würde es tatsächlich wagen, seine Waffe gegen einen Drachenreiter zu erheben! Fast war er enttäuscht, als der Baron nach den Zügeln griff und sein Pferd mit einem Tritt in die Flanken vorantrieb.

»Eines Tages töte ich ihn noch«, sagte F'lar leise, und Mnementh raschelte zustimmend mit den Flügeln.

F'nor landete neben dem Bronzereiter.

»Habe ich recht gesehen? Er wollte sein Schwert ziehen?« F'nors Blick war hart und forschend.

»Offensichtlich fiel ihm gerade noch rechtzeitig ein, daß ich auf einem Drachen sitze.«

»Sei vorsichtig, Bronzereiter! Er will dich umbringen!«

»Versuchen kann er es.«

»Er soll ein heimtückischer Kämpfer sein.« F'nor war sehr ernst geworden.

Mnementh schlug wieder mit den Flügeln, und F'lar strich ihm geistesabwesend über die weiche Nackenhaut.

»Hältst du ihn für stärker als mich?« fragte F'lar ein wenig gekränkt.

»Nein, das nicht«, versicherte F'nor rasch. »Ich hatte noch keine Gelegenheit, ihn beim Kampf zu beobachten, aber man hört so allerlei. Er tötet oft, auch wenn gar kein Grund dazu besteht.«

»Sind wir Schwächlinge, weil wir den Kampf meiden?« fragte F'lar aufgebracht. »Du schämst dich wohl für unsere Erziehung?«

»Nein. Das trifft weder für mich noch für die anderen des Geschwaders zu. Aber die Herausforderung, mit der uns Fax und seine Leute täglich begegnen, ist schwer zu ertragen. Manchmal bedauern wir es fast, daß sie uns keinen Grund zum Kämpfen geben.«

»Vielleicht ändert sich das noch. Irgend etwas auf Ruatha macht unseren stolzen Baron nervös.«

Mnementh und dann auch Canth schlugen erregt mit den Flügeln. Der Bronzedrache drehte den Kopf nach hinten, und F'lar las in seinen opalblau schimmernden Augen eine deutliche Botschaft.

»Hier im Tal befindet sich eine verborgene Kraft«, murmelte F'lar.

F'nor nickte. »Ja. Selbst mein Brauner spürt sie.«

»Nun dürfen wir nichts falsch machen, F'nor«, warnte F'lar. »Laß das gesamte Geschwader aufsteigen! Durchsucht das Tal! Ich hätte es wissen oder zumindest ahnen müssen. Die Anzeigen waren so deutlich. Was ist nur aus uns Drachenreitern geworden?«

> *Die Burg ist verriegelt,*
> *Der Saal ist leer,*
> *Die Menschheit vergeht.*
> *Das Land ist verrottet,*
> *Der Felsen ist kahl,*
> *Die Hoffnung verweht.*

Lessa holte die Asche aus dem Herd, als der aufgeregte Bote

in den Großen Saal stolperte. Sie hatte sich so still wie möglich verhalten, damit der Verwalter sie nicht hinausschickte.

»Fax kommt! Mit Drachenreitern!« stieß der Mann hervor, als er in den düsteren Saal stolperte.

Der Verwalter, der eben im Begriff gewesen war, den obersten Tuchweber wegen der schlechten Qualität seiner Ware auszupeitschen, wandte sich verständnislos von seinem Opfer ab. Der Kurier, ein Bauer aus dem Grenzbezirk von Ruatha, war so erregt, daß er den Verwalter am Arm packte.

»Wie kannst du es wagen, dein Gehöft zu verlassen?« Der Verwalter schlug mit der Peitsche nach ihm. Die Wucht des Hiebes warf den Mann zu Boden. Wimmernd rollte er sich zur Seite. »Drachenreiter – hah! Fax – hah! Er meidet Ruatha!« Der Verwalter betonte jedes seiner Worte durch einen kräftigen Peitschenhieb. Dann wandte er sich atemlos an seine beiden Gehilfen, die neben dem Tuchweber standen. »Wie kam der Mann mit einer so durchsichtigen Lüge hierher?« Er ging auf die Tür zu, doch bevor er sie öffnen konnte, wurde sie von außen aufgerissen. Der Wachoffizier stürzte kreidebleich in den Großen Saal.

»Drachenreiter und Drachen überall auf Ruatha!« keuchte der Mann und ruderte wild mit den Armen. Er zerrte den Verwalter mit sich in den Hof.

Lessa scharrte die letzten Aschenreste zusammen. Sie nahm Eimer und Schaufel auf und verließ unauffällig den Saal. Ein Lächeln stahl sich über ihre Züge.

Drachenreiter auf Ruatha! Eine günstige Gelegenheit! Vielleicht war Fax durch den verwahrlosten Zustand der Burg so gedemütigt oder verärgert, daß sie ihn dazu brachte, in Anwesenheit der Drachenreiter auf Ruatha zu verzichten. Dann würde sie sich zu erkennen geben und Besitzanspruch erheben.

Aber sie mußte mit großer Vorsicht zu Werke gehen. Drachenreiter waren ein besonderer Menschenschlag. Sie kannten weder Zorn noch Gier oder Furcht. Ihr Verstand und ihr Urteilsvermögen blieb immer ungetrübt. Ihre Reaktionen waren schnell. Sollten die einfältigen Dienstmägde an Menschenopfer, perverse Lüste und wilde Schwelgereien glauben! Sie ließ sich von solchem Geschwätz nicht beeinflussen. Im Gegenteil, es machte sie wütend. Auch Drachenreiter waren

Menschen, und in *ihren* Adern floß Weyrblut. Es hatte die gleiche Farbe wie normales Blut; sie wußte es, denn sie war oft genug geschlagen worden.

Einen Moment blieb sie stehen und hielt den Atem an. War das die Gefahr, die sie vor ein paar Tagen in der Morgendämmerung gespürt hatte? Die entscheidende Begegnung bei ihrem Kampf um Ruatha? Nein, die Warnung hatte nichts mit Rache zu tun gehabt.

Der Ascheneimer schlug gegen ihre Schienbeine, als sie mit schlurfenden Schritten durch den niedrigen Korridor zum Stall ging. Fax sollte einen kalten Empfang erleben. Sie hatte kein neues Feuer im Herd entfacht. Ihr Lachen hallte dumpf von den feuchten Wänden wider. Sie stellte Schaufel und Eimer ab und öffnete mühsam die schwere Bronzetür, die zu den neuen Ställen führte.

Der erste von Fax eingesetzte Verwalter hatte sie erbauen lassen, an der Außenseite des Berges. Der Mann war klüger als alle seine Nachfolger gewesen und hatte sehr viel geleistet. Lessa bedauerte aufrichtig, daß es notwendig gewesen war, ihn umzubringen. Aber er hätte ihr Spiel durchschaut, bevor sie es lernte, sich richtig zu tarnen. Er hätte ihre Rache vereitelt. Wie war sein Name gewesen? Sie wußte es nicht mehr.

Der zweite Mann hatte die nötige Habgier besessen, und es war ihr leichtgefallen, Mißverständnisse zwischen ihm und den Handwerkern heraufzubeschwören. Die Leute, die sich allmählich an die geschickte Führung des ersten Verwalters gewöhnt hatten, haßten den neuen Mann, der nur darauf bedacht war, möglichst viel Gewinn in die eigene Tasche zu stecken, bevor Fax dahinterkam. Obendrein hatten sie immer noch nicht vergessen, auf welche Weise die rechtmäßigen Herren von Ruatha ums Leben gekommen waren. Sie, die einst in ganz Pern berühmt gewesen waren, spielten jetzt eine untergeordnete Rolle und mußten sich eine entwürdigende Behandlung gefallen lassen. Lessa sorgte dafür, daß sich die Lage ständig verschlechterte.

Der Verwalter wurde abgelöst, und seinem Nachfolger erging es nicht besser. Man ertappte ihn dabei, daß er die besten Güter für sich abzweigte. Fax ließ ihn enthaupten, und seine Gebeine lagen immer noch in der Feuersteingrube über dem Wachtturm.

Seitdem hatte sich die ohnehin traurige Lage ständig verschlechtert. Kleine Rückschläge entwickelten sich zu Katastrophen. Dem Verwalter entglitt die Herrschaft, und er rächte sich durch Härte. So wie bei den Tuchwebern, deren Ware immer schäbiger wurde.

Und nun war Fax gekommen. Mit Drachenreitern! Weshalb Drachenreiter? Lessa blieb stehen, als ihr diese Frage durch den Kopf schoß, und die schwere Bronzetür schlug schmerzhaft gegen ihre Fersen. Früher hatte Ruatha oft Drachenreiter beherbergt — aber das schien so weit in der Vergangenheit zu liegen wie die Erzählungen der Harfner. Ihre Erinnerungen waren verschwommen, seit ihr ganzes Denken um Ruatha kreiste. Sie wußte nicht einmal den Namen der Drachenkönigin oder der Weyrherrin. Hier auf der Burg wurde immer seltener von solchen Dingen gesprochen.

Vielleicht wollten die Drachenreiter die Barone dafür zur Rechenschaft ziehen, daß sie soviel Grün auf ihren Burgen wuchern ließen. Nun, auf Ruatha hatte sie dafür gesorgt, daß es nicht verbrannt wurde. Und sie würde selbst den Drachenreitern die Stirn bieten. Wenn ganz Ruatha den Silberfäden zum Opfer fiel, so war das immer noch besser als die Abhängigkeit von Fax. Doch gleich darauf erschrak Lessa selbst über die Ungeheuerlichkeit dieses Gedankens.

Als sie die Asche auf den Misthaufen streute, glitt ein Schatten über sie hinweg. Sie sah auf.

Über die Klippe flog mit voll ausgespannten Schwingen ein Drache. Er drehte mühelos seine Kreise und setzte dann zur Landung an. Ein zweiter folgte ihm und ein dritter — ein ganzes Geschwader in herrlicher Formation. Der Anblick war überwältigend. Verspätet klang das Horn vom Wachtturm auf, und in der Küche kreischten entsetzt die Mägde.

Lessa gesellte sich zu ihnen und wurde sofort vom Koch an einen der Spülsteine gestoßen. Sie machte sich daran, die fettigen Bestecke mit Sand abzureiben.

Zwei Hunde waren an den Bratspieß gekettet und drehten ihn langsam herum. Der Koch rieb den zähen Ochsen, den man rasch geschlachtet hatte, mit Gewürzen ein und fluchte über die knappen Vorräte. Getrocknete Früchte von der letzten mageren Ernte wurden aufgeweicht, und zwei der ältesten Mägde putzten Wurzelgemüse.

Ein Küchenhelfer knetete Brotteig, und ein anderer bereitete mit großer Sorgfalt die Soße zu. Lessa starrte ihn wie gebannt an, bis er nach der falschen Gewürzdose griff. Dann schob sie unauffällig mehr Holz in den Brotofen. Sie steuerte die Hunde so, daß sie verschieden schnell liefen. Dadurch verkohlte das Fleisch auf der einen Seite und blieb auf der anderen roh. Das Festmahl sollte zu einem Fastenmahl werden.

Eine der Beschließerinnen kam kreischend in die Küche gelaufen. Blutige Striemen zeichneten sich auf ihren Armen ab.

»Motten haben die besten Decken zerfressen! Eine Hündin liegt mit ihrem jüngsten Wurf auf dem Leinenzeug und faucht, sobald ich in die Nähe komme. Und jemand hat die Fensterläden der Gästezimmer einen Spalt offen gelassen, so daß der Winterwind Staub und Unrat hineinwehen konnte.« Sie preßte die Hände gegen die Brust und wimmerte leise vor sich hin.

Lessa rieb eifrig die Teller blank.

> *Wachwher, Wachwher,*
> *Sei bereit!*
> *Wache, Wachwher,*
> *Allezeit.*

»Der Wachwher verbirgt etwas«, sagte F'lar zu seinem Halbbruder. Sie befanden sich in einem Gästezimmer, das in aller Hast gesäubert worden war. Obwohl das Feuer im Kamin prasselte, steckte in den Wänden noch die Kälte des Winters.

»Er stieß nur zusammenhanglose Laute aus, als Canth mit ihm sprach«, meinte F'nor. Er stand dicht neben dem Kamin und wärmte sich. F'lar ging ungeduldig auf und ab.

»Mnementh versucht ihn zu beruhigen«, erwiderte F'lar. »Vielleicht gelingt es ihm, die Wahrheit zu erfahren. Natürlich besteht die Möglichkeit, daß der Wachwher nicht mehr ganz richtig im Kopf ist, aber ...«

»... du bezweifelst es«, ergänzte F'nor. »Und mit Recht.« Er warf einen besorgten Blick zu den Spinnennetzen an der Decke. Die meisten der Biester hatte er erledigt. Dennoch zog er es vor, mit Canth im Freien zu schlafen.

»Hmm.« F'lar sah den braunen Reiter mit gerunzelter Stirn an.
»Ruatha ist in zehn kurzen Planetendrehungen zu einer Ruine zerfallen. Das kann nicht mit rechten Dingen zugehen. Jeder der Drachen hat die fremde Macht gespürt, und für mich steht es fest, daß jemand den Wachwher beeinflußt. Dazu gehört ungeheure Energie.«

»Also Weyrblut«, meinte F'lar.

F'nor streifte seinen Halbbruder mit einem raschen Blick. Klammerte sich F'lar immer noch daran – trotz aller gegenteiligen Äußerungen?

»Gewiß, F'lar, die Macht läßt sich nicht leugnen«, sagte er. »Aber es könnte sich um einen männlichen Bastard des alten Blutes handeln, der sich hier irgendwo verborgen hält. Und wir brauchen eine Frau. Fax hat uns auf seine unvergleichliche Art deutlich zu verstehen gegeben, daß er bei seinem Überfall die ganze Familie ausrottete – auch Frauen und Kinder. Nein, nein.« Der braune Reiter schüttelte den Kopf, als könnte er damit die Überzeugung seines Anführers ins Wanken bringen.

»Der Wachwher verbirgt etwas, und nur jemand vom alten Blut kann ihn dazu bringen, brauner Reiter«, sagte F'lar mit Nachdruck. Er deutete auf das Fenster. »Ruatha ist überwältigt worden. Aber der Widerstand blieb. Ich behaupte, das deutet auf das alte Blut hin. Die Macht allein würde nicht genügen.«

F'nor erkannte am Gesichtsausdruck seines Halbbruders, daß es besser war, das Thema zu wechseln.

»Ich werde mich auf Ruatha umsehen«, murmelte er und verließ das Zimmer.

Die kichernde Begleiterin, die Fax ihm zugewiesen hatte, ging F'lar gründlich auf die Nerven. Sie nieste unaufhörlich, ohne das Taschentuch zu benützen, mit dem sie kokett herumwedelte. Ein säuerlicher Geruch strömte von ihr aus. Auch sie erwartete ein Kind von Fax. Man sah es noch nicht, aber sie hatte ihren Zustand F'lar anvertraut, ohne zu merken, welchen Lapsus sie damit beging. F'lar ignorierte sie, wann immer es ihm möglich war.

Lady Tela schilderte in aufgeregten Worten die Räume, die man Lady Gemma und den anderen Damen des Gefolges zugewiesen hatte.

»Die Läden hatten den Winter über offengestanden, so daß die Böden übersät von Unrat waren. Schließlich warfen zwei Mägde das ganze Zeug ins Feuer. Oh, und dann begann der Kamin zu qualmen, und wir mußten einen Diener zu Hilfe holen.« Sie kicherte. »Er entdeckte, daß ein Stein den Rauchabzug blockierte.«

Sie wedelte mit ihrem Taschentuch, und F'lar hielt den Atem an.

Lady Gemma kam langsam die Treppe herunter und betrat den Saal. Ihre Schritte waren auffallend unsicher. F'lar beobachtete sie forschend.

»Ach ja, die arme Lady Gemma«, fuhr Lady Tela mit einem tiefen Seufzer fort. »Wir machen uns solche Sorgen um sie. Ich weiß nicht, weshalb der Herr darauf bestand, sie mitzunehmen. Bis zu ihrer Niederkunft ist zwar noch etwas Zeit, aber ...« Die Stimme seiner Begleiterin war zum erstenmal ernst geworden.

F'lars Abscheu vor der Brutalität des Barons wuchs mit jeder Stunde. Er ließ Lady Tela weiterschwatzen und ging Lady Gemma entgegen, um sie zum Tisch zu führen. Nur der leichte Druck ihrer Finger auf seinem Arm verriet die Dankbarkeit, die sie empfand. Sie war blaß, und um ihren Mund hatten sich tiefe Linien eingegraben.

»Ich sehe, man hat versucht, den Saal ein wenig aufzuräumen«, sagte sie leichthin.

»Ein wenig«, erwiderte F'lar trocken und warf einen Blick auf die Holzbalken, an denen die Spinnweben klebten. Von Zeit zu Zeit ließen sich die Insassen der hauchdünnen Netze blitzschnell auf den Boden oder die Tischplatte fallen. Da, wo die alten Ruatha-Banner gehangen hatten, kamen nackte braune Wände zum Vorschein. Niemand hatte daran gedacht, sie zu verkleiden. Frische Binsenmatten bedeckten die fettverspritzten Steinplatten. Die Tische sahen aus, als seien sie eben erst gescheuert worden, und das Glas der Wandleuchten war blankgerieben. In ihrem hellen Schein zeigte sich schonungslos der Schmutz des Saales.

»Und Ruatha war eine der schönsten Burgen von Pern«, flüsterte Lady Gemma ihm zu.

»Sie kannten die Familie?« fragte er höflich.

»Ja, in meiner Jugend.« Ihre Stimme verriet, daß sie an glücklichere Zeiten zurückdachte. »Es war ein edles Geschlecht.«

»Glauben Sie, daß irgend jemand dem Gemetzel entronnen sein könnte?«

Lady Gemma warf ihm einen verblüfften Blick zu, setzte jedoch sofort wieder eine starre Miene auf und schüttelte unmerklich den Kopf. Dann nahm sie mühsam Platz und dankte ihm durch ein kleines Nicken.

F'lar holte seine Begleiterin an den Tisch und rückte ihr den Stuhl zu seiner Linken zurecht. Rechts von ihm saß Lady Gemma und daneben Baron Fax. Die Drachenreiter und die Offiziere des Barons hatten ihre Plätze an den unteren Tischen. Gildenangehörige waren nicht geladen worden.

In diesem Augenblick kam Fax mit seiner augenblicklichen Mätresse und zwei Unterführern in den Saal. Der Verwalter von Ruatha hielt einen gebührenden Abstand zu ihnen ein. Sicher hatte er den Zorn seines Herrn bereits zu spüren bekommen. F'lar wischte eine Spinne vom Tisch. Im Augenwinkel sah er, daß Lady Gemma zusammenzuckte.

Fax stampfte mit düsterer Miene auf den Tisch zu. Ohne die geringste Rücksicht auf Lady Gemma zu nehmen, zwängte er sich zu seinem Platz durch. Mit gerunzelter Stirn untersuchte er sein Gedeck. Er schien fast zu bedauern, daß es sauber war.

»Wir haben Fleisch vom Rost, Mylord, dazu frisches Brot und die letzten Früchte vom Vorjahr.«

»Vorjahr? Du hast behauptet, daß im Vorjahr überhaupt nichts geerntet wurde!«

Dem Verwalter quollen die Augen vor, und er stammelte:

»Nichts, das gut genug für Eure Tafel gewesen wäre, Mylord. Nichts. Hätte ich nur geahnt, daß Ihr kommt, so wäre jemand nach Crom gegangen ...«

»Nach Crom?« Fax knallte den Teller, den er in der Hand hielt, mit solcher Wucht auf den Tisch, daß sich sein Rand verbog. Der Verwalter zuckte zusammen, als habe er den Schlag erhalten.

»... um ein paar Vorräte zu erbitten, Mylord«, fuhr er stockend fort.

»An dem Tage, an dem eine meiner Burgen nicht mehr

selbst für die Bewirtung ihres Herrn sorgen kann, verzichte ich auf sie!«

Lady Gemma keuchte. Zur gleichen Zeit brüllten die Drachen. F'lar spürte unverkennbar das Aufwallen der fremden Macht. Sein Blick glitt instinktiv zu F'nor am unteren Tisch. Der braune Reiter nickte ihm zu.

»Was gibt es, Drachenreiter?« fragte Fax unwirsch.

F'lar lehnte sich mit gespielter Gleichgültigkeit zurück.

»Nichts. Weshalb fragen Sie?«

»Die Drachen!«

»Oh, sie brüllen des öfteren ... bei Sonnenuntergang, beim Vorbeizug von Vogelschwärmen, zur Essenszeit.« F'lar lächelte dem Herrn des Hochlands liebenswürdig zu. Seine Tischdame nickte erschreckt.

»Zur Essenszeit? Haben sie kein Futter erhalten?«

»O doch. Vor fünf Tagen.«

»Vor ... fünf Tagen? Und sind sie jetzt ... hungrig?« Ihre Stimme senkte sich zu einem angstvollen Flüstern, und ihre Augen wurden riesig.

»Noch nicht«, beruhigte er sie. Er setzte eine gelangweilte Miene auf, durchforschte aber aufmerksam den Saal. Die Energie war so stark gewesen, daß sie ganz aus der Nähe kommen mußte. Und sie war durch die Worte des Barons ausgelöst worden. F'lar sah, daß F'nor und die anderen Drachenreiter unauffällig jedes Gesicht im Saal unter die Lupe nahmen. Die Soldaten und Diener konnte man außer acht lassen. Die Ausstrahlung hatte etwas typisch Weibliches gehabt.

Eine der Frauen im Gefolge des Barons? F'lar konnte es nicht glauben. Mnementh hatte sie alle geprüft, und sie besaßen – mit Ausnahme von Lady Gemma – weder Macht noch Intelligenz. Also mußte die Frau auf Ruatha leben. Bisher hatte er nur die abgearbeiteten Mägde des Haushalts gesehen. Die Gefährtin des Verwalters? Er mußte in Erfahrung bringen, ob der Mann feste Bindungen hatte. Die Frau eines Wachsoldaten? F'lar unterdrückte mühsam den Wunsch, aufzustehen und Erkundungen einzuziehen.

»Stellen Sie eine Wache auf?« fragte er Fax beiläufig.

»Sogar eine doppelte«, erwiderte Fax mit zusammengepreßten Lippen.

»Hier auf Ruatha?« F'lar deutete kopfschüttelnd auf den verwahrlosten Saal.

»Hier!« Fax wechselte das Thema, indem er nach dem Essen rief.

Fünf Mägde schwankten unter dem Gewicht des gebratenen Ochsen herein. Zwei von ihnen waren ekelerregend schmutzig. F'lar hoffte nur, daß sie mit der Zubereitung des Mahls nichts zu tun hatten. Niemand, der auch nur einen Tropfen des alten Blutes in sich hatte, konnte so tief sinken. Außer ...

Der Duft, der von dem Braten ausströmte, lenkte ihn ab. Es stank nach verbrannten Knochen und verkohltem Fleisch. Selbst der Humpen mit *Klah*, der herumgereicht wurde, roch irgendwie säuerlich. Der Verwalter schliff das Tranchiermesser und tat, als sei alles in Ordnung.

Lady Gemma hielt wieder den Atem an. Ihre Hände krampften sich um die Stuhllehnen. Sie schluckte mühsam. Auch F'lar war der Appetit vergangen.

Als nächstes trugen die Mägde auf Holztabletts das Brot herein. Man hatte versucht, die verbrannten Krusten abzuschaben oder ganz wegzuschneiden. Das Gemüse war zerkocht, und Lady Gemma winkte angewidert ab, als eine Dienerin mit verfilztem Haar ihr die Platte reichen wollte.

F'lar warf ihr einen scharfen Blick zu. Sie fühlte sich nicht wohl, das war deutlich zu sehen. Und ihre Übelkeit hatte nichts mit dem unappetitlichen Mahl zu tun.

Lady Gemma wurde von den ersten Wehen gepeinigt.

F'lar sah zu Fax hinüber. Der Baron beobachtete mit finster gerunzelter Stirn die Versuche des Verwalters, ein paar eßbare Portionen aus dem Braten zu schneiden.

F'lar berührte ganz leicht Lady Gemmas Hand, und sie drehte den Kopf so, daß sie ihn aus dem Augenwinkel sehen konnte. Ein schwaches Lächeln lag auf ihren Lippen.

»Ich kann im Moment noch nicht gehen, Lord F'lar. Auf Ruatha ist er immer besonders gefährlich. Und wenn es sich um Scheinwehen handelt ...«

F'lar bezweifelte es, als ihr Körper sich von neuem verkrampfte.

Der Verwalter bot Fax mit zitternden Händen ein paar Fleischstücke an. Der Baron schleuderte sie ihm mit einer wütenden Handbewegung mitten ins Gesicht. Unwillkürlich seufzte F'lar, denn es waren die einzigen eßbaren Teile überhaupt gewesen.

»Das nennst du Fleisch?« brüllte Fax. Seine Stimme hallte von der gewölbten Decke wider, daß die Spinnennetze zerrissen und ihre Insassen auf den Tisch plumpsten. »Ein Fraß ist das – *ein Fraß!*«

F'lar entfernte rasch die Spinnen von Lady Gemmas Platz. Sie kämpfte gegen eine neue Wehe an.

»Mehr konnten wir in der kurzen Zeit nicht auftreiben«, wimmerte der Verwalter. Bratenflüssigkeit lief ihm über die Wangen. Fax warf das Weinglas nach ihm. Als nächstes kam die Platte mit dem heißen Gemüse.

»Mylord, wenn ich nur früher Bescheid gewußt hätte!«

»Offensichtlich ist Ruatha doch nicht in der Lage, seinen Herrn zu bewirten«, hörte F'lar sich sagen. »Sie werden auf die Burg verzichten müssen.«

Sein Entsetzen über diese Worte war ebenso groß wie das der anderen Gäste. Mit einemmal herrschte Stille im Saal, eine Stille, die nur durch die herabfallenden Spinnen und das Tropfen des verschütteten Weins unterbrochen wurde. Fax drehte sich langsam um und starrte den Bronzereiter an.

Während F'lar überlegte, wie er seinen Worten die Schärfe nehmen könnte, sah er, daß F'nor sich langsam erhob, die Hand an der Waffe.

»Ich habe wohl nicht recht verstanden?« Das Gesicht des Barons war ausdruckslos. Nur seine Augen brannten.

F'lar begriff immer noch nicht, weshalb er diese Sätze gesagt hatte. Er nahm eine lässige Haltung an.

»Baron, Sie haben selbst erklärt, daß Sie auf jede Burg verzichten würden, die nicht mehr für das Wohl ihres Herrn sorgen könne.« Seine Stimme klang gelangweilt.

In den Zügen von Fax spiegelten sich widerstreitende Gefühle, doch allmählich kam ein triumphierendes Glitzern in seine Augen. F'lar erhielt nur mühsam die Maske der Gleichgültigkeit aufrecht. Beim Ei der Königin, hatte er den Verstand verloren?

Er nahm ruhig ein wenig Gemüse auf die Gabel und begann es zu kauen. Dabei fiel ihm auf, daß F'nor alle Anwesenden durchdringend musterte. Abrupt erkannte F'lar, was geschehen war. Irgendwie wurde er manipuliert. Er, der Bronzereiter F'lar, sollte in eine Position gebracht werden, wo er dem Kampf gegen Fax nicht mehr ausweichen konnte. Weshalb? Was steckte dahinter? Kämpfte jemand um den Besitz von Ruatha? Krampfhaft bemühte sich F'lar, die Ruhe zu bewahren. Wieder spürte er die fremde Macht in der Nähe. Er mußte sich jetzt auf Fax konzentrieren und irgendwie verhindern, daß der Mann ihn zum Duell forderte. Ein Duell diente niemandem. F'lar wollte seine Zeit nicht damit verschwenden.

Ein lautes Stöhnen durchbrach das bedrohliche Schweigen. Mit geballten Fäusten wandte sich der Baron Lady Gemma zu, und einen Moment lang sah es so aus, als wollte er sie schlagen. Aber dann erkannte auch er, daß die Wehen sie ergriffen hatten.

Er warf den Kopf nach hinten, entblößte sein breites gelbes Gebiß und lachte schallend.

»Gut, ich verzichte. Ich verzichte zugunsten ihres Kindes — wenn es ein Sohn ist ... und am Leben bleibt.« Sein Lachen klang brutal.

»Gehört und bezeugt!« F'lar war aufgesprungen und deutete auf seine Reiter. Sie erhoben sich ebenfalls. »Gehört und bezeugt!« wiederholten sie, wie es Brauch war.

Damit hatte sich die Spannung gelöst. Alles redete wirr durcheinander. Die Frauen scharten sich um Lady Gemma, wagten es aber nicht, in die Nähe des Barons zu kommen. Sie erinnerten an aufgescheuchte Hühner.

Fax stieß, immer noch lachend, seinen Stuhl um. Er stieg darüber hinweg und begann mit seinem Messer große Stücke aus dem gebratenen Ochsen zu säbeln, die er sich mit bloßen Fingern in den Mund stopfte.

Als F'lar sich über Lady Gemma beugte, um ihr beim Aufstehen behilflich zu sein, umklammerte sie heftig seinen Arm. Einen Moment lang waren ihre Lippen dicht neben seinem Ohr.

»Er will Sie töten, Bronzereiter«, flüsterte sie. »Er tötet gern.«

»Drachenreiter haben ein zähes Leben, Mylady. Aber ich danke Ihnen.«

»Ich möchte nicht, daß er Sie tötet«, sagte sie mit zusammengepreßten Lippen. »Wir haben so wenige Bronzereiter.«

F'lar starrte sie verblüfft an. Glaubte sie tatsächlich noch an die alten Gesetze? Er befahl zwei Dienern, sie nach oben zu tragen. Dann wandte er sich an Lady Tela, die aufgeregt umherschoß.

»Was benötigen Sie?«

»Oh, Oh.« Sie rang nervös die Hände, und ihr Gesicht war angstvoll verzerrt. »Wasser, heiß und sauber. Tücher. Und eine Hebamme. Ja, unbedingt eine Hebamme.«

F'lar suchte nach einer Dienerin, entdeckte aber nur ein schmuddeliges, graues Geschöpf, das den Boden säuberte. So rief er den Verwalter zu sich und befahl ihm, die Hebamme zu holen. Der Mann stieß mit dem Fuß nach der schlampigen Magd.

»He, du! Lauf hinunter zu den Höfen und verständige die Hebamme. Du weißt sicher, wo sie wohnt.«

Mit einer Geschicklichkeit, die nicht zu ihrem Alter passen wollte, wich die Magd dem Tritt aus. Sie rannte aus dem Saal und ins Freie.

Fax säbelte immer noch Fleisch ab und schob es sich zwischen die Zähne. Gelegentlich lachte er glucksend. F'lar gesellte sich zu ihm und winkte seine Männer herbei, ohne die Aufforderung des Gastgebers abzuwarten. Nur die Soldaten von Fax blieben sitzen.

*Herr der Burg, versenge alles Grün,*
*Soll das Leben ringsum blüh'n.*

Lessa rannte ins Freie, um die Hebamme zu holen. In ihrem Innern wühlte die Verzweiflung. So nahe! So nahe! Und dann hatte sie doch versagt. Warum hatte Fax den Drachenreiter nicht herausgefordert? Und dieser F'lar, warum hatte er versucht, Zeit zu gewinnen? Er war stark und jung und hatte die beherrschten Züge eines echten Kämpfers. Gab es keine Ehre mehr auf Pern? Hatte das Gras auch diese Dinge überwuchert?

Und warum, oh, warum mußte Lady Gemma diesen kostbaren Augenblick zerstören? Wenn ihr Stöhnen Fax nicht abgelenkt hätte, so wäre es zum Duell gekommen, und nicht einmal er, der als heimtückischer Kämpfer bekannt war, hätte etwas gegen einen Drachenreiter ausrichten können, den Lessa unterstützte. Die Burg mußte wieder in ihren Besitz übergehen. Fax würde Ruatha vernichten.

Über ihr, auf dem Wachtturm, begann der mächtige Bronzedrache leise zu schnauben. Seine Augen mit den vielen Facetten leuchteten in der Abenddämmerung.

Unwillkürlich brachte sie ihn zum Schweigen, wie sie es vom Wachwher gewohnt war. Der Wachwher! Er hatte sie noch nicht begrüßt. Sie wußte, daß die Drachen ihn ausgehorcht hatten, und konnte seine panische Angst spüren. Sie würden ihn noch in den Tod treiben.

Der Weg fiel schräg ab, und sie lief immer schneller, bis sie ihren Schwung vor dem Haus der Hebamme mit Gewalt abbremsen mußte. Sie schlug mit der Faust gegen die verschlossene Tür. Eine verängstigte Stimme antwortete.

»Eine Geburt! Eine Geburt auf der Burg!« schrie Lessa.

»Eine Geburt?« Der Riegel wurde zurückgeschoben. »Auf der Burg?«

»Ja. Die Gemahlin von Fax liegt in den Wehen. Beeil dich, wenn dir dein Leben lieb ist! Falls es ein Sohn wird, soll ihm Ruatha gehören!«

Ein Mann riß die Tür auf. Lessa konnte sehen, wie die Hebamme hastig ihre Sachen zusammensuchte und in ein Schultertuch knotete. Sie zog die Frau mit sich den steilen Pfad hinauf und hielt sie eisern fest, als sie beim Anblick der Drachen flüchten wollte.

Schließlich standen sie am Eingang des Großen Saales. Die Hebamme weigerte sich einzutreten. Baron Fax hatte die Beine auf einen Tisch gelegt, säuberte sich mit dem Messer die Fingernägel und lachte immer noch glucksend vor sich hin. Die Drachenreiter mit ihren Umhängen aus Wherleder saßen schweigend an einem anderen Tisch und aßen. Die Soldaten von Fax versuchten ein paar brauchbare Fleischreste zu ergattern.

Der Bronzereiter bemerkte die beiden Frauen und winkte sie näher. Die Hebamme stand immer noch wie angewurzelt da. Lessa zerrte an ihrem Arm, doch sie rührte sich nicht vom Fleck. Zu ihrer Überraschung kam der Bronzereiter ihnen entgegen.

»Kommt rasch«, sagte er besorgt. »Lady Gemma entbindet zu früh.« Er nahm die Hebamme gebieterisch an der Schulter und schob die Widerstrebende zur Treppe hin.

Mit einer knappen Geste gab er Lessa zu verstehen, daß sie die Frau allein nach oben bringen sollte. Im gleichen Moment fiel ihr auf, wie scharf der Drachenreiter ihre Hand musterte, die den Arm der Hebamme umklammerte. Sie folgte seinem Blick, und es war, als betrachtete sie die Hand einer Fremden: die langen, schmalen Finger, elegant trotz der schmutzigen, abgebrochenen Nägel; das schön geformte Gelenk, zierlich trotz der Kraft, die sie aufwenden mußte, um die Frau festzuhalten. Lessa verwischte rasch die Konturen.

Lady Gemma wurde von heftigen Wehen geschüttelt, und es ging ihr nicht gut. Als Lessa sich zurückziehen wollte, warf ihr die Hebamme einen so flehenden Blick zu, daß sie zögernd blieb. Man konnte sehen, daß die Damen aus dem Gefolge des Barons keine Hilfe waren. Sie drängten sich händeringend an einem Ende des hohen Lagers zusammen und diskutierten mit schrillen aufgeregten Stimmen. Lessa und die Hebamme mußten Lady Gemma ausziehen und ihre Hände halten, wenn die schweren Wehen kamen.

Das Gesicht der schwangeren Frau war zu einer Grimasse verzerrt. Ihre Haut hatte einen grauen Ton angenommen. Sie war schweißgebadet, und ihr Atem ging stoßweise.

»Das sieht nicht gut aus«, flüsterte die Hebamme. Sie wandte sich an eine der Damen. »Sie da, hören Sie zu heulen auf!« Ihre Unentschlossenheit wich. Sie wußte, daß sie im Augenblick Autorität über die Anwesenden besaß. »Bringen Sie mir heißes Wasser und Tücher. Und suchen Sie etwas Warmes für das Kleine. Es muß vor Zug geschützt werden, wenn es lebt.«

Die Frauen gehorchten sofort.

*Wenn es lebt*, dachte Lessa immer wieder. *Der neue Herr von Ruatha – ein Sohn des verhaßten Feindes!* Das war nicht ihre Absicht gewesen, obwohl ...

Lady Gemma tastete blindlings nach ihren Händen, und Lessa unterstützte sie unwillkürlich.

»Sie blutet zu stark«, murmelte die Hebamme. »Noch mehr Tücher!«

Die Frauen begannen wieder zu schluchzen und zu wimmern.
»Sie hätte die weite Reise nicht machen dürfen!«
»Sie werden beide sterben.«
»Oh, das ist zuviel Blut!«
*Zuviel Blut*, dachte Lessa. *Sie hat mir nichts getan. Und das Kind kommt zu früh. Es wird sterben.* Sie warf einen Blick auf das verzerrte Gesicht. Die Frau hatte die Unterlippe blutig gebissen. *Jetzt stöhnt sie nicht! Warum mußte sie es im Saal tun?* Zorn überkam Lessa. Diese Frau hatte aus irgendeinem Grund Fax und F'lar im entscheidenden Augenblick abgelenkt. Lessa preßte Lady Gemmas Hände grob zusammen.

Der Schmerz von dieser unerwarteten Seite riß Lady Gemma aus einer ihrer kurzen Ruhepausen. Sie wischte sich den Schweiß aus den Augen und warf Lessa einen verzweifelten Blick zu.

»Was habe ich dir getan?« keuchte sie.

»Getan? Ich hatte Ruatha beinahe wieder in der Hand, als Sie zu stöhnen begannen!« Lessa beugte sich so dicht über die Frau, daß nicht einmal die Hebamme am Fußende des Lagers ihre Worte verstehen konnte. Sie hatte alle Vorsicht vergessen. Aber es war gleichgültig. Die Frau würde nicht mehr lange leben.

Lady Gemmas Augen weiteten sich. »Aber ... der Drachenreiter ... Fax darf den Drachenreiter nicht töten. Wir haben so wenige Bronzereiter. Wir brauchen sie alle. Die alten Erzählungen ... der Stern ... Stern ...« Sie konnte nicht weitersprechen, weil sie von neuem von einer heftigen Wehe ergriffen wurde. Ihre schweren Fingerringe schnitten in Lessas Hände, als sie sich an das Mädchen klammerte.

»Was wollten Sie sagen?« flüsterte Lessa heiser.

Aber die Frau litt solche Schmerzen, daß sie kaum atmen konnte. Ihre Augen schienen aus den Höhlen zu treten. Und Lessa, die sich gegen Gefühle abgehärtet hatte, war von diesem Elend so erschüttert, daß sie instinktiv alles tat, um die Pein der Gebärenden zu lindern. Dennoch ließen sie die Worte der Todkranken nicht los. Die Frau hatte also nicht Fax, sondern den Drachenreiter beschützt. Der Stern? Meinte sie den Roten Stern? Und welche alten Erzählungen?

Die Hebamme preßte ihre Hände gegen Gemmas Leib und

rief ihr nervöse Ratschläge zu. Aber die Frau war so vom Schmerz überwältigt, daß sie nichts mehr hörte. Ein krampfhaftes Zucken durchlief ihren Körper. Sie bäumte sich auf. Als Lessa sie zu stützen versuchte, öffnete sie die Augen mit einem Ausdruck unendlicher Erleichterung. Dann brach sie in Lessas Armen zusammen und rührte sich nicht mehr.

»Sie ist tot!« kreischte eine der Frauen. Sie rannte schreiend aus dem Zimmer. Ihre Stimme hallte von den Felswänden wider. »Tot ...!«

Lessa ließ Lady Gemma in die Kissen gleiten und sah erstaunt in das Gesicht der Toten. Ein triumphierendes Lächeln lag auf ihren Zügen. Lessa zog sich erschüttert in eine Ecke des Zimmers zurück. Sie, die nie gezögert hatte, Fax einen Schaden zuzufügen oder Ruatha dem Untergang entgegenzuführen, wurde nun von Gewissensbissen geplagt. Sie zitterte am ganzen Körper. In ihrer engstirnigen Rachsucht hatte sie übersehen, daß es auch andere geben könnte, die Fax haßten. Lady Gemma gehörte zu ihnen, und sie hatte weit schlimmere Brutalitäten und Demütigungen erdulden müssen als Lessa. Eine Frau, die ihre Hochachtung verdiente – aber sie hatte sie gehaßt.

Lessa schüttelte den Kopf, um die Selbstvorwürfe abzuwehren, die sie zu überwältigen drohten. Sie hatte jetzt keine Zeit zur Reue. Nicht jetzt, da sie sich für alles Unrecht rächen konnte, das Fax sowohl ihr als auch Lady Gemma angetan hatte.

Sie hatte nun den Ansatzpunkt. Das Kind ... ja, das Kind! Sie würde sagen, daß es lebte. Daß es ein Sohn sei. Der Drachenreiter würde kämpfen müssen. Er hatte den Eid gehört und bezeugt.

Lessa eilte hinaus. Einen Moment lang blieb sie auf der Treppe stehen und holte tief Atem. Sie wartete, bis der Triumph von ihren Zügen gewichen war. Dann schlurrte sie mit gebeugten Schultern in den Saal, eine unauffällige Magd.

Die Überbringerin der Todesbotschaft lag schluchzend zu Füßen des Barons.

Lessa biß die Zähne zusammen, als erneut der Haß gegen Fax in ihr hochstieg. Er freute sich, daß Lady Gemma bei der Geburt gestorben war. In diesem Augenblick bereits befahl er der hysterischen Frau zu seinen Füßen, seine Mätresse zu holen. Zweifellos hatte er die Absicht, sie zur Nachfolgerin der Burgherrin zu machen.

»Das Kind lebt«, rief Lessa mit haßerstickter Stimme. »Es ist ein Sohn.«

Fax war aufgesprungen. Er stieß die heulende Frau zur Seite und starrte Lessa zornig an. »Was sagst du da, Weib?«

»Das Kind lebt. Es ist ein Sohn«, wiederholte sie und kam näher. Wut verzerrte die Züge des Barons, und der Verwalter von Ruatha winkte beschwörend ab, als seine Leute in Hochrufe ausbrechen wollten.

»Ruatha hat einen neuen Herrn.« Die Drachen brüllten.

Sie war so damit beschäftigt, ihre Rache zu vollenden, daß sie weder auf die Reaktionen der übrigen Anwesenden noch auf das Brüllen der Drachen achtete.

Fax handelte. Mit einem raschen Schritt war er bei Lessa. Seine Faust traf sie im Gesicht, bevor sie ausweichen konnte. Sie stürzte zu Boden und blieb reglos liegen, ein Bündel schmutziger Lumpen.

»Halt, Fax!« F'lars Stimme zerriß das Schweigen, eben als der Herr des Hochlands dem bewußtlosen Mädchen einen Tritt versetzen wollte.

Fax wirbelte herum. Seine Hand umklammerte mechanisch den Dolch.

»Drachenreiter haben Ihre Worte gehört und bezeugt, Fax!« sagte er mit warnend ausgestreckter Hand. »Sie müssen zu Ihrem Eid stehen.«

»Bezeugt? Drachenreiter?« Fax lachte verächtlich. »Weiber seid ihr alle!« Er betrachtete die Männer mit spöttisch zusammengekniffenen Augen.

Im nächsten Augenblick hatte F'lar das Messer in der Hand. Selbst Fax staunte, mit welcher Schnelligkeit das geschehen war.

»Weiber?« fragte F'lar gefährlich leise. Er trat näher. Der Schein der Wandleuchten lag auf der blanken Klinge.

»Weiber! Parasiten von Pern! Mit der Macht des Weyrs ist es längst vorbei!« Fax hatte ebenfalls einen Dolch gezogen. Er duckte sich zum Angriff.

Die anderen Männer rückten die Tische zur Seite, um mehr Platz für die Kämpfenden zu schaffen. F'lar konnte sich jetzt nicht um die zusammengesackte Magd kümmern, aber er hatte nicht den geringsten Zweifel daran, daß sie die Trägerin der Macht war. Als sie den Saal betrat, hatten die Drachen gebrüllt und seinen Verdacht bestätigt. Hoffentlich war sie bei dem Sturz nicht ernstlich verletzt worden ... Er sprang zur Seite, als Fax sich mit einem mächtigen Sprung auf ihn werfen wollte.

F'lar parierte den Angriff mit Leichtigkeit. Aber er wußte, daß er vorsichtig sein mußte. Fax besaß sehr viel mehr praktische Erfahrung als er, da die Drachenreiter Duelle nur zur Übung veranstalteten und ihren Gegner niemals töteten. Außerdem brachte der Baron mehr Gewicht in den Kampf mit. F'lar mußte sich auf seine Beweglichkeit verlassen. Mit Kraft richtete er gegen Fax kaum etwas aus.

Fax ging zu einem Täuschungsmanöver über. Er bemühte sich, Schwächen bei seinem Gegner zu entdecken. Die beiden standen einander geduckt gegenüber und belauerten sich.

Wieder griff Fax an. F'lar ließ ihn nahe herankommen, so nahe, daß er gerade noch mit der Rückhand parieren konnte. Seine Dolchspitze schlitzte den Ärmel des Barons auf. Fax fauchte wütend. Der Mann war schneller, als sein Gewicht vermuten ließ, und F'lar mußte ein zweites Mal parieren. Diesmal ging die feindliche Klinge knapp an seinem Wherleder-Wams vorbei.

Mit finsteren Mienen umkreisten die beiden einander. Jeder suchte nach einem Deckungsfehler des Gegners. Fax bemühte sich, den leichteren, schnelleren Drachenreiter in Richtung Wand zu manövrieren, wo er nicht mehr ausweichen konnte.

F'lar tauchte unter den wild rudernden Armen von Fax hinweg. Der Baron hielt ihn fest und preßte ihn gegen sich. F'lar versuchte sich verzweifelt aus der Umklammerung zu lösen und mit der Linken den bewaffneten Arm des Gegners nach oben zu drücken. Plötzlich schnellte sein Knie hoch. Gleichzeitig ließ er sich zu Boden fallen. Fax krümmte sich vor Schmerzen, und F'lar gelang es freizukommen. Allerdings verriet ihm ein stechender Schmerz in der linken Schulter, daß er getroffen war.

Fax war rot angelaufen. Sein Atem ging rasch und hart. Aber F'lar fand keine Zeit, seinen knappen Vorteil auszunützen, denn sein Gegner sprang wutentbrannt auf und griff an. F'lar brachte mit einem Satz den Tisch zwischen sich und Fax. Er behielt den Baron ständig im Auge, während er seine Schulter abtastete. Offenbar hatte ihn die Klinge nur gestreift. Er konnte den Arm bewegen.

Plötzlich packte Fax ein paar Knochen, die auf dem Tisch lagen, und schleuderte sie zu F'lar hinüber. Der Drachenreiter wich instinktiv aus, und im nächsten Moment hatte Fax das Hindernis übersprungen. F'lar trat blitzschnell zur Seite, und der Dolch verfehlte ihn um Millimeter. Sein eigenes Messer fuhr tief in den Oberarm des Barons.

Fax schwankte, und der Drachenreiter trat einen Schritt näher. Aber er hatte den Feind unterschätzt. Der Baron versetzte ihm einen wuchtigen Schlag gegen die Rippen, so daß er zu Boden stürzte. F'lar rollte sich zur Seite, als er sah, daß Fax sich mit gezücktem Dolch auf ihn werfen wollte. Irgendwie kam er wieder auf die Beine. Fax schoß über sein Ziel hinaus und verlor das Gleichgewicht. Mit aller Kraft stieß der Drachenreiter zu. Sein Messer drang tief in den Körper des Gegners.

Fax fiel auf die Steinplatten und rührte sich nicht mehr.

Ein dünnes Wimmern durchdrang den Schleier der Erschöpfung, der F'lar umgab. Er sah auf. Frauen drängten in den Saal. Eine hielt ein weißes Bündel in den Armen. F'lar verstand nicht gleich, was das alles zu bedeuten hatte. Er bemühte sich, seine Gedanken zu ordnen.

Er starrte auf den Toten. Es hatte ihm keinerlei Vergnügen bereitet, den Mann umzubringen. Er war nur erleichtert, daß er selbst noch lebte. Mit dem Ärmel wischte er sich den Schweiß von der Stirn. Seine Rippen schmerzten, und seine linke Schulter brannte. Er stolperte zu dem Mädchen hinüber, das immer noch reglos am Boden lag.

Vorsichtig drehte er sie herum. Ein häßlicher blauer Fleck machte sich auf ihrer Wange breit. Verschwommen nahm er wahr, daß F'nor im Saal das Kommando übernommen hatte.

Der Drachenreiter tastete mit zitternden Fingern nach dem Herzen des Mädchens ... Es schlug langsam, aber kräftig.

Ein tiefer Seufzer entrang sich seinen Lippen. Der Schlag hätte ebenso tödlich sein können wie der Sturz. Tödlich für die Frau und tödlich für Pern.

Die Erleichterung mischte sich mit Ekel. Das Mädchen starrte vor Schmutz, so daß man unmöglich sagen konnte, wie alt sie war. F'lar hob sie auf und trug sie zu seinem Zimmer. Er wußte, daß F'nor die Situation beherrschte.

Oben angelangt, legte er die Bewußtlose auf sein Bett und machte Licht. Vorsichtig schob er die verfilzten Haarsträhnen zur Seite. Er drehte das Gesicht des Mädchens hin und her. Sie hatte schmale, regelmäßige Züge. Auf ihren bloßen Armen zeichneten sich blaue Flecken und Narben ab, aber die Haut war jung und faltenlos. Und er hatte selten so feingliedrige Hände gesehen.

F'lar lächelte. Ja, sie hatte die Konturen ihrer Hände so geschickt verzerrt, daß er unsicher geworden war. Und sie hatte ihr Äußeres durch Schmutz und Lumpen getarnt. Aber sie war jung. Jung genug für den Weyr. Sie konnte nicht aus dem Kreis der Dienerinnen stammen. Zum Glück war sie nicht jung genug, um eine Bastardtochter von Fax zu sein. Stammte sie aus einer heimlichen Verbindung eines Ruatha?

Nein, sie hatte nichts Gewöhnliches an sich. Sie gehörte dem reinen Adel an, und er glaubte fest daran, daß sie eine Ruatha war. Vielleicht hatte sie durch einen Zufall das Massaker vor zehn Planetendrehungen überlebt und seither auf Rache gesonnen. Weshalb sonst hätte sie Fax dazu gezwungen, auf die Burg zu verzichten?

F'lar konnte sein Glück noch nicht fassen. Er beugte sich über das Mädchen, um ihr die schmutzigen Lumpen vom Körper zu streifen, doch dann zögerte er. Sie war zu sich gekommen und sah ihn aus großen, hungrigen Augen an. Sie zeigte keine Furcht – lediglich Argwohn.

Unmerklich verwandelten sich ihre Züge zu einem häßlichen Zerrbild. F'lar lächelte.

»Möchten Sie einen Drachenreiter täuschen, Mädchen?« fragte er. Er lehnte sich gegen den geschnitzten Bettpfosten. Erst jetzt merkte er, wie sehr seine Schulter schmerzte.

»Wie heißen Sie, Mädchen, und woher stammen Sie?«

Sie setzte sich langsam auf. Ihre Züge waren nicht mehr verzerrt. Ruhig stützte sie sich ab und musterte ihn.

»Fax?«

»Tot. Wie heißen Sie?«

Ein triumphierendes Leuchten huschte über ihr Gesicht. Sie ließ sich aus dem Bett gleiten und richtete sich hoch auf. »Dann verlange ich meinen Besitz zurück. Ich bin eine Ruatha. Ich habe Anspruch auf die Burg«, erklärte sie mit fester Stimme.

F'lar betrachtete sie einen Augenblick, begeistert von ihrer stolzen Haltung. Dann warf er den Kopf zurück und lachte.

»Diese Ruine?« Er ließ seinen Blick über die Lumpen gleiten, die sie trug. »O nein! Außerdem haben wir Drachenreiter gehört und bezeugt, wie Fax zugunsten seines Sohnes auf Ruatha verzichtete. Soll ich auch das Neugeborene für Sie herausfordern, Lady? Soll ich es mit seinen Windeln erwürgen?«

Ihre Augen blitzten, und sie lächelte hart.

»Es gibt keinen Sohn. Gemma starb, bevor das Kind geboren wurde. Ich habe gelogen.«

»Gelogen?« fuhr F'lar auf.

»Ja«, erwiderte sie höhnisch und warf den Kopf hoch. »Ich habe gelogen. Das Kind war noch nicht geboren. Ich wollte lediglich sichergehen, daß Sie Fax zum Kampf herausfordern.«

Er packte sie hart am Handgelenk, verärgert, daß er zweimal auf ihre Ränke hereingefallen war.

»Sie haben einen Drachenreiter provoziert? Sie haben ihn zum Töten gezwungen? *Während er sich auf der Suche befindet?*«

»Suche? Was kümmert mich die Suche? Ich habe Ruatha wieder! Seit zehn Planetendrehungen warte und plane ich, arbeite und leide ich! Was könnte mir da Ihre Suche bedeuten?«

F'lar konnte die hochmütige Verachtung in ihren Zügen nicht mehr ertragen. Er drehte ihr den Arm auf den Rücken und zog sie dicht zu sich heran, bevor er sie wieder freigab. Sie lachte, wich ihm aus und war aus dem Zimmer gehuscht, bevor er ihr Vorhaben begriff.

Fluchend rannte er durch die Felskorridore. Er wußte, daß sie nur durch den Saal ins Freie gelangen konnte. Als er jedoch dort auftauchte, war sie nirgends zu sehen.

»Ist das Mädchen hier vorbeigekommen?« rief er F'nor zu, der zufällig am Portal stand.

»Nein. Hat sie die Macht?«

»Ja«, erwiderte F'lar zornig. Wohin war das Mädchen nur gelaufen? »Und sie ist eine Ruatha!«

»Oho! Wird sie dem Kleinen den Besitz streitig machen?« fragte F'nor und deutete auf die Hebamme, die mit einem weißen Bündel am warmen Kamin saß.

F'lar hatte sich bereits umgedreht, um in den Korridoren weiterzusuchen. Nun blieb er verwirrt stehen. Er starrte den braunen Reiter an.

»Welcher Kleine?«

»Lady Gemmas Sohn«, erwiderte F'nor überrascht.

»Er lebt?«

»Ja. Ein kräftiger Junge, wie die Hebamme sagt, obwohl es sich um eine Frühgeburt handelt. Man holte ihn aus dem Leib der Toten.«

F'lar lachte schallend. Nun war ihre Lüge Wahrheit geworden! Damit hatte sie bestimmt nicht gerechnet.

Im gleichen Augenblick trompetete Mnementh triumphierend, und die anderen Drachen stimmten ein.

»Mnementh hat sie gefangen«, rief F'lar grinsend. Er lief in den Hof hinaus.

Der Bronzedrache saß nicht mehr auf dem Wachtturm. F'lar rief nach ihm. Eine Bewegung ließ ihn zum Himmel sehen. Mnementh setzte in einer eleganten Schleife zur Landung an. Er trug etwas in seinen Klauen. Der Drache erklärte F'lar, daß er sie aus einem der Fenster habe klettern sehen. Da er wußte, daß F'lar sie suchte, hatte er sie einfach vom Fenstersims geholt.

Der Bronzedrache landete und setzte das Mädchen vorsichtig ab. Seine riesigen Klauen formten einen Käfig um sie. Sie stand reglos da, den Blick auf den großen, keilförmigen Kopf gerichtet, der über ihr pendelte.

Der Wachwher zerrte am Ende seiner Kette. Er kreischte vor Angst, Zorn und Haß und schnappte nach F'lar, als dieser auf Lessa zuging.

»Sie haben Mut, Mädchen«, meinte er bewundernd und legte die Hand auf Mnemenths Vorderpfote. Mnementh war äußerst zufrieden mit sich und senkte den Kopf, damit F'lar ihn zwischen den Augen kraulen konnte.

»Wissen Sie auch, daß Sie nicht gelogen haben?« F'lar konnte

der Versuchung nicht widerstehen. Er mußte sich ein wenig an ihr rächen.

Langsam drehte sie den Kopf und sah ihn an. Sie schien keine Angst vor dem Drachen zu haben.

»Das Kind lebt. Und es ist ein Sohn.«

Diesmal konnte sie ihre Enttäuschung nicht verbergen. Ihre Schultern sackten müde nach vorn. Doch dann richtete sie sich wieder auf.

»Ruatha gehört mir«, sagte sie leise.

»Ja – und Sie hätten frei darüber verfügen können, wenn Sie sich gleich an mich gewandt hätten.«

Ihre Augen weiteten sich. »Was meinen Sie damit?«

»Ein Drachenreiter kann jeden verteidigen, der eine gerechtfertigte Klage vorbringt. Als wir nach Ruatha kamen, Lady, war ich so wütend über Fax, daß ich ihn trotz der Suche sofort zu einem Duell gefordert hätte, wenn er mir einen Grund gegeben hätte.«

Das entsprach nicht ganz der Wahrheit, aber das Mädchen hatte versucht, einen Drachenreiter zu steuern, und dafür mußte er ihr eine Lehre erteilen. »Hätten Sie besser auf die Lieder des Harfners geachtet, so wäre Ihnen viel erspart geblieben. Und –« F'lars Stimme enthielt eine Schärfe, die ihn selbst überraschte – »Lady Gemma hätte nicht sterben müssen. Die tapfere Frau hat weit mehr unter Fax gelitten als Sie!«

Etwas in ihrer Haltung verriet ihm, daß sie Lady Gemmas Tod bedauerte, daß er sie tief erschüttert hatte.

»Was nützt Ihnen Ruatha jetzt?« Mit einer weitausholenden Geste deutete er auf die verfallene Burg und das öde Tal. »Sie haben gesiegt, aber der Sieg bringt Ihnen keinen Gewinn.«

F'lar seufzte. »Nun gut. Die Burgen sollen an ihre rechtmäßigen Besitzer zurückgehen. Eine Burg – ein Herr! Alles andere widerspricht der Tradition. Aber es ist möglich, daß auch andere nicht mehr an diesen Grundsatz glauben, daß sie von der Gier und dem Machthunger des Barons angesteckt wurden. Wären Sie dann in der Lage, Ruatha zu verteidigen?«

»Ruatha gehört mir!«

»Ruatha!« F'lar lachte verächtlich. »Sie könnten Weyrherrin sein!«

»Weyrherrin?« flüsterte sie erstaunt und entsetzt zugleich.

»Ja, Sie kleine Närrin! Ich sagte doch, daß ich mich auf der Suche befinde – und Sie sind mein Ziel!«

Sie starrte seinen ausgestreckten Finger an, als sei er eine gefährliche Waffe.

»Beim Ersten Ei, Mädchen, Sie haben die Macht in sich! Sie bringen es fertig, einen Drachenreiter für Ihre Zwecke einzusetzen, ohne daß er es merkt! Ah, aber es soll nie wieder vorkommen. Von jetzt an bin ich auf der Hut.«

Mnementh brummte zustimmend. Er drehte den biegsamen Hals so, daß eines seiner leuchtenden Augen direkt auf das Mädchen gerichtet war.

Mit einem gewissen Stolz bemerkte F'lar, daß sie bei dem Anblick der riesigen Augen weder zusammenzuckte noch erblaßte.

»Er hat es gern, wenn man ihn über den Augen krault«, meinte F'lar freundlich. Er mußte seine Taktik ändern.

»Ich weiß«, erwiderte sie leise und streckte die Hand nach dem Kopf des Drachen aus.

»Nemorth hat ein goldenes Ei gelegt«, fuhr F'lar eindringlich fort. »Und sie ist dem Tode nahe. Diesmal brauchen wir eine starke Weyrherrin.«

»Der Rote Stern?« flüsterte das Mädchen und sah F'lar erschreckt an. Ihre Haltung überraschte ihn, denn bis jetzt hatte sie nicht einmal eine Spur von Angst gezeigt.

»Sie haben ihn gesehen? Sie kennen seine Bedeutung?« Er sah, daß sie nervös schluckte.

»Er bringt Gefahr ...« Sie warf einen besorgten Blick nach Osten.

F'lar fragte nicht, auf welche Weise sie die drohende Gefahr spürte. Er hatte die Absicht, sie notfalls mit Gewalt in den Weyr zu bringen. Aber natürlich war es besser, wenn sie ihn freiwillig begleitete. Eine aufsässige Weyrherrin war noch gefährlicher als eine dumme. Dieses Mädchen besaß zuviel Macht. Und sie war seit ihrer Jugend an Ränkespiele gewöhnt. Er durfte sie sich nicht zur Feindin machen.

»Er bringt Gefahr für ganz Pern, nicht nur für Ruatha.« Seine Stimme wurde bittend. »Und Sie werden gebraucht. Nicht von Ruatha.« Er machte eine Handbewegung, als sei Ruatha ein Nichts, verglichen mit dem Gesamtbild. »Ohne eine starke Weyrherrin – ohne Sie – sind wir zum Untergang verurteilt.«

»Gemma sagte, daß alle Bronzereiter gebraucht werden«, flüsterte sie.

Was meinte sie mit dieser Feststellung? F'lar zog die Stirn kraus. Hatte sie eine seiner Bemerkungen aufgefangen? Er spürte nur, daß ihre abwehrende Haltung nachließ, und drang weiter in sie.

»Sie haben hier gesiegt. Lassen Sie das Kind –.« Er sah ihr Zusammenzucken und fuhr unerbittlich fort – »Gemmas Kind – in Ruatha aufwachsen. Als Weyrherrin haben Sie Befehlsgewalt über ganz Pern, nicht nur über diese Ruine. Führen Sie die Rache nicht zu weit. Sie haben erreicht, was Sie wollten. Fax ist tot.«

Sie sah F'lar nachdenklich an, während sie seine Worte verarbeitete.

»Ich habe nie überlegt, was nach dem Tod des Barons sein würde«, gab sie langsam zu.

Ihre Verwirrung war beinahe kindlich. F'lar hatte bisher noch keine Zeit gefunden, über ihr Handeln nachzudenken. Nun kam ihm allmählich zum Bewußtsein, was für einen unbezähmbaren Charakter sie besaß. Als Fax ihre Familie ermordete, war sie selbst kaum zehn Planetendrehungen alt gewesen. Aber bereits zu dieser Zeit hatte sie sich ein Ziel gesetzt und es fertiggebracht, der Entdeckung so lange zu entgehen, bis der verhaßte Feind besiegt war. Was für eine Weyrherrin! Von Ruatha hatte der Weyr schon immer die stärkste Unterstützung erhalten. Im Mondlicht hingegen wirkte Lessa jung und verwundbar.

»Sie können Weyrherrin werden?« wiederholte er mit sanfter Beharrlichkeit.

»Weyrherrin?« flüsterte sie ungläubig und warf einen Blick auf den inneren Hof, den die Mondstrahlen umspielten. F'lar sah, daß sie zitterte.

»Oder tragen Sie lieber Lumpen?« fragte er spöttisch. »Gefallen Ihnen das verfilzte Haar und die rauhe Haut Ihrer Hände? Schlafen Sie gern im Stroh? Sie sind jung – zumindest nehme ich das an.« Er gab seiner Stimme einen skeptischen Klang. Lessa betrachtete ihn kühl. Ihre Lippen waren zusammengepreßt. »Haben Sie überhaupt keinen Ehrgeiz? Der ganze Planet kann Ihnen gehören, und Sie begnügen sich mit diesem kleinen Fleck?« Er machte eine Pause und fügte mit seiner ganzen Verachtung hinzu: »Das Blut der Ruatha scheint dünner geworden zu sein. Sie haben Angst!«

»Eine Ruatha fürchtet nichts und niemanden!« Sie hatte sich aufgerichtet, und ihre Augen blitzten.

F'lar begnügte sich mit einem schwachen Lächeln.

Mnementh jedoch warf den Kopf hoch und stieß ein Brüllen aus, das im ganzen Tal widerhallte. Damit wußte F'lar, daß Lessa die Herausforderung angenommen hatte. Die anderen Drachen stimmten in das Gebrüll ein. Der Wachwher zerrte am Ende seiner Kette und wimmerte so schrill, daß die Burgbewohner ins Freie traten.

»F'nor!« rief der Bronzereiter und winkte seinen Halbbruder zu sich heran. »Die Hälfte des Geschwaders bleibt hier und bewacht die Burg. Vielleicht bildet sich einer der benachbarten Barone ein, er könne Fax imitieren. Ein Reiter verkündet im Hochland, was geschehen ist. Ach ja – und L'tol ... Lytol soll verständigt werden.« F'lar lächelte. »Ich glaube, er gibt einen hervorragenden Verwalter ab, bis der Sohn Gemmas die Burg übernehmen kann.«

Der braune Reiter strahlte, als er begriff, was F'lar im Sinn hatte. Jetzt, da Fax tot war und die Burg unter dem Schutz der Drachenreiter stand, würde sie neu aufblühen.

»Sie war die Ursache für Ruathas Verfall?« fragte er seinen Anführer.

»Und hätte mit ihren Machenschaften beinahe unseren Untergang herbeigeführt«, erwiderte F'lar. Aber er konnte großzügig sein, denn er hatte die Suche erfolgreich beendet. »Freue dich nicht zu früh, Bruder«, sagte er rasch, als er F'nors Gesichtsausdruck bemerkte. »Zuerst muß die Gegenüberstellung stattfinden.«

»Ich bringe hier alles in Ordnung. Die Wahl Lytols ist ausgezeichnet«, erklärte F'nor, obwohl er wußte, daß F'lar seine Zustimmung nicht benötigte.

»Wer ist dieser Lytol?« fragte Lessa spitz. Sie hatte das wirre, verfilzte Haar aus dem Gesicht geschoben. Im Mondlicht bemerkte man den Schmutz nicht so deutlich. F'lar sah den

Blick, den F'nor dem Mädchen zuwarf, und er gab dem braunen Reiter mit einer befehlenden Geste zu verstehen, daß er sich um seine Aufgaben kümmern solle.

»Lytol ist ein ehemaliger Drachenreiter«, erwiderte er auf Lessas Frage. »Er hat sein Tier bei einem Unfall verloren. Und er haßt Fax. Unter seiner Leitung wird Ruatha gut gedeihen.« Er warf ihr einen herrischen Blick zu. »Oder nicht?«

Sie gab keine Antwort, sondern starrte ihn nur düster an, bis er zu lachen begann.

»Wir fliegen zum Weyr«, erklärte er und reichte ihr die Hand, um sie zu Mnementh zu führen.

Der Bronzedrache hatte den Kopf weit vorgestreckt und beobachtete den Wachwher, der keuchend am Boden lag.

»Oh«, seufzte Lessa und ließ sich neben dem Tier nieder. Es hob langsam den Kopf und winselte erbärmlich.

»Mnementh sagt, daß er sehr alt ist und bald für immer einschlafen wird.«

Lessa nahm den häßlichen Kopf in die Arme, streichelte ihn und kraulte ihn hinter den Ohren.

»Kommen Sie, Lessa von Pern«, sagte F'lar ungeduldig. Er wollte endlich zum Weyr zurückkehren.

Sie erhob sich langsam. »Er hat mich gerettet. Er wußte, wer ich war.«

»Er ist sich darüber im klaren, daß er eine gute Tat vollbracht hat«, versicherte ihr F'lar. Er wunderte sich über ihre plötzliche Sentimentalität.

Er nahm sie an der Hand, um ihr aufzuhelfen und sie zu Mnementh zu bringen.

Im nächsten Augenblick wurde er zu Boden geworfen. Er versuchte auf die Beine zu kommen, aber der überraschende Angriff hatte ihn halb betäubt, und er mußte hilflos zusehen, wie der schuppige Körper des Wachwhers in die Luft schnellte – geradewegs auf ihn zu.

Gleichzeitig hörte er Lessas entsetzten Aufschrei und Mnemenths Brüllen. Der Bronzedrache wollte seinen mächtigen Kopf zwischen den Wachwher und F'lar schieben, doch noch vorher rief Lessa drängend:

»Nicht töten! Nicht töten!«

Das Knurren des Wachwhers verwandelte sich in ein

schmerzerfülltes Winseln. Er vollführte mitten in der Luft ein unglaubliches Manöver, das die beabsichtigte Flugbahn veränderte. Einen Meter von F'lar entfernt landete er mit einem dumpfen Aufprall. Man hörte die Knochen splittern.

Bevor der Bronzereiter sich erheben konnte, kniete Lessa mit verzweifelter Miene neben dem Tier und umarmte es.

Mnementh stieß den Wachwher sanft mit der Schnauze an. Er erklärte F'lar, daß der Wher in Verwirrung geraten sei, als Lessa sich von ihm verabschiedete. Er hatte geglaubt, sie befinde sich in Gefahr, weil sie die Burg ihrer Vorfahren verließ. Als er dann ihren angstvollen Befehl hörte, versuchte er den Fehler wiedergutzumachen – auf Kosten des eigenen Lebens.

»Er hat mich wirklich nur verteidigt«, fügte Lessa mit erstickter Stimme hinzu. Sie räusperte sich. »Er war mein Freund – das einzige Geschöpf, dem ich vertrauen konnte.«

F'lar klopfte ihr ungeschickt auf die Schulter. Der Gedanke, daß jemand auf die Freundschaft eines Wachwhers angewiesen sein könnte, entsetzte ihn.

»Ein wahrhaft treues Tier«, sagte er und blieb geduldig neben ihr stehen, bis das Licht in den grüngoldenen Augen des Wachwhers erlosch.

Und plötzlich klang das hohe, beinahe unhörbare Klagen der Drachen auf, mit dem sie ihre Toten ehrten.

»Aber er war doch nur ein Wachwher«, murmelte Lessa, verwirrt von dem Achtungsbeweis der Drachen.

»Die Drachen tun, was *sie* für richtig halten«, stellte F'lar trocken fest.

Lessa warf noch einen Blick auf den schuppigen Kopf. Sie ließ ihn sanft zu Boden gleiten, strich über die gestutzten Flügel und öffnete dann das schwere Metallhalsband. Sie warf es mit einer heftigen Bewegung weg.

Dann erhob sie sich und ging mit entschlossenen Schritten auf Mnementh zu, ohne sich noch einmal umzusehen. Sie trat ruhig auf die erhobene Pfote des Bronzedrachen und schwang sich auf den breiten Nacken des Tieres.

F'lar hielt nach den Reitern Ausschau, die ihn zum Weyr begleiten sollten. Die Bewohner der Burg hatten sich in den

Großen Saal zurückgezogen. Als seine Leute versammelt waren, schwang er sich hinter Lessa auf Mnementh.

»Halten Sie sich gut an mir fest«, befahl er, als er den Kamm des Drachen umklammerte und das Zeichen zum Aufbruch gab.

Lessas Finger umkrampften seine Arme, als der Bronzedrache senkrecht vom Boden abhob und mit seinen mächtigen Schwingen die Luft aufwirbelte. Nach kurzer Zeit lag die Klippe unter ihnen. F'lar drehte sich um. Die übrigen Reiter folgten ihm in perfekter Formation.

Er gab Mnementh den Befehl, ins *Dazwischen* zu tauchen.

Nur ein kurzes Atemstocken verriet die Erregung des Mädchens, als sie sich plötzlich im *Dazwischen* befand. Selbst F'lar, der an die brennende Kälte und das Schweigen gewöhnt war, empfand jedesmal von neuem ein Gefühl der Unsicherheit. Aber man blieb höchstens drei Atemzüge lang im *Dazwischen*.

Mnementh drückte brummend seine Bewunderung über die Ruhe des Mädchens aus. Sie hatte keine Angst gezeigt wie andere Frauen, die oft genug zu schreien begannen. F'lar spürte ihr Herzklopfen, aber das war alles.

Und dann kreisten sie über dem Weyr. Die Flügel Mnemenths glitzerten im hellen Sonnenlicht. Sie waren eine halbe Welt entfernt vom nächtlichen Ruatha.

F'lar spürte Lessas Staunen, als sie über der gewaltigen Steinsenke des Weyr schwebten. In ihren Zügen spiegelte sich Begeisterung wider; sie zeigte nicht die geringste Furcht, obwohl sie mehr als tausend Längen über dem Benden-Gebirge kreisten. Dann, als die sieben Drachen ihren Willkommensschrei ausstießen, huschte ein ungläubiges Lächeln über ihr Gesicht.

Die Drachenreiter flogen in einer weiten Spirale auf den Weyr zu — bis auf Mnementh, der es vorzog, sich in gemächlichen Kreisen nach unten zu senken. Die Drachenreiter suchten ihre Wohnhöhlen auf den verschieden hohen Vorsprüngen des Weyrs auf. Auch Mnementh bremste seinen Flug ab und landete elegant auf einem Steinsims. F'lar half dem Mädchen beim Absteigen, und sie warf einen scheuen Blick auf die Felsen, die von Mnemenths Krallen glattgeschliffen waren.

»Hier geht es zu unserem Quartier«, erklärte er, als sie den breiten, gewölbten Korridor betraten.

Sie erreichten die riesige natürliche Höhle, die Mnementh seit seiner Jugend als Lagerstatt diente. F'lar sah sich mit kritischen Augen um. Der Raum war fraglos größer als die meisten Burgsäle, die er während seiner Suche betreten hatte. Aber plötzlich erkannte er, daß er kaum weniger schäbig und verkommen wirkte als der Saal von Ruatha. Gewiß, Benden war einer der ältesten Weyr, so wie Ruatha eine der ältesten Burgen war. Wie viele Drachen hatten hier in dieser Mulde geschlafen? Wie viele Füße waren über den Felsenpfad zum Schlafgemach und der dahinterliegenden Badehöhle gegangen, in der eine warme Quelle sprudelte? Doch das alles war keine Entschuldigung. Die Gobelins an den Wänden hatten verwaschene Farben und zeigten an manchen Stellen Löcher. Und die Fettflecken am Boden und auf den Fenstersimsen ließen sich mit Sand ohne weiteres wegscheuern.

Er bemerkte Lessas argwöhnischen Gesichtsausdruck, als er im Schlafgemach stehenblieb.

»Ich muß noch Mnementh füttern«, sagte er. »Sie können also zuerst baden.« Er beugte sich über eine Truhe und wühlte ein paar saubere Kleider hervor, abgelegte Sachen seiner früheren Gefährtinnen, aber immer noch weitaus besser als die Lumpen, die sie trug. Das weiße Wollgewand, das sie bei der Gegenüberstellung anziehen würde, faltete er sorgfältig zusammen und legte es beiseite. Er schob ihr die Kleider und einen Beutel mit Waschkleie zu und deutete auf den Vorhang, der den Baderaum vom Schlafgemach abtrennte.

Dann drehte er sich um und ging hinaus.

Mnementh informierte ihn, daß F'nor Canth fütterte und daß er selbst am Verhungern sei. Boshaft fügte er hinzu, daß *sie* F'lar mißtraute, aber nicht die geringste Scheu vor einem Drachen zeige.

»Weshalb sollte sie auch?« erwiderte F'lar. »Du bist ein Vetter des Wachwhers, der ihr einziger Freund war.«

Mnementh erklärte entrüstet, daß er, ein ausgewachsener Bronzedrache, nicht die geringste Beziehung zu einem dürren, angeketteten, armseligen Wachwher habe.

»Weshalb hast du ihm dann eine Ehre erwiesen, die nur den Drachen gebührt?« erkundigte sich F'lar.

Mnementh entgegnete hochmütig, daß es sich einfach gehörte, das Dahinscheiden eines treuen und selbstaufopfernden Geschöpfes zu beklagen. Nicht einmal ein blauer Drache könne leugnen, daß der Wachwher von Ruatha die Wahrheit verschwiegen habe, obwohl er selbst, Mnementh, ihn hart bedrängt habe. Zudem habe er die Tapferkeit eines Drachen gezeigt, als er sein Leben aufgab, um einen Fehler wiedergutzumachen. Es sei ganz selbstverständlich, ihm die Drachenehre zu erweisen.

F'lar lachte vor sich hin. Es war ihm wieder einmal geglückt, den Bronzedrachen zu hänseln. Würdevoll glitt Mnementh zum Futterplatz hinunter.

F'lar sprang neben F'nor zu Boden. Die Erschütterung erinnerte ihn wieder an seine Schulterverletzung. Er mußte das Mädchen darum bitten, daß sie die Wunde versorgte.

Während Mnementh auf einen fetten Bock zustieß, begrüßte F'nor seinen Bruder. »Sie können jeden Moment ausschlüpfen«, sagte er. Seine Augen glänzten vor Erregung.

F'lar nickte nachdenklich. Er wußte, daß F'nor noch weitere Neuigkeiten für ihn hatte, aber er wollte den braunen Reiter nicht drängen.

Sie sahen beide zu, wie F'nors Canth eine Rehgeiß aus der Herde holte. Der Drache umklammerte das sich wehrende Tier und trug es zu einem Felsvorsprung hinaus, wo er es in aller Ruhe verspeisen konnte.

Mnementh glitt bereits zum zweitenmal über die Herde. Er suchte sich eine schwere Gans aus und flog mit ihr in die Höhe. Wie immer fühlte F'lar Stolz in sich aufsteigen, wenn er das Spiel der Sonne auf den mächtigen Bronzeschwingen beobachtete. Mnementh bewegte sich mit besonderer Eleganz und Leichtigkeit.

»Lytol war überwältigt von der Berufung«, sagte F'nor. »Er läßt dich grüßen. Ich glaube, er gibt einen guten Verwalter ab.«

»Aus diesem Grunde wurde er ausgewählt«, entgegnete F'lar brummig, obwohl er sich über Lytols Reaktion freute. Das Verwalteramt war kein Ersatz für den Verlust eines Drachen, aber es forderte doch große Verantwortung von dem Mann.

»Im Hochland war man erleichtert über den Tod des Barons«, berichtete F'nor mit einem breiten Grinsen. »Und man trauerte ehrlich um Lady Gemma. Ich bin gespannt, wer die Nachfolge von Fax antritt.«

»Auf Ruatha?« fragte F'lar mit gerunzelter Stirn.

»Nein. Im Hochland und auf den anderen Burgen, die Fax erobert hatte. Lytol wird Ruatha gut absichern und es von seinen eigenen Leuten bewachen lassen. Er versprach, sich zu beeilen, damit unsere Männer bald zum Weyr zurückkehren können.«

F'lar nickte beifällig und erwiderte den Salut von zwei blauen Reitern seines Geschwaders, die ihre Drachen zum Futterplatz brachten. Mnementh kreiste wieder über dem Geflügelhof.

»Er legt Wert auf leichte Kost«, stellte F'nor fest. »Canth dagegen schlingt alles in sich hinein.«

»Die Braunen wachsen langsamer«, meinte F'lar gedehnt und registrierte mit Befriedigung, daß F'nors Augen zornig aufblitzten. Das würde ihn lehren, wichtige Nachrichten zurückzuhalten.

»R'gul und S'lel sind heimgekommen«, verkündete der braune Reiter schließlich.

Die beiden blauen Drachen stürzten sich so wild auf die Herde, daß die Tiere ein Angstgeschrei anstimmten und zu fliehen begannen.

»Die übrigen hat man zurückgerufen«, fuhr F'nor fort. »Nemorth ist bereits steif.« Dann konnte er sich nicht mehr beherrschen. »S'lel hat zwei mitgebracht und R'gul fünf. Sie sollen klug sein und schön ...«

F'lar schwieg. Er hatte damit gerechnet, daß die beiden eine ganze Reihe von Kandidatinnen herbeischaffen würden. Sollten sie Hunderte bringen! Er, der Bronzereiter F'lar, hatte diesmal die Weyrherrin gefunden. Daran gab es keinen Zweifel.

Verärgert, daß seine Neuigkeiten kaum ein Echo auslösten, erhob sich F'nor.

»Wir hätten noch das Mädchen aus Crom holen sollen und die hübsche ...«

»Hübsch?« entgegnete F'lar und zog verächtlich die Brauen hoch. »Hübsch? Jora war hübsch.« Er spuckte aus.

»K'net und T'bor kommen heim«, erklärte F'nor aufgeregt.

Drachenschwingen peitschten durch die Luft. Die beiden

Männer hoben die Köpfe und betrachteten die Geschwader, die vom Westen in einer weiten Spirale auf den Weyr zuflogen.

Mnementh streckte sich und stieß ein langgezogenes Heulen aus. F'lar rief ihn zu sich, und der Bronzedrache kam, ohne zu protestieren. Nachdem F'lar sich von seinem Bruder verabschiedet hatte, kletterte er auf Mnemenths Nacken und ließ sich in die Felsenhöhle tragen, die ihnen beiden als Wohnung diente.

Mnementh rülpste vor sich hin, als sie über den schmalen Steinsims gingen. Dann suchte er seine Schlafmulde auf und machte es sich bequem. F'lar beugte sich zu ihm herunter und strich ihm beruhigend über die Augenwülste.

Seit jenem Augenblick vor mehr als zwanzig Planetendrehungen, als der Junge F'lar und der eben ausgeschlüpfte Drache einander zum erstenmal gegenübergestanden hatten, empfand der Drachenreiter die stille Abendstunde als die schönste Zeit des ganzen Tages. Es gab nichts Erhebenderes als das Vertrauen, das die geflügelten Geschöpfe von Pern einem Menschen entgegenbrachten. Denn die Drachen hielten ihrem Reiter ein Leben lang unbeirrbar die Treue.

Mnementh schloß zufrieden die großen Augen und schlief ein. Dennoch wußte F'lar, daß sein Drache im Augenblick der Gefahr sofort hellwach sein würde.

> *Beim Goldenen Ei von Faranth,*
> *Bei der Weyrherrin, stark und kühn,*
> *Zieht Drachen, bronzerot und braun,*
> *Zieht Drachen, leuchtendblau und grün,*
> *Zieht Reiter, mutig, gewandt,*
> *Damit Mensch und Tier sich vertrau'n*
> *Und von des Weyrs Türmen*
> *Im Flug den Himmel stürmen.*

Lessa wartete, bis sie sicher war, daß der Drachenreiter das Schlafgemach verlassen hatte. Als sie das Flügelrauschen hörte, lief sie über den ausgetretenen Pfad bis zum gähnenden Eingang der Höhle. Der Bronzedrache flog in lässigen Kreisen über dem riesigen, öden Oval des Benden-Weyrs. Sie hatte schon viel über die Weyr gehört, aber die Wirklichkeit war doch anders, als sie geglaubt hatte.

Sie starrte die Felswand an, die senkrecht in die Tiefe abfiel. Nur Drachenschwingen konnten diesen Steilhang überwinden. Die übrigen Höhleneingänge lagen weit weg, unerreichbar für Lessa. Sie war hier gefangen.

Weyrherrin, hatte er gesagt. War sie dadurch an ihn gefesselt? Mußte sie sein Lager teilen? Nein, das war nicht in den Gedanken des Drachen enthalten gewesen. Jetzt erst fiel ihr auf, daß sie Mnementh verstanden hatte. Merkwürdig. Oder war es ganz normal? Nun, jedenfalls hatte der Drache angedeutet, daß es sich um etwas Größeres handelte, um eine Sonderstellung. Das konnte nur heißen, daß sie die Betreuerin der neuen Drachenkönigin werden sollte. Aber wie hing alles zusammen? Sie erinnerte sich vage, daß die Drachenreiter während der Suche nach ganz bestimmten Frauen Ausschau hielten. Dann hatte sie also Konkurrentinnen? Aber die Worte des Bronzereiters hatten so geklungen, als sei nur sie in der Lage, die Aufgabe zu erfüllen. Der Mann war reichlich eingebildet und arrogant, soviel stand fest. Aber er besaß zum Glück nicht die Brutalität von Fax.

Sie sah, wie der Bronzedrache sich auf einen Bock stürzte und ihn auf einen entlegenen Steinsims trug. Instinktiv zog sie sich zum Höhleneingang zurück.

Der Anblick der hungrigen Drachen rief die Erinnerung an grausige Erzählungen wach. Erzählungen, über die sie gelacht hatte, aber nun ... Stimmte es etwa doch, daß Drachen Menschenfleisch fraßen? Oder ... Lessa zügelte ihre Gedankengänge. Drachen waren nicht weniger grausam als Menschen. Aber sie handelten wenigstens aus Not und niemals aus Gier.

Lessa hoffte, daß der Drachenreiter eine Weile ausbleiben würde. Sie durchquerte die große Höhle und betrat das Schlafgemach. Dort hob sie die Kleider und den Beutel mit der Waschkleie auf und ging weiter in den Baderaum. Er war nicht groß, genügte aber vollkommen für seinen Zweck. Ein breiter Felsvorsprung bildete eine Art Stufe in das kreisförmige Badebecken. An einer Seite standen eine Bank und ein paar

Regale mit Handtüchern. Ein Teil des Beckens war mit Sand aufgeschüttet, so daß man bequem im Wasser stehen konnte.

Endlich! Sie atmete befreit auf. Mit spitzen Fingern streifte sie die Lumpen vom Leib und schob sie mit dem Fuß zur Seite. Dann verrieb sie eine Handvoll Kleie zu einem Brei.

Sie scheuerte die Arme und das blaugeschlagene Gesicht sauber. Dann schrubbte sie ihren Körper, bis halb vernarbte Wunden wieder zu bluten begannen. Zuletzt sprang sie ins tiefe Wasser und tauchte unter. Sie holte noch mehr Kleie und verrieb sie im nassen Haar. Immer wieder spülte sie die Strähnen, bis sie das Gefühl hatte, daß sie einigermaßen sauber waren. Schmutziger Schaum trieb bis zur Höhlenwand und floß mit der Strömung ab. Noch einmal bearbeitete sie ihren Körper mit Kleie. Es war eine geradezu rituelle Waschung. Ihre Haut brannte und prickelte.

Schließlich verließ sie zögernd den Badeteich. Sie steckte das triefende Haar hoch und trocknete sich mit einem frischen Handtuch ab. Dann streifte sie ein zartgrünes Kleid aus einem weichen Stoff über. Es war zu locker, aber sie schnürte es mit Hilfe einer Schärpe eng um die Taille. Ein Lächeln glitt über ihre Züge. Noch nie im Leben hatte ein Stoff ihre Haut so umschmeichelt. Der Saum des Kleides fiel glatt und gerade bis zu ihren Knöcheln und schwang bei jedem Schritt aus. Sie nahm ein neues Handtuch und rieb ihr Haar trocken.

Ein gedämpfter Laut drang an ihre Ohren, und sie hielt den Kopf schräg. Angespannt horchte sie. Ja, sie hatte richtig gehört. Der Drachenreiter und sein Tier waren zurückgekommen. Sie schnitt eine ärgerliche Grimasse und bearbeitete ihr Haar noch stärker. Widerspenstige Locken kringelten sich auf der Stirn. Sie suchte in den Regalen, bis sie einen groben Metallkamm fand. Damit zerrte und riß sie an den Strähnen, bis sie endlich entwirrt waren.

Jetzt, da es trocken war, schien ihr Haar ein eigenes Leben zu entwickeln. Es knisterte und richtete sich auf, sobald sie den Kamm hob. Und es war lang, sehr viel länger, als sie geglaubt hatte.

Lessa horchte nach draußen. Nichts rührte sich. Vorsichtig hob sie den Vorhang zurück. Das Schlafgemach war leer. Aber in der äußeren Felskammer hörte sie die schläfrigen Bewegungen des Drachen. Sie atmete erleichtert auf. Nun mußte sie dem Mann wenigstens nicht allein gegenübertreten.

Sie wollte das Schlafgemach durchqueren und blieb wie angewurzelt stehen, als sie in den polierten Metallspiegel an der Wand sah. Eine Fremde starrte ihr entgegen. Erst als sie sich mit der Hand über die Stirn fuhr und ihr Gegenüber die Geste imitierte, erkannte sie, daß sie sich selbst sah.

Aber – das Mädchen im Spiegel war ja schöner als Lady Tela! Nur so mager. Sie betrachtete die vorstehenden Schlüsselbeine und die zerbrechlich dünne Taille. Mit neu erwachter Eitelkeit zupfte sie das Kleid zurecht und glättete ungeduldig das widerspenstige Haar.

Stiefel scharrten über den Boden. Sie zuckte zusammen. Jeden Moment konnte der Mann auftauchen. Mit einemmal stieg Angst in ihr hoch. Jetzt, da ihr die Strähnen nicht mehr ins Gesicht hingen und sie die schmutzigen Lumpen ausgezogen hatte, besaß sie keine Anonymität mehr. Sie war verwundbar.

Eisern bezwang sie den Wunsch, davonzulaufen. Sie warf noch einen Blick in den Spiegel, streckte die Schultern und hob entschlossen das Kinn; ihr Haar knisterte bei der plötzlichen Bewegung. Sie war Lessa von Ruatha. In ihren Adern floß adeliges Blut. Sie mußte sich nicht mehr vor der Welt verbergen. Sie konnte jedermann stolz gegenübertreten – auch diesem Drachenreiter!

Ruhig schob sie den Vorhang zur Felskammer beiseite.

Er stand neben dem Drachen und strich ihm über die Augenwülste. Seine Züge wirkten sonderbar zärtlich. Es war ein Bild, das völlig im Widerspruch zu allem stand, was sie bisher von den Drachenreitern gehört hatte.

Sie wußte natürlich von der engen Beziehung zwischen Tier und Reiter, aber sie hatte nicht geahnt, daß dabei Zuneigung eine Rolle spielte. Überhaupt hatte sie diesem finsteren, kühlen Mann keine tieferen Gefühle zugetraut. Sie erinnerte sich noch zu gut an seine schroffe Haltung, als sie sich von dem alten Wachwher verabschieden wollte. Kein Wunder, daß das Tier geglaubt hatte, ihr stoße etwas zu.

Der Mann drehte sich langsam um, als würde er sich nur ungern von seinem Drachen trennen. Dann, als er sie erblickte, stand er auf und trat mit ein paar raschen Schritten neben sie.

Er faßte sie mit starker Hand am Ellbogen und führte sie zurück ins Schlafgemach.

»Mnementh hat wenig gefressen und braucht Ruhe«, sagte er leise, als sei das seine wichtigste Überlegung. Er schob den schweren Vorhang zu.

Dann hielt er sie mit gestreckten Armen von sich und betrachtete sie genau. Ein erstaunter Ausdruck huschte über seine Züge.

»Gewaschen sehen Sie – recht hübsch aus«, sagte er in einem Tonfall amüsierter Herablassung. Sie machte sich brüsk von ihm frei. »Wer hätte aber auch ahnen können, was sich unter dem Schmutz von zehn Planetendrehungen verbarg! Ja, Sie sind so hübsch, daß F'nor versöhnt sein wird.«

Erbost über seine Haltung, fragte sie eisig: »Und es ist so wichtig, daß dieser F'nor versöhnt wird?«

Er grinste sie an, bis sie die Fäuste in die Hüften stemmte, um nicht auf ihn einzuschlagen.

Schließlich sagte er: »Aber lassen wir das jetzt. Wir müssen essen, und ich benötige Ihre Dienste.« Als er ihren verwirrten Ausdruck bemerkte, drehte er sich um und deutete auf die Blutkruste an seiner linken Schulter. »Ich kann doch verlangen, daß Sie die Wunden behandeln, die ich im Kampf um Ihre Sache erhielt.«

Er schob einen Gobelin zur Seite, der an der Innenwand hing. »Essen für zwei!« brüllte er in den schwarzen Schlitz, der dahinter zum Vorschein kam.

Das Echo hallte wie aus einem tiefen Schacht wider.

»Nemorth liegt im Sterben«, erklärte er, während er einen anderen Wandbehang hob und Verbandszeug aus einer verborgenen Nische holte. »Und die Jungen können jeden Moment ausschlüpfen.«

Ein eiskaltes Gefühl durchzuckte Lessa. Sie kannte die Drachenlegenden, und die makabren Szenen der Gegenüberstellung hatten sich tief in ihr Gedächtnis eingegraben. Stumm nahm sie die Dinge, die er ihr reichte.

»Haben Sie etwa Angst?« fragte der Drachenreiter spöttisch, während er das zerrissene, blutverkrustete Hemd auszog.

Lessa schüttelte den Kopf und wandte ihre Aufmerksamkeit seinen muskulösen Schultern zu. Die Wunde war wieder aufgebrochen. Ein dünner Blutstreifen rieselte dem Drachenreiter über den Rücken.

»Ich brauche Wasser«, sagte sie und entdeckte im gleichen Augenblick eine flache Pfanne neben den Verbandsutensilien. Sie ging damit zur Quelle. Unterwegs überlegte sie, weshalb sie sich auf dieses Abenteuer eingelassen hatte. Ruatha war eine Ruine, gewiß, aber sie kannte jeden Winkel vom Wachtturm bis zu den Kellergewölben. Als der Drachenreiter ihr nach dem Tod von Fax vorgeschlagen hatte, in den Weyr zu ziehen, hatte sie sich stark genug gefühlt, jede Gefahr zu meistern. Doch jetzt zitterten ihre Hände so, daß sie kaum die Pfanne festhalten konnte.

Sie konzentrierte sich auf die Wunde. Es war ein häßlicher Schnitt, der sehr tief ging. Die Haut des Drachenreiters fühlte sich glatt unter ihren Fingern an. Er zuckte nicht zusammen, als sie das getrocknete Blut aus der Wunde wusch, und Lessa war wütend über sich selbst, daß sie ihn nicht mit der Grobheit behandelte, die ihm gebührte.

Mit zusammengebissenen Zähnen strich sie eine dicke Schicht Heilsalbe über den Schnitt. Dann riß sie ein paar Tücher zu Streifen und befestigte damit den Verband. Der Drachenreiter bewegte vorsichtig den Arm. Als er sich umdrehte und sie ansah, waren seine Augen dunkel und nachdenklich.

»Sie sind sehr sanft mit mir umgegangen. Ich danke Ihnen, Lady.« Er erhob sich mit einem ironischen Lächeln.

Lessa wich ein paar Schritte zurück, aber er ging nur an die Truhe und holte sich ein frisches Hemd.

Ein gedämpftes Grollen klang auf und schwoll rasch an.

Drachen? überlegte Lessa und versuchte die Furcht zu unterdrücken, die in ihr aufstieg. Hatte das Ausschlüpfen begonnen? Diesmal gab es keinen Wachwher, bei dem sie Zuflucht suchen konnte.

Der Drachenreiter lachte gutmütig, als verstünde er ihre Verwirrung. Ohne sie aus den Augen zu lassen, schob er den Gobelin zur Seite. Irgendein lärmender Mechanismus im Innern des Schachtes hievte ein Tablett mit Essen hoch.

Lessa schämte sich wegen ihrer unbegründeten Furcht und war zugleich wütend, daß er ihre Gefühle durchschaut hatte.

Widerspenstig warf sie sich auf eine der fellbedeckten Ruhebänke entlang der Wand und wünschte ihm eine ganze Reihe von schmerzhaften Verletzungen, die sie behandeln konnte. In Zukunft würde sie nicht mehr so zimperlich sein.

Er stellte das Tablett auf einen niedrigen Tisch und holte sich ein paar Felle, auf denen er Platz nahm. Lessa entdeckte Fleisch, Brot, einen Krug mit *Klah*, einen herrlichen goldgelben Käse und sogar Winterobst. Der Drachenreiter saß einfach da, und auch sie wagte nicht zu essen, obwohl ihr das Wasser im Munde zusammenlief, als sie die reifen Früchte sah. Flar sah mit gerunzelter Stirn auf.

»Auch im Weyr bricht zuerst die Dame das Brot«, sagte er und nickte ihr höflich zu.

Lessa errötete. Sie war nicht mehr an die vornehmen Tischsitten gewöhnt. Während der letzten zehn Planetendrehungen hatte sie sich mit Küchenabfällen begnügen müssen.

Sie brach ein Stück Brot ab, und sie konnte sich nicht erinnern, jemals zuvor etwas Köstlicheres gegessen zu haben. Zum einen war es frisch gebacken. Und man hatte das Mehl fein gesiebt. Sie nahm den Käse, den er ihr anbot, und genoß das volle scharfe Aroma. Kühner geworden, griff sie nach einer saftigen Frucht.

»So«, begann der Drachenreiter und legte ihr die Hand auf den Arm.

Schuldbewußt legte sie die Frucht weg und starrte ihn an. Welchen Fehler hatte sie diesmal begangen? Er drückte ihr lächelnd die Frucht in die Hand. Dann sprach er weiter. Sie knabberte an dem Leckerbissen und hörte ihm aufmerksam zu.

»Merken Sie sich eines: Was auch an der Brutstätte geschieht, Sie dürfen keinen Augenblick Furcht zeigen. Und die Königin darf nicht überfüttert werden.« Ein Lächeln überflog seine Züge. »Eine unserer Hauptaufgaben ist es, die Nahrung des Drachen genau einzuteilen.«

Die Frucht schmeckte ihr nicht mehr. Sie legte sie zurück in den Korb. Der Drachenreiter sagte nicht alles, was er wußte. Lessa versuchte die tiefere Bedeutung seiner Worte zu erkennen. Sie sah ihn zum erstenmal als Mensch und nicht als Symbol.

Und sie kam zu dem Schluß, daß seine Kühle Vorsicht war – nicht etwa ein Mangel an Gefühlen. Er mußte streng sein, um seine Jugend zu verbergen, denn er zählte kaum mehr Planetendrehungen als sie. Dichtes schwarzes Haar kräuselte sich von der hohen Stirn bis in den Nacken. Die buschigen dunklen Brauen zogen sich zu oft zu einem finsteren Grübeln zusammen. Über der geraden Nase standen scharfe Falten, und die bernsteingoldenen Augen strahlten nur allzuleicht Zynismus oder kühlen Spott aus. Seine Lippen waren schmal und ebenmäßig geformt. Wenn er sich entspannte, wirkten sie beinahe sensibel. Aber weshalb mußte er einen Mundwinkel ständig zu einem verächtlichen Lächeln herunterziehen? O ja, er sah gut aus, das mußte sie sich eingestehen. Er hatte etwas Zwingendes, Magnetisches an sich. Und in diesem Augenblick war sein Gesichtsausdruck aufrichtig.

Er meinte seine Worte ernst. Er wollte nicht, daß sie Angst hatte. Es gab keinen Grund zur Angst.

Und ihm lag viel daran, daß sie ihr Ziel erreichte. Das erschien ihr nicht so schwer. Ein junger Drache war sicher noch nicht kräftig genug, um ein ganzes Herdentier zu reißen. Und sie verstand es, anderen Geschöpfen ihren Willen aufzuzwingen. Der Wachwher auf Ruatha hatte nur ihr gehorcht. Und selbst den Bronzedrachen hatte sie zum Schweigen gebracht, als sie sich auf dem Weg zur Hebamme befand. Hauptaufgabe? *Unsere* Hauptaufgabe?

Der Drachenreiter sah sie erwartungsvoll an.

»Unsere Hauptaufgabe?« wiederholte sie. Ihr Tonfall verriet, daß sie sich mit seinen spärlichen Auskünften nicht zufriedengab.

»Mehr davon später«, erwiderte er ungeduldig und winkte ab, als sie weitere Fragen stellen wollte.

»Aber was geschieht denn eigentlich?« beharrte sie.

»Ich kann Ihnen nur das sagen, was ich selbst weiß. Nicht mehr und nicht weniger. Behalten Sie diese beiden Dinge im Gedächtnis: Zeigen Sie keine Furcht, und überfüttern Sie das Tier nicht!

»Aber ...«

»Sie dagegen müssen viel essen. Hier!« Er spießte ein Stück Fleisch auf sein Messer und streckte es ihr entgegen. Mühsam würgte sie es hinunter. Als er ihr das nächste Stück anbieten wollte, winkte sie ab und biß tief in die saftige Frucht. Sie mußte sich langsam an den Überfluß gewöhnen.

»Es wird bald wieder bessere Kost im Weyr geben«, stellte er mit einem mißmutigen Blick auf das Tablett fest.

Lessa zeigte sich überrascht, denn für sie war es ein Festmahl gewesen.

»Sie schaffen die Menge nicht? Ach ja, ich vergaß, daß man in Ruatha an den letzten Knochen nagt.«

Sie versteifte sich.

»Sie haben auf Ruatha richtig gehandelt. Ich wollte Sie nicht kritisieren«, erklärte er lächelnd. »Aber sehen Sie sich an!« Ein nachdenklicher Ausdruck kam in seine Augen. »Nein, ich hätte nicht gedacht, daß Sie so hübsch sind. Vor allem das Haar...« In seiner Stimme schwang Bewunderung mit.

Unwillkürlich strich sie mit den Fingern über die Locken, und sie begannen zu knistern. Aber sie kam nicht mehr dazu, ihm zu antworten. Ein unheimliches Klagen erfüllte die Kammer.

Der Laut jagte ihr einen Schauer über den Rücken. Sie preßte beide Hände gegen die Ohren, aber das Wimmern ließ sich nicht verdrängen. Und dann verstummte es, ebenso abrupt wie es begonnen hatte.

Bevor sie sich gefaßt hatte, zerrte der Drachenreiter sie an der Hand zur Truhe hin.

»Ziehen Sie das da aus!« befahl er und deutete auf ihr Kleid. Während sie ihn entgeistert anstarrte, holte er ein ärmelloses weißes Gewand aus der Truhe. Es war bodenlang und völlig schmucklos. »Rasch! Oder wollen Sie etwa, daß ich Ihnen helfe?«

Das grauenhafte Klagen wiederholte sich und trieb sie zur Eile an. Mit fliegenden Fingern streifte sie das Kleid ab. Der Drachenreiter warf ihr die weiße Robe über die Schultern. Sie schob die Arme durch die Öffnungen, und im nächsten Moment hatte er sie wieder am Handgelenk gepackt und zog sie mit sich. Ihr Haar sprühte vor Elektrizität.

Als sie die äußere Felsenkammer erreichten, stand der Bronzedrache aufgerichtet da und starrte ihnen entgegen. Lessa spürte seine Ungeduld. Die großen Augen, die sie so faszinierten, schillerten in allen Regenbogenfarben. Er war erregt. Bei ihrem Anblick begann er mit hoher Stimme zu winseln.

Drache und Drachenreiter schienen miteinander zu beraten. Und plötzlich erkannte Lessa, daß es um sie ging. Der Kopf des Drachen war mit einem Male dicht vor ihr, so daß sie nichts außer seiner spitzen Schnauze sah. Sie spürte seinen warmen, phosphorhaltigen Atem. Sie fing seine Gedanken auf, als er dem Drachenreiter mitteilte, daß diese Frau von Ruatha ihm immer besser gefiel.

Und dann zerrte der Drachenreiter sie wieder vorwärts, und der Drache rannte mit langen Sprüngen neben ihnen her. Lessa befürchtete schon, daß sie alle im Abgrund landen würden, aber irgendwie saß sie plötzlich auf dem Nacken des fliegenden Ungetüms, und der Bronzereiter umklammerte mit starker Hand ihre Taille.

Sie glitten nun durch die breite Senke auf die gegenüberliegende Felswand zu. Von allen Seiten strömten die mächtigen Drachen herbei, und ihr laut peitschender Flügelschlag ließ das ganze Tal erzittern.

Mnementh flog schnurgerade auf einen dunklen, runden Höhleneingang hoch im Fels zu. Lessa erschien es wie ein Wunder, daß sie nicht mit anderen Drachen zusammenstießen. Und dann hatten sie die Öffnung erreicht. Dumpfe Laute hallten durch den Korridor. Die Luft war drückend.

Lessa sah sich ungläubig um. Sie befanden sich in einer gigantischen Höhle. Der ganze Berg mußte hohl sein! Auf breiten Vorsprüngen kauerten die Drachen, blau, grün und braun. Zu ihrer Verwunderung entdeckte sie nur zwei Bronzedrachen außer Mnementh. Lessa umkrampfte erregt den schuppigen Kamm des Drachen. Sie spürte instinktiv, daß hier etwas Besonderes vorging.

Mnementh ließ sich auf keinem der Vorsprünge nieder, sondern schwebte in die Tiefe. Und dann starrte Lessa nur noch den Sandboden der Höhle an. Sie sah die Dracheneier — zehn unförmige, gesprenkelte Eier, deren Schalen bereits gesprungen waren. Etwas abseits, auf einer Bodenerhebung, lag das goldene Ei der Königin. Es war größer als alle anderen. Und neben dem goldenen Ei erkannte sie die reglose Gestalt der alten Königin.

Mnementh hielt an, und Lessa spürte, wie der Drachenreiter ihre Taille umfaßte und sie absetzte.

Ängstlich klammerte sie sich an ihm fest. Er schob sie unerbittlich von sich. Einen Moment lang trafen sich ihre Blicke.

»Denken Sie an meine Worte, Lessa!«

Mnementh richtete eines seiner großen Facettenaugen auf sie und sandte ihr einen tröstenden Gedanken. Dann erhob er sich und flog zum untersten Felsvorsprung, wo er ein Stück entfernt von den beiden anderen Bronzedrachen landete. Lessa sah ihm hilflos nach. Der Reiter stieg ab, und das Tier streckte den biegsamen Hals, bis sein Kopf dicht neben dem Mann war.

Lautes Schluchzen und Schreien lenkte Lessas Aufmerksamkeit ab. Noch mehr Drachen waren gelandet und hatten weißgekleidete Mädchen abgesetzt. Insgesamt zählte sie zwölf. Sie drängten sich aneinander und wimmerten vor Angst. Lessa beobachtete sie neugierig. Weshalb weinten sie? Sie schienen keine Schmerzen zu haben. Verächtlich schüttelte sie den Kopf. Eine Ruatha würde ihre Furcht niemals in dieser Weise zeigen!

In diesem Augenblick begann das goldene Ei zu schaukeln. Mit Gezeter zogen sich die Mädchen bis an die Felswand zurück. Eine von ihnen, ein schönes Geschöpf mit schweren blonden Flechten, blieb neben der Bodenerhöhung stehen. Doch dann stieß sie einen durchdringenden Schrei aus und floh zu ihren Gefährtinnen.

Lessa wirbelte herum. Einen Moment lang stockte auch ihr der Atem.

Ein Stück von dem goldenen Ei entfernt waren mehrere der gesprenkelten Dracheneier aufgebrochen. Mit dünnen Schreien arbeiteten sich die Jungtiere ins Freie — und bewegten sich auf eine Schar von halbwüchsigen Jungen zu, die einen Halbkreis um das Gelege bildeten.

Das Kreischen der Frauen ging in ein unterdrücktes Schluchzen über, als einer der kleinen Drachen mit scharfen Klauen auf einen Jungen einhieb.

Lessa zwang sich, die Szene zu beobachten. Der Drache stieß den Jungen zur Seite, als sei er von ihm enttäuscht. Der Junge rührte sich nicht. Lessa sah, daß er aus mehreren Wunden blutete.

Ein zweiter Drache stolperte auf einen Jungen zu. Er schüttelte hilflos die feuchten Flügel und reckte den dünnen Hals. Dazu stieß er ein ermutigendes Summen aus, wie sie es schon bei

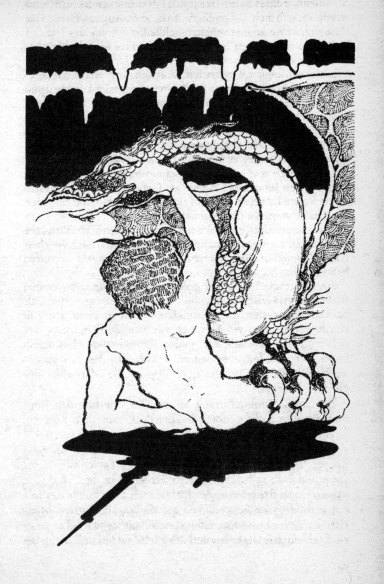

Mnementh gehört hatte. Der Junge hob unsicher die Hand und strich dem kleinen Drachen über die Augenwülste. Das Summen wurde immer weicher. Schließlich senkte das Tier den Kopf und stupste den Jungen damit an. Das Kind lachte über das ganze Gesicht.

Lessa sah, wie die nächsten Drachen ihre engen Gefängnisse durchbrachen. Einer warf einen Jungen zu Boden und trat über ihn hinweg, ohne darauf zu achten, daß er imit seinen scharfen Klauen die Haut aufriß. Der zweite Drache blieb neben dem Kind stehen und summte eifrig. Mühsam richtete sich der Kleine auf und wischte sich die Tränen aus den Augen. Dann redete er liebevoll auf den Drachen ein.

Es war rasch vorbei. Die ausgeschlüpften Drachen sonderten sich mit den Jungen ab, die sie als Gefährten gewählt hatten. Blaue Reiter landeten auf dem Boden der Höhle und brachten die Kinder weg, die übriggeblieben waren.

Lessa wandte sich entschlossen dem goldenen Ei zu. Sie wußte nun, was sie zu erwarten hatte, und sie überlegte, nach welchen Gesichtspunkten die Drachen wohl ihre Auswahl getroffen hatten.

Ein Riß zeigte sich in der goldenen Schale, und von neuem stießen die Mädchen angstvolle Schreie aus. Einige hatten sich zu Boden geworfen, andere umklammerten einander. Der Riß wurde breiter, und ein kräftiger, keilförmiger Kopf arbeitete sich ins Freie. Es folgte der golden schimmernde Hals. Lessa fragte sich, wie lange es dauern mochte, bis das Tier ausgewachsen war. Bereits jetzt überragte es die Männchen des gleichen Geleges.

Ein lautes Summen drang an ihr Ohr. Sie hob den Kopf und erkannte, daß die Bronzedrachen die Geburt ihrer Königin, ihrer Paarungsgefährtin mitverfolgten. Das Summen verstärkte sich, als das Ei zerschellte und der goldene, feuchtglänzende Körper des Drachenweibchens auftauchte. Es schwankte ins Freie und hieb mit dem scharfen Schnabel in den Sand. Die nassen Flügel flatterten ungeschickt. Doch dann rannte das Tier mit verblüffender Schnelligkeit auf die angststarrten Mädchen zu. Bevor Lessa eingreifen konnte, warf es sich auf eine der weißgekleideten Gestalten und schüttelte sie hin und her. Man hörte ein dumpfes Knirschen, und das Mädchen sackte mit gebrochenem Halswirbel zu Boden. Die übrigen Frauen stoben kreischend auseinander.

Der junge Drache blieb mit einem erbärmlichen Wimmern stehen und sah den Fliehenden nach. Lessa trat ein paar Schritte auf die goldene Königin zu und hielt den keilförmigen Kopf fest. Warum war das alberne Ding nicht ausgewichen, als das Tier sich auf sie stürzte? Der Drache war nach der Geburt so plump und ungeschickt, daß man ihn ohne weiteres überlisten konnte.

Lessa drehte den Kopf der Drachenkönigin so herum, daß die Facettenaugen gezwungen waren, sie anzusehen ... und kam selbst nicht mehr los von der schillernden Iris.

Ein Gefühl der Wärme überflutete Lessa; Zärtlichkeit, Zuneigung, Respekt und Bewunderung drangen auf sie ein. Nie wieder würde Lessa allein sein, nie würde ihr eine Beschützerin fehlen. Wie schön Lessa war, wie mutig, wie klug und rücksichtsvoll!

Mechanisch strich Lessa die weichen Augenwülste.

Der Drache sah sie wehmütig an. Er war traurig, daß er Lessa Kummer bereitet hatte. Lessa tätschelte beruhigend den feuchten Nacken, der sich ihr vertrauensvoll entgegenstreckte. Der Drache kippte zur Seite und trat sich auf den Flügel. Lessa brachte die Sache wieder in Ordnung.

Der Drache begann leise zu summen. Seine Augen verfolgten jede Bewegung von Lessa. Und dann ließ er sie wissen, daß er Hunger hatte.

»Du bekommst gleich etwas zu fressen«, versicherte Lessa.

Sie konnte nicht begreifen, was geschehen war. Mit einemmal gehörten all ihre Gefühle diesem Drachenkind.

Ramoth sah Lessa in die Augen und wiederholte, wie hungrig sie sei. Schließlich habe sie eine Ewigkeit in diesem finsteren Gefängnis zubringen müssen.

Lessa fragte sich, woher sie den Namen der Drachenkönigin wußte. Ramoth erwiderte, das sei völlig natürlich, und dann befand sich Lessa wieder im Bann der schillernden großen Augen.

Ohne auf die Bronzedrachen zu achten, die ihre Felsen verlassen hatten, ohne ihren Reitern auch nur einen Blick zu gönnen, streichelte Lessa den Kopf des schönsten Geschöpfes von Pern. Sie spürte schwach, daß die Zukunft auch Leid bringen würde, aber im Augenblick achtete sie nicht darauf. Sie, Lessa von Pern, durfte für immer die goldene Drachenkönigin Ramoth betreuen.

## TEIL II

*Meere brodeln, Berge schwinden,*
*Wüsten kochen, Drachen künden,*
*Es kommt der Rote Stern.*
*Feuer lodern, Spalten klaffen,*
*Grün verdorrt, greift zu den Waffen,*
*Verteidigt Pern.*
*Sternstein, halte Wacht,*
*Drachenreiter, habt acht,*
*Es kommt der Rote Stern.*

»Warum hat eine Königin Flügel, wenn sie nicht fliegen soll?« fragte Lessa. Sie gab sich alle Mühe, einen ruhigen Tonfall beizubehalten.

Sie hatte lernen müssen, ihr aufbrausendes Temperament zu zügeln, auch wenn es ihr schwerfiel; denn im Gegensatz zu den normalen Bewohnern von Pern waren die Drachenreiter in der Lage, starke Gefühlsausstrahlungen aufzufangen.

R'guls buschige Augenbrauen zogen sich zusammen, und seine Lippen bildeten einen dünnen Strich. Lessa kannte seine Antwort, bevor er sie in Worte kleidete.

»Königinnen fliegen nicht«, sagte er knapp.

»Außer zur Paarungszeit«, warf S'lel ein. Er hatte vor sich hingedöst. Das kam bei ihm nicht selten vor, obwohl er jünger war als der energische R'gul.

Jetzt werden sie wieder streiten, dachte Lessa und stöhnte innerlich. Eine halbe Stunde ertrug sie das, dann wurde ihr übel. Die beiden teilten sich in die Aufgabe, die neue Weyrherrin in ihre Pflichten einzuweihen. Aber oft genug artete die Unterweisung in hitzige Wortgefechte aus, wenn sie sich über lächerliche Kleinigkeiten nicht einigen konnten. Manchmal, so wie jetzt, gaben sie ihr dabei unfreiwillig ein paar Informationen.

»Königinnen fliegen nur zur Paarungszeit.« R'gul hatte den Widerspruch hingenommen.

»Aber wenn sie zur Paarungszeit fliegen, können sie doch auch bei anderen Gelegenheiten fliegen«, fuhr Lessa hartnäckig fort.

»Königinnen fliegen nicht.« R'guls Gesichtsausdruck verriet Sturheit.

»Jora hat nie einen Drachen geflogen«, murmelte S'lel und verlor sich einen Moment lang in Gedanken an die Vergangenheit. Er sah ein wenig bekümmert drein. »Jora hat diese Räume nie verlassen.«

»Sie brachte Nemorth zum Futterplatz«, widersprach R'gul unwirsch.

Zorn stieg in Lessa hoch. Sie schluckte. Es war höchste Zeit, daß sie die beiden zum Gehen veranlaßte. Ob sie merkten, daß Ramoth manchmal nur allzu passend aufwachte? Vielleicht sollte sie heute R'guls Hath wecken. Sie verbarg ein Lächeln. Niemand im Weyr wußte, daß sie sich mit den Drachen unterhalten konnte, und das versöhnte sie wieder ein wenig.

»Wenn Nemorth nicht zu träge war, sich zu bewegen.« S'lel nagte beleidigt an seiner Unterlippe.

R'gul brachte ihn mit einem wütenden Blick zum Schweigen und deutete auf Lessas Schreibtafel.

Sie unterdrückte einen Seufzer und nahm den Stift in die Hand. Sie hatte diese Ballade nun schon neunmal fehlerfrei abgeschrieben. Aber zehn war offensichtlich R'guls magische Zahl. Denn bisher hatte sie jede der alten Lehrballaden, die Untergangs-Sagas und die Gesetze zehnmal geschrieben, Buchstabe für Buchstabe. Gewiß, sie verstand nicht die Hälfte davon, aber sie konnte sie auswendig.

»*Meere brodeln, Berge wanken*«, schrieb sie.

Möglich. Wenn eine größere Erdverschiebung stattfand. Einer der Wachtposten von Ruatha hatte einmal eine Geschichte erzählt, die er von seinem Urgroßvater wußte. In der Nähe der Ostfestung war ein ganzes Küstendorf im Meer versunken. In jenem Jahr hatte es gewaltige Springfluten gegeben, und jenseits von Ista war ein feuerspeiender Berg aus dem Wasser getaucht. Jahre später verschwand er wieder. Vielleicht bezog sich die Zeile darauf. Vielleicht.

»*Wüsten kochen*...« Gewiß, es hieß, daß im Sommer die Igen-Wüste unerträglich war. Kein Schatten, keine Bäume, keine Höhlen, nichts als Sand. Selbst Drachenreiter scheuten diese Gegend während der heißen Jahreszeit. Eigentlich war der Sand der Brutstätte auch immer warm. Konnte er sich je so erhitzen, daß er kochte? Und überhaupt, *was* erhitzte ihn? Die gleichen unsichtbaren Feuer, die das Wasser der Badeteiche wärmten?

»*Drachen künden* ...« Dafür konnte es ein halbes Dutzend Erklärungen geben, aber R'gul bot ihr keine einzige an. Hieß es, daß die Drachen die Ankunft des Roten Sterns verkünden? Wie? Durch einen besonderen Schrei vielleicht? Oder war etwas ganz anderes damit gemeint? Oh, all die Dinge, die in den Balladen nicht erwähnt wurden und die einem kein Mensch erklärte!

»*Feuer lodern, Spalten klaffen / Grün verdorrt, greift zu den Waffen / verteidigt Pern.*«

Neue Rätsel. War die Rede vom Feuerstein, der tief in die Felsen eindrang und sie spaltete? Und bezog sich das verdorrte Grün auf die Jahreszeit oder den Phosphoratem der Drachen, der jegliche Vegetation zunichte machte? Waffen? Sie hatte immer geglaubt, die Drachenreiter benötigten keine Waffen. Aber offenbar konnten auch sie nicht ungeschützt den Weyr verlassen.

R'gul vertrat die Auffassung, je weniger Drachenreiter die Burgherren sahen, desto rascher legte sich der Grimm über die »Schmarotzer« aus dem Weyr. Selbst die herkömmlichen Patrouillen wurden über unbewohnten Gebieten geflogen. Fax, dessen offene Auflehnung diese Bewegung ausgelöst hatte, fand genug Nachfolger. Es hieß, daß Larad, der junge Baron von Telgar, seit kurzem der Anführer der unzufriedenen Burgherren sei.

Es nagte an Lessa, daß R'gul Herr des Weyrs war. Er besaß einfach nicht die Fähigkeiten, die man für dieses Amt benötigte. Aber sein Hath hatte Nemorth auf dem ersten Paarungsflug begleitet. Die Tradition (Lessa konnte dieses Wort nicht mehr hören) verlangte es, daß derjenige Reiter Weyrherr wurde, dessen Drache sich mit der Königin paarte. Oh, R'gul schien ein guter Führer zu sein. Er war hochgewachsen und kraftvoll, und seine Züge verrieten Strenge und Selbstdisziplin. Lessa hatte jedoch das Gefühl, daß er seine Strenge in der falschen Richtung wirken ließ.

F'lar hingegen ... das war etwas ganz anderes. Im Gegensatz zu R'gul glaubte er nicht nur an die Gesetze und Traditionen, er verstand sie auch. Hin und wieder gelang es ihr, aus ein paar Sätzen, die er ihr hinwarf, ein Rätsel zu lösen. Aber wiederum die Tradition verlangte es, daß die Weyrherrin vom Anführer des Weyrs in ihre Pflichten eingewiesen wurde.

Warum, beim Ei der Königin, hatte nicht Mnementh, der gigantische Bronzedrache von F'lar, Nemorth begleitet; Hath war ein kräftiges, schönes Tier, aber den Vergleich mit Mnementh hielt er nicht aus. Vermutlich hätte Nemorth mehr als nur zehn Eier gelegt, wenn sie sich mit Mnementh gepaart hätte.

Jora, die verstorbene Weyrherrin, war fett, dumm und unfähig gewesen. Niemand trauerte um sie. Es hieß, daß Drachen und Reiter ähnliche Züge aufwiesen. Vermutlich hatte Nemorth den Bronzedrachen ebenso abgestoßen wie F'lar die Reiterin – Nicht-Reiterin, verbesserte sich Lessa mit einem grimmigen Blick auf den dösenden S'lel.

Aber wenn F'lar sich auf dieses verzweifelte Duell mit Fax eingelassen hatte, um Lessa zu retten und auf den Weyr zu bringen, weshalb verdrängte er dann nicht R'gul, nachdem sie tatsächlich Weyrherrin geworden war? Er mußte doch sehen, daß der Weyr immer mehr verfiel.

»Um Pern zu retten«, hatte F'lar erwidert. Der erste Schritt dazu war, R'gul die Macht zu entreißen. Wollte F'lar etwa abwarten, bis der Weyrherr einen Fehler machte? Das würde niemals geschehen, denn R'gul tat einfach *nichts* – weder etwas Richtiges noch etwas Falsches. Vor allem gab er ihr keine Erklärungen.

»*Sternstein, halte Wacht.*« Von ihrem Platz aus konnte Lessa das riesige Rechteck des Sternsteines gegen den Himmel sehen. Immer hielt ein Reiter dort Wache. Eines Tages würde sie hinaufsteigen. Sicher hatte man einen herrlichen Ausblick auf das Benden-Gebirge und die Hochebene, die bis zum Fuß des Weyrs reichte. Vor einer Planetendrehung hatte am Sternstein eine richtige Zeremonie stattgefunden, als der Fingerfelsen kurz die aufgehende Sonne zu berühren schien und damit die Wintersonnenwende markierte. Doch das erklärte nur die Bedeutung des Fingerfelsens, nicht die des Sternsteines. Wiederum ein ungelöstes Geheimnis.

»*Drachenreiter, habt acht.*« Wie sollte eine Handvoll von Drachenreitern ganz Pern beschützen? R'gul konnte nicht leugnen, daß es auf dem Planeten fünf leere Weyr gab. Sie schienen seit undenklichen Zeiten verlassen. Lessa mußte ihre Namen und die Rangfolge auswendig lernen: Benden, Hochland, Igen, Ista und Telgar. Aber er konnte oder wollte ihr nicht erklären, weshalb die Felsenburgen leerstanden. Und er gab auch keine Antwort auf die Frage, weshalb Benden nur an die zweihundert Drachen beherbergte, obwohl Platz genug für fünfhundert war. Immer hatte er die Ausrede zur Hand, daß Jora eine unfähige, neurotische Weyrherrin gewesen sei, die Nemorth zuviel zu fressen gegeben hatte. (Niemand sagte Lessa, weshalb Drachen nicht zuviel fressen durften; ganz besonders sagte ihr niemand, weshalb eitle Freude herrschte, wenn Ramoth sich vollstopfte.) Natürlich, die Drachenkönigin mußte wachsen, und sie wuchs rasch.

Lessa lächelte zärtlich, als sie an Ramoth dachte. Sie sah von ihrer Schreibtafel auf. Jenseits des Korridors lag Ramoths Felsenkammer. Sie spürte, daß die junge Königin noch fest schlief. Lessa seufzte. Sie sehnte sich nach dem tröstenden Blick aus den großen Regenbogenaugen, nach der Unterhaltung mit Ramoth, die ihr das Leben im Weyr einigermaßen erträglich machte. Manchmal hatte Lessa das Gefühl, daß sie zwei Leben führte: sie war fröhlich und ausgefüllt, wenn sie sich um Ramoth kümmerte, und zutiefst verzweifelt, wenn der Drache schlief. Abrupt brach Lessa ihre niederdrückenden Gedankengänge ab und beugte sich über die Tafel. So verging wenigstens die Zeit rascher.

»*Es kommt der Rote Stern.*«

Dieser rätselhafte Rote Stern! Lessa setzte mit einer energischen Geste das Schlußzeichen.

Sie würde nie jenen Morgen vor mehr als zwei Planetendrehungen vergessen, als eine unheimliche Vorahnung sie aus dem Schlaf gerissen und ins Freie getrieben hatte. Damals hatte der Rote Stern über Ruatha gestanden.

Und nun befand sie sich im Weyr. Aber die glänzende Zukunft, die F'lar ihr in so lebhaften Farben geschildert hatte, war nicht eingetroffen. Anstatt ihre geheimen Kräfte zum Wohle von Ruatha einzusetzen, schleppte sie sich von einem öden Tag zum anderen, angewidert von R'gul und S'lel, gefesselt an die Räume der Weyrherrin (auch wenn sie eine Verbesserung gegenüber der stinkenden Käsekammer darstellten). Nur wenn sie ihre sogenannten Lehrmeister nicht mehr ertragen konnte, nutzte sie ihre besondere Fähigkeit aus. Lessa biß die Zähne zusammen. Ramoth hielt sie hier fest, sonst wäre sie längst nach Ruatha zurückgekehrt und hätte Gemmas Sohn das Erbe entrissen.

Sie nagte an ihrer Unterlippe und lächelte über ihre Spekulationen. Seit sie Ramoth zum erstenmal in die Augen gesehen hatte, bestand zwischen ihr und der jungen Drachenkönigin ein unauflösliches Band. Nur der Tod konnte sie trennen.

Gelegentlich lebte ein Mann wie Lytol weiter, wenn sein Drache umgekommen war. Aber dann führte er ein Schattendasein und wurde unaufhörlich von Erinnerungen gequält. Starb ein Reiter, so begab sich sein Drache ins *Dazwischen*, jenes eiskalte Nichts, durch das man ohne Zeitverlust weit voneinander entfernte Orte überbrücken konnte. Lessa wußte, daß es für Uneingeweihte gefährlich war, das *Dazwischen* zu durchqueren. Wer sich länger als drei Atemzüge in diesem Medium aufhielt, war verloren.

Und doch hatte der Ritt auf Mnemenths Rücken den Wunsch in ihr geweckt, dieses Erlebnis zu wiederholen. Sie war davon überzeugt gewesen, daß man ihr erlauben würde, Ramoth zu reiten. Aber R'gul ließ es nicht zu. Sie war nach Ramoth die wichtigste Person des Weyrs, und er wollte ihr Leben nicht gefährden. So mußte sie ohnmächtig zusehen, wie über dem Weyr die halbwüchsigen Jungen mit ihren Drachen Übungsritte veranstalteten, während sie selbst eine Gefangene ihres Amtes war.

Warum sollte eine Königin nicht fliegen können? Bestimmt besaß sie die gleichen angeborenen Fähigkeiten wie die Drachenmännchen. Lessas Theorie wurde von der Ballade *Moretas Ritt* gestützt. Hatten diese Balladen nicht die Aufgabe, Wissen zu vermitteln? Sollten sie nicht die des Lesens und

Schreibens Unkundigen an ihre Pflichten gegenüber Pern erinnern? Diese beiden Vollidioten mochten die Existenz der Ballade leugnen, aber woher hatte Lessa sie gelernt, wenn es sie nicht gab?

Sobald R'gul ihr das »traditionelle« Amt der Archivhüterin übertrug — und wehe, er tat es nicht bald! — würde sie die Ballade rasch finden. Doch bis jetzt speiste er sie immer mit der Ausrede ab, der rechte Augenblick sei noch nicht gekommen.

*Der rechte Augenblick!* dachte sie wütend. *Der rechte Augenblick! Worauf warteten sie noch? Bis die Monde grün wurden? Oder dieser hochmütige F'lar! Worauf wartete er? Auf das Vorüberziehen des Roten Sterns, an dessen Gefahr nur er zu glauben schien?* Sie atmete tief ein. Immer wenn sie an diesen Stern dachte, spürte sie in ihrem Innern eine kalte Drohung.

Unwillig schüttelte sie den Kopf. Diese Bewegung war unklug, denn sie erregte R'guls Aufmerksamkeit. Er sah von den Schriften auf, die er mit großem Eifer las. Als er ihre Tafel zu sich heranzog, weckte er den schlafenden S'lel.

»Wie? Ja?« stammelte der Drachenreiter und kehrte mühsam in die Wirklichkeit zurück.

Das war zuviel. Lessa setzte sich mit S'lels Tuenth in Verbindung, und der Drache ging sofort auf ihren Vorschlag ein.

»Ich muß gehen, Tuenth wird unruhig«, sagte S'lel prompt. Er eilte erleichtert zum Korridor, und Lessa hörte, wie er draußen jemanden begrüßte. Sie sah gespannt zum Eingang. Vielleicht ergab sich eine Gelegenheit, R'gul loszuwerden.

Es war Manora, die Aufseherin der Unteren Höhlen. Lessa empfing sie mit kaum verhohlener Freude, und R'gul, der in Manoras Gegenwart immer nervös wirkte, verabschiedete sich rasch.

Manora, eine stattliche Frau in mittleren Jahren, strahlte Ruhe und Zielstrebigkeit aus. Sie hatte sich mit ihren Aufgaben abgefunden und erfüllte sie mit würdevoller Gelassenheit. Ihre Geduld war ein stiller Vorwurf für Lessas aufbrausendes Temperament. Von allen Frauen im Weyr bewunderte und achtete Lessa Manora am meisten. Der Instinkt sagte ihr, daß sie es kaum fertigbringen würde, die Freundschaft einer dieser

Frauen zu gewinnen. Aber die zurückhaltenden Gespräche, die sie mit Manora führte, befriedigten sie.

Manora hatte die Vorratslisten mitgebracht. Es gehörte zu ihren Pflichten, die Weyrherrin über Haushaltsprobleme auf dem laufenden zu halten.

»Bitra, Benden und Lemos haben ihre Abgaben zum Weyr gesandt, aber das wird diesmal nicht ausreichen, um uns über den Winter zu bringen.«

»Eine Planetendrehung zuvor wurden wir auch nur von diesen drei Burgen versorgt, und wir hatten doch reichlich zu essen.«

Manora lächelte liebenswürdig, aber man sah ihr an, daß sie mit dem Wort »reichlich« nicht einverstanden war.

»Gewiß, aber wir hatten noch getrocknete Vorräte von reicheren Erntejahren. Sie sind nun aufgebraucht. Bis auf den Fisch von Tillek ...« Sie sprach den Satz nicht zu Ende.

Lessa schüttelte sich. Fisch hatte es in letzter Zeit nur allzu oft gegeben, getrockneten Fisch, gepökelten Fisch ...

»Und unser Mehl geht zur Neige, da Benden, Bitra und Lemos kein Getreide anbauen.«

»Wir benötigen also vor allem Getreide und Fleisch?«

»Auch Obst und Wurzelgemüse«, meinte Manora nachdenklich. »Damit können wir den Speiseplan abwechslungsreicher gestalten — besonders, falls die kalte Jahreszeit diesmal wirklich so lange währt, wie es die Wetterkundigen prophezeien. Wir haben zwar im Frühling und Herbst in der Igen-Ebene Beeren und Nüsse gesammelt ...«

»Wir? In der Igen-Ebene?« unterbrach Lessa sie verblüfft.

»Ja«, erwiderte Manora. »Wir gehen immer dorthin. In den Sumpfgebieten gibt es eine wilde Getreidesorte, die wir ausdreschen und in den Weyr bringen.«

»Wie gelangt ihr dorthin?« fragte Lessa scharf. Es konnte nur eine Antwort geben.

»Die Alten fliegen uns. Ihnen macht es nichts aus, und die Drachen haben eine Aufgabe, die sie nicht zu sehr ermüdet. Das wußten Sie doch, oder nicht?«

»Daß die Frauen der Unteren Höhlen mit den Drachenreitern fliegen?« Lessa preßte die Lippen ärgerlich zusammen. »Nein. Das hat man mir nicht gesagt.« In Manoras Blicken las sie Mitgefühl, und das demütigte sie noch mehr.

»Als Weyrherrin müssen Sie manche Beschränkung auf sich nehmen ...«, begann sie vorsichtig.

Lessa spürte, daß Manora das Thema wechseln wollte, und bohrte unerbittlich weiter. »Was geschähe, wenn ich den Wunsch äußern würde, nach — sagen wir — Ruatha zu fliegen?«

Manora betrachtete Lessa aufmerksam. Ihr Blick war besorgt. Lessa wartete. Sie hatte Manora absichtlich in eine Position gebracht, wo die Frau eine Ausrede gebrauchen mußte, wenn sie direkte Lügen scheute.

»Sie dürfen den Weyr jetzt nicht verlassen, ganz gleich, welche Gründe Sie haben mögen«, sagte Manora fest. Dennoch konnte sie nicht verhindern, daß ihr das Blut in die Wangen stieg. »Das hätte verheerende Folgen. Die Königin wächst so rasch. Sie *müssen* hierbleiben.« Ihre flehende Bitte überraschte Lessa und verriet mehr als R'guls salbungsvolle Ermahnungen, wie wichtig es war, Ramoth ständig im Auge zu behalten.

»Sie müssen hierbleiben«, wiederholte Manora. Furcht spiegelte sich in ihren Zügen.

»Königinnen fliegen nicht«, erinnerte Lessa sie spöttisch. Sie dachte schon, daß Manora S'lels Antwort wiederholen würde, aber die Frau wich auf ein anderes Thema aus.

»Wir kommen nicht einmal mit halben Rationen durch den Winter«, stieß Manora nervös hervor und schob die Vorratslisten zusammen.

»Hat es denn bisher keine Hungerzeiten gegeben — in der traditionsreichen Vergangenheit?« fragte Lessa mit sanftem Sarkasmus.

Manora hob fragend die Augenbrauen, und nun errötete Lessa. Sie schämte sich, daß sie ihren Zorn über die Unfähigkeit der Drachenreiter an der Aufseherin ausließ. Sie war doppelt zerknirscht, als Manora ihre stumme Bitte um Verzeihung akzeptierte. In diesem Augenblick wuchs Lessas Entschlossenheit, sich und den Weyr von der Herrschaft R'guls zu befreien.

»Nein«, fuhr Manora ruhig fort, »In der Vergangenheit —« Sie lächelte ein wenig — »erhielt der Weyr die besten Erträge von Ernte und Jagd. Gewiß, im Laufe der Planetendrehungen wurden die Abgaben immer knapper bemessen, aber das machte sich nicht bemerkbar. Wir mußten keine jungen Drachen füttern. Und Sie wissen selbst, was die Tiere fressen.« Die beiden Frauen sahen einander an. Dann zuckte Manora mit den Schultern. »Früher brachten die Reiter ihre Drachen aufs Hochland oder nach Keroon. Nun jedoch ...«

Mit einer hilflosen Geste deutete sie an, daß R'guls Beschränkungen für den Weyr zusätzliche Belastungen brachten.

»Früher«, fuhr sie leise und ein wenig wehmütig fort, »verbrachten wir die kälteste Zeit auf einer der Burgen im Süden. Oder wir konnten zu unserem Geburtsort zurückkehren, wenn wir diesen Wunsch äußerten. Die meisten Familien waren stolz auf Töchter, die beim Drachenvolk lebten.« Ihre Miene wurde düster. »Die Welt dreht sich, und die Zeiten ändern sich.«

»Ja«, hörte sich Lessa mit harter Stimme sagen, »die Welt dreht sich, und die Zeiten – werden sich ändern.«

Manora starrte Lessa verwirrt an.

»Selbst R'gul muß einsehen, daß uns keine andere Wahl bleibt«, fuhr Manora hastig fort. Sie bemühte sich, den Faden nicht zu verlieren.

»Als die Drachen wieder auf Jagd zu schicken?«

»O nein. In diesem Punkt ist er unerbittlich. Nein, wir werden Vorräte auf Fort oder Telgar kaufen müssen.«

Gerechte Empörung stieg in Lessa hoch.

»Der Tag, an dem der Weyr kaufen muß, was ihm von Rechts wegen zusteht ...« Sie unterbrach sich mitten im Satz. Beinahe die gleichen Worte hatte ihr Todfeind benutzt.

»Ich weiß«, meinte Manora besorgt, ohne auf Lessas verwandelte Stimmung zu achten. »Man sträubt sich unwillkürlich dagegen. Aber wenn R'gul die Jagd verbietet, gibt es keine andere Möglichkeit. Auch er leidet nicht gern Hunger.«

Lessa zwang sich mühsam zur Ruhe. Sie holte tief Atem.

»Wahrscheinlich schneidet er sich die Kehle durch, um den Magen zu isolieren«, fauchte sie. Sie ignorierte Manoras entsetzten Blick und fuhr fort: »Die Tradition will es, daß Sie als Aufseherin der Unteren Höhlen Mißstände dieser Art der Weyrherrin melden, nicht wahr?«

Manora nickte. Lessas rasch wechselnde Stimmungen brachten sie aus dem Gleichgewicht.

»Und ich, die Weyrherrin, spreche darüber mit dem Weyrführer, der – vielleicht – etwas unternimmt?«

Wieder nickte Manora.

»Nun«, fuhr Lessa im leichten Plauderton fort, »Sie haben sich traditionsgemäß Ihrer Pflicht entledigt. Nun komme ich an die Reihe, ja?«

Die Aufseherin beobachtete sie mißtrauisch. Lessa lächelte ihr beruhigend zu.

»Sie können alles mir überlassen.«

Manora erhob sich langsam. Ohne die Blicke von Lessa zu wenden, sammelte sie ihre Aufzeichnungen ein.

»Es heißt, daß man auf Fort und Telgar ungewöhnlich gute Ernten hatte«, meinte sie zögernd. »Auch Keroon kann nicht klagen – trotz der Küstenüberschwemmung.«

»Tatsächlich?« entgegnete Lessa höflich.

»Ja. Und die Herden in Keroon und Tillek haben sich stark vermehrt.«

»Das freut mich.«

Manora war immer noch mißtrauisch. Sie machte ein Bündel aus ihren Listen. Dann sagte sie vorsichtig:

»Ist Ihnen aufgefallen, wie sehr K'net und sein Geschwader unter R'guls Einschränkungen leiden?«

»K'net?«

»Ja. Das gleiche gilt für den alten C'gan. Oh, sein Bein ist steif, und Tagaths Schuppen schimmern eher grau als blau, aber der Drache ist noch ein Nachkomme von Lidith. In ihrem letzten Gelege waren ein paar prachtvolle Tiere. C'gan erinnert sich an bessere Zeiten ...«

»Bevor sich alles veränderte?«

Lessas freundlicher Tonfall konnte Manora nicht täuschen.

»Sie wirken nicht nur als Weyrherrin anziehend auf die Drachenreiter, Lessa von Pern«, sagte Manora ernst. »Einige der braunen Reiter beispielsweise ...«

»F'nor?« fragte Lessa spitz.

Manora richtete sich stolz auf. »Er ist ein erwachsener Mann, Weyrherrin, und wir von den Unteren Höhlen haben es gelernt, den Bindungen des Blutes und der Zuneigung zu entsagen. Ich empfehle ihn nicht als den Sohn, den ich geboren habe, sondern als Drachenreiter. Ebensogut könnte ich T'sum oder L'rad nennen.«

»Schlagen Sie diese Männer vor, weil sie zu F'lars Geschwader gehören und nach der alten Tradition aufgezogen werden? Weil sie meinen Überredungskünsten vielleicht nicht so rasch verfallen wie andere ...?«

»Ich schlage sie vor, weil sie daran glauben, daß der Weyr von den Burgen versorgt werden muß.«

»Also schön.« Lessa lachte. Die Frau hatte sich keinen Augenblick aus der Ruhe bringen lassen. »Ich werde mir Ihre Empfehlungen zu Herzen nehmen, da ich nicht die Absicht habe ...« Sie sprach den Satz nicht zu Ende. »Danke, daß Sie mir das Vorratsproblem geschildert haben. Frisches Fleisch brauchen wir also am dringendsten?« Sie erhob sich.

»Dazu Getreide und die Wurzelgemüse aus dem Süden«, erwiderte Manora formell.

Lessa nickte.

Die Aufseherin verließ den Raum. Ein nachdenklicher Ausdruck lag auf ihren Zügen.

Lessa warf sich in eine gepolsterte Felsnische und überlegte lange. Da war zuerst einmal das beunruhigende Wissen, daß Manora schon bei der Andeutung, sie könnte den Weyr verlassen, in Aufregung geriet. Ihre instinktive Angstreaktion war ein weit wirksameres Argument als R'guls leeres Geschwätz. Aber Manora hatte mit keiner Silbe verraten, weshalb sie Angst hatte. Nun gut, Lessa würde also in nächster Zeit ihre Absicht aufgeben, einen Drachen zu fliegen.

Dagegen beschloß sie, sich sofort um das Vorratsproblem zu kümmern. Besonders, da R'gul bestimmt nichts unternahm. K'net oder F'nor oder sonst jemand mußten ihr bei der Versorgung des Weyr helfen, und zwar so, daß R'gul nichts davon merkte. Was er nicht wußte, konnte er nicht verbieten. Lessa hatte sich so an das regelmäßige Essen gewöhnt, daß sie es nicht mehr missen wollte. Sie war nicht habgierig, aber sie fand, daß die Burgherren von einer guten Ernte durchaus einen kleinen Teil »abgeben« konnten. Wahrscheinlich bemerkten sie den Verlust überhaupt nicht.

Lessa lächelte vor sich hin, doch dann wurde sie ernst.

»Der Tag, an dem der Weyr kaufen muß, was ihm von

Rechts wegen zusteht ...« Sie unterdrückte die Furcht, die in ihr aufsteigen wollte, und konzentrierte sich auf die augenblickliche Situation.

Hatte sie etwa geglaubt, alles, sogar der Rhythmus des Lebens, müsse sich ändern, seit Lessa von Ruatha in den Weyr eingezogen war? Wie konnte sie sich nur so romantischen Schwärmereien hingeben?

Sieh dich um, Lessa von Pern, betrachte den Weyr mit nüchternen Augen! Alt und Heilig ist der Weyr? Ja, aber auch schäbig und verwahrlost – und man mißachtete ihn! Gewiß, der große Thron der Weyrherrin steht am obersten Ende des Beratungstisches, aber die Polster sind abgewetzt.

Die Verwahrlosung spiegelte wider, wie sehr die Bedeutung des Weyrs in Pern gesunken war. Selbst die kühnen Reiter, so herausfordernd in ihren Wherleder-Gewändern, so stolz auf dem Rücken ihrer mächtigen Drachen, hielten einer gründlichen Inspektion nicht stand. Sie waren auch nur Menschen mit allen menschlichen Schwächen und Fehlern. Sie wollten ihr bequemes Leben nicht aufs Spiel setzen. Sie waren schon so lange von den übrigen Bewohnern Perns isoliert, daß sie gar nicht merkten, wie gering man von ihnen dachte. Sie besaßen keinen echten Führer ...

F'lar! Worauf wartete er? Bis sie R'guls Unfähigkeit satt hatte? Nein, bis Ramoth voll ausgewachsen war. Bis Mnementh sie auf dem Paarungsflug begleiten konnte. Denn der Reiter des Siegerdrachen wurde automatisch Weyrherr.

Nun, hoffentlich machte ihm R'gul keinen Strich durch die Rechnung.

*Ich war von Ramoths schillernden Augen geblendet,* dachte Lessa und stählte sich gegen die Zärtlichkeit, die sie immer überkam, wenn sie an den goldenen Drachen dachte. *Aber nun sehe ich die schwarzen und grauen Schatten, die dahinterliegen. Die Zeit auf Ruatha war eine gute Vorbereitung. Ich muß die Bewohner des Weyrs unter meine Kontrolle bringen. Ein Risiko, aber was verliere ich?* Lessas Lächeln vertiefte sich. *Ohne mich können sie mit Ramoth nichts anfangen. Und sie brauchen Ramoth. Niemand kann an Lessa von Ruatha vorbei! Und ich bin keine Jora! Ich lasse mich nicht zwingen.*

Lessas Laune hatte sich gebessert, vor allem, als sie spürte, daß Ramoth allmählich erwachte. Sie stand auf.

Zeit, Zeit. R'guls Zeit. Nun, Lessa würde sich nicht mehr darum kümmern. Sie beschloß, die Weyrherrin zu sein, die F'lar in ihr gesehen hatte.

F'lar ... ihre Gedanken kehrten immer wieder zu ihm zurück. Sie mußte sich vor ihm in acht nehmen, besonders, wenn sie lenkend in die Ereignisse eingriff. Aber sie besaß einen Vorteil, von dem er nichts ahnte – sie konnte mit allen Drachen Kontakt aufnehmen, nicht nur mit Ramoth. Selbst mit seinem heißgeliebten Mnementh ...

Lessa warf den Kopf zurück und lachte. Der Laut hallte dröhnend im leeren Beratungssaal wider. Sie lachte wieder.

Ramoth warf sich unruhig hin und her. Hunger quälte sie im Halbschlaf. Lessa lief leichtfüßig durch den Korridor, glücklich wie ein Kind. Sie freute sich jedesmal von neuem auf die Begegnung mit der Drachenkönigin.

Ramoths keilförmiger Kopf wandte sich suchend der Weyrgefährtin zu. Lessa strich rasch über das stumpfe Kinn. Langsam glitt die Schutzhaut von den Facettenaugen des Drachen, und wie magisch wurden Lessas Blicke von der Regenbogeniris angezogen.

Ramoth erzählte ihr, daß sie wieder so *scheußlich* geträumt habe, und Lessa mußte sie trösten. Dann beklagte sie sich über ein Jucken am Kamm.

»Deine Haut schält sich wieder«, erklärte Lessa und rieb Öl auf die wunde Stelle. »Du wächst aber auch zu schnell?« fügte sie tadelnd hinzu.

Ramoth quängelte weiter.

»Wenn dich das Jucken so stört, mußt du eben weniger essen.«

Während Lessa das Öl einmassierte, murmelte sie die Worte, die sie auswendig gelernt hatte. »Die jungen Drachen müssen täglich mit Öl behandelt werden, da sich bei dem anfänglichen raschen Wachstum die Haut leicht überdehnen kann, was zu Rissen und Schuppenabstoßung führt.«

*Es juckt*, widersprach Ramoth verdrießlich. Sie zappelte voller Ungeduld.

»Still! Ich wiederhole nur, was ich gelernt habe.«

Ramoth stieß ein verächtliches Schnauben aus, das Lessas Rocksaum hochwirbeln ließ.

»Still! Ein tägliches Bad mit anschließender Massage ist absolut notwendig. Schuppige Haut führt später zu Verhornungen, die das Fliegen erschweren.«

*Weiterreiben!* bettelte Ramoth.

»Fliegen – pah!«

Ramoth erklärte, daß sie hungrig sei. Sie fragte, ob sie nicht später baden könnte?

»Sobald du dir den Wanst vollgeschlagen hast, bist du sogar zum Kriechen zu träge. Und herumschleppen kann ich dich nicht mehr. Dein Gewicht ist beachtlich.«

Ramoth wollte schnippisch antworten, wurde jedoch von einem leisen Lachen unterbrochen. Lessa wirbelte herum. Am Eingang lehnte F'lar.

Er kam offensichtlich von einem Patrouillenflug, denn er trug noch das schwere Wherleder-Gewand. Sein kantiges, aber schön geschnittenes Gesicht war von der Kälte des *Dazwischen* gerötet. In seinen Bernsteinaugen las sie Spott und Belustigung.

»Sie wird schön«, stellte er fest und verbeugte sich höflich.

Lessa hörte, wie Mnementh die Drachenkönigin von seinem Sims aus begrüßte.

Ramoth sah F'lar kokett an. Sein stolzes Besitzerlächeln verärgerte Lessa.

»Die Eskorte findet sich nach Erwachen der Königin zur Begrüßung ein«, zitierte sie.

»Guten Tag, Ramoth«, sagte F'lar gehorsam. Er klatschte mit den schweren Handschuhen gegen seine Hüfte.

»Haben Sie unseretwegen die Patrouille unterbrochen?« fragte Lessa verdächtig freundlich.

»Es war nicht so wichtig – nur ein Routineflug«, erwiderte F'lar unbeirrt. Er trat neben Lessa, um die Königin besser betrachten zu können. »Sie ist größer als die meisten Braunen. In Telgar hat es Überschwemmungen gegeben. Und die Küstensümpfe von Igen sind drachentief.« Seine Zähne blitzten, als freute er sich darüber.

Da F'lar nichts ohne Grund sagte, merkte sich Lessa seine Worte genau. Sie würde später darüber nachdenken, was sie bedeuteten.

Ramoth unterbrach Lessas Überlegungen mit der gekränkten Feststellung, daß sie sofort baden wolle, wenn sie diese lästige Arbeit schon vor dem Essen erledigen müsse.

Lessa hörte Mnemenths amüsiertes Brummen.

»Mnementh meint, daß wir der Kleinen nachgeben sollen«, stellte F'lar von oben herab fest.

Lessa unterdrückte den Wunsch, ihm zu sagen, daß sie Mnementh genau verstanden habe. Eines Tages sollte er es jedoch erfahren, und sie freute sich schon heute auf sein erstauntes Gesicht.

»Ich vernachlässige sie entsetzlich«, sagte sie mit zerknirschter Miene.

F'lars Augen wurden schmal, aber er antwortete nicht. Mit einer liebenswürdigen Geste gab er ihr den Weg frei. Sie betrat als erste den Korridor.

Lessa wußte selbst nicht, was sie dazu zwang, F'lar immer wieder herauszufordern. Sie hoffte nur, daß es ihr einmal gelingen würde, ihm die Maske vom Gesicht zu reißen. Aber das konnte lange dauern. Er war ein ebenbürtiger Gegner.

Die drei traten zu Mnementh auf den Sims hinaus. Der Bronzedrache schwebte schützend über Ramoth, als sie mit ungeschickten Flügelschlägen auf die andere Seite des ovalen Weyr-Becken zusteuerte. Nebel stieg aus dem warmen Wasser des kleinen Badesees auf. Lessa, die auf Mnemenths Nacken saß, sah der staksigen Drachenkönigin ängstlich nach.

Königinnen fliegen nicht, weil sie es nicht können, sagte sich Lessa mit bitterer Offenheit vor, als sie Ramoths grotesken Flug mit dem eleganten Gleiten des Bronzedrachen verglich.

»Mnementh läßt ausrichten, daß sie schöner fliegen wird, sobald sie voll ausgewachsen ist«, sagte F'lar dicht an ihrem Ohr.

»Aber die jungen Drachenmännchen wachsen ebenso schnell, und sie ...« Lessa unterbrach sich. Diesem F'lar konnte sie ihre Gedanken nicht preisgeben.

»Sie wachsen langsamer, und sie üben ständig ...«

»... das Fliegen!« stieß Lessa hervor. Sie schwieg, als sie den Blick des Bronzereiters auffing. Sie hatte Angst vor seinen spöttischen Bemerkungen.

Ramoth lag im Wasser und wartete ungeduldig darauf, mit

Sand abgeschrubbt zu werden. Der Rückenkamm juckte fürchterlich! Lessa rieb pflichtschuldig die angegebene Stelle.

Nein, ihr Leben hatte sich im Weyr nicht geändert. Sie schrubbte immer noch. Und Ramoth wurde mit jedem Tag größer. Sie schickte das Tier ins tiefe Wasser, damit es den Sand abspülte. Ramoth wälzte sich in den Fluten. Sie tauchte bis zur Nasenspitze unter. Die Augen, von einem dünnen Innenlid überzogen, leuchteten wie Edelsteine.

Jede Tätigkeit im Weyr ruhte, wenn Ramoth in der Nähe war. Lessa bemerkte die Frauen, die sich an den Eingängen der Unteren Höhlen zusammendrängten und Ramoth fasziniert betrachteten. Drachen kauerten auf ihren Felsvorsprüngen oder kreisten über dem See. Selbst die jüngsten Bewohner des Weyrs kamen neugierig herbei.

Unerwartet trompetete ein blauer Drache in der Nähe des Sternsteins. Sein Reiter lenkte ihn in einer breiten Schleife nach unten.

»Ein ganzer Wagenzug mit Abgaben, F'lar!« rief der Mann freudestrahlend. Zu seiner Enttäuschung blieb F'lar völlig ruhig.

»F'nor wird sich darum kümmern«, erklärte der Bronzereiter gleichgültig. Der Bote steuerte seinen Drachen gehorsam zur Felshöhle des braunen Reiters.

»Wer könnte das sein?« fragte Lessa F'lar. »Die drei weyrtreuen Burgen haben ihre Abgaben bereits entrichtet.«

F'lar wartete, bis er F'nor mit seinem Braunen Canth aufsteigen sah. In seinem Gefolge befanden sich einige grüne Reiter.

»Wir werden es bald erfahren«, meinte er. Er wandte den Kopf nach Osten, und seine Mundwinkel zuckten einen Moment lang grimmig. Lessa folgte seinem Blick. Auch jetzt, da die Sonne voll am Himmel stand, konnte der geübte Beobachter ganz schwach den Roten Stern erkennen.

»Wir werden die Getreuen schützen, wenn der Rote Stern kommt«, sagt F'lar leise.

Lessa wußte nicht, weshalb ausgerechnet sie beide so fest an die Drohung des Roten Sterns glaubten. Sie hatte ihn nie gefragt – nicht aus Trotz, sondern weil die Gefahr so offensichtlich war. Er *wußte* es. Und sie *wußte* es.

Und gelegentlich schien sich das Wissen auch in den Drachen

zu regen. Im Morgengrauen wälzten sie sich oft unruhig hin und her, und ihre Flügel zuckten. Manora glaubte ebenfalls an die Gefahr. Und F'nor. Vielleicht hatte F'lar sogar einige Reiter seines Geschwaders durch seine unbeirrte Haltung beeindruckt. Jedenfalls wachte er scharf darüber, daß sie den alten Gesetzen gehorchten.

Ramoth kam aus dem See und flatterte zur Futterstelle. Mnementh wartete am Rand. Er ließ es zu, daß Lessa sich auf seine Vorderpfote setzte. Der Felsboden war kalt.

Ramoth fraß. Sie beklagte sich über das zähe Fleisch und noch mehr über die Tatsache, daß Lessa ihr nur sechs Böcke zugestehen wollte.

»Andere Drachen haben auch Hunger.«

Ramoth erklärte, daß sie als Königin den Vorrang habe.

»Dann juckt deine Haut morgen wieder.«

Mnementh sagte, daß sie seinen Anteil bekommen könne, da er vor zwei Tagen fette Beute in Keroon gemacht habe. Lessa betrachtete Mnementh aufmerksam. Sahen deshalb die Drachen aus F'lars Geschwader so glatt und wohlgenährt aus? Sie mußte mehr darauf achten, wer die Futterstelle aufsuchte.

Ramoth schlummerte bereits in ihrer Höhle, als F'lar mit einem Fremden eintrat.

»Weyrherrin«, sagte er, »ein Bote von Lytol mit Nachricht für Sie!«

Der Mann riß seine Blicke nur zögernd von der goldenen Königin los. Er verbeugte sich vor Lessa.

»Tilarek, Weyrherrin, im Auftrag von Lytol, dem Verwalter Ruathas.« Seine Stimme klang ehrerbietig, aber seine Blicke drückten so offen Bewunderung aus, daß es an Unverschämtheit grenzte. Er holte einen Brief aus dem Gürtel und hielt ihn unschlüssig in der Hand. Einerseits war ihm bekannt, daß Frauen nicht lesen konnten, andererseits hatte er den Befehl erhalten, die Botschaft der Weyrherrin zu überreichen. Lessa streckte die Hand gebieterisch aus. Sie sah, daß in F'lars Augen wieder Spott blitzte.

»Die Königin schläft«, stellte F'lar fest und ging voraus in den Beratungssaal.

Geschickt von F'lar, dachte Lessa. Er hatte dafür gesorgt, daß der Bote Ramoth ausgiebig bewundern konnte. Tilarek würde die Nachricht verbreiten, daß die Drachenkönigin außergewöhnlich stark und gut gepflegt sei.

Lessa wartete, bis F'lar dem Kurier Wein anbot. Dann öffnete sie den Umschlag aus Wherhaut. Erst jetzt merkte sie, wie sehr sie sich danach gesehnt hatte, etwas über Ruatha zu erfahren. Aber warum mußte Lytol mit den Worten beginnen:

*Das Kind ist gesund und kräftig ...*

Dieses Kind war ihr ziemlich gleichgültig. Ah ...

*Ruatha ist vom Grün befreit, von der Klippe bis hinunter zu den Höfen. Die Ernte war gut, und die Herden vermehren sich. Ruatha sendet hiermit die fälligen Abgaben. Mögen sie dem Weyr dienen, der uns beschützt.*

Lessa zog die Stirn kraus. Ruatha erfüllte seine Pflicht, gewiß, aber was sollte das Schreiben? Die anderen drei Burgen hatten nicht einmal Grüße übermittelt. Lytols Botschaft war noch nicht zu Ende.

*Ein Wort an die Weisen. Seit dem Tod von Fax führt Telgar die Abtrünnigen. Aber Meron von Nabol ist stark und versucht sich an die Spitze zu schieben. Telgar zaudert ihm zu sehr. Die Gruppe hat mehr Anhänger, als ich dachte, und sie gewinnt zusehends an Einfluß. Der Weyr muß doppelt auf der Hut sein. Ruatha ist gern bereit, ihm zur Seite zu stehen.*

Lessa las den letzten Satz noch einmal. Er unterstrich nur, daß viel zu wenige Burgen dem Weyr dienten.

»... ausgelacht, Bronzereiter«, sagte der Bote gerade und stellte den Becher ab. »Das Volk hört eben gern auf denjenigen, der am lautesten schreit. Oder es spottet über das Ungewohnte.« Er ballte die Faust. »Je näher wir ans Benden-Gebirge kamen, desto weniger Spötter trafen wir an. Ich bin Soldat, und es fiel mir schwer, die Sticheleien einfacher Bauern und Handwerker zu ertragen, ohne das Schwert zu ziehen. Aber wir hatten den Befehl, einen Kampf zu vermeiden, und das taten wir.« Er zuckte mit den Schultern. »Die Barone bewachen ihre Burgen ... seit der Suche ...«

Lessa überlegte, war er damit meinte, aber er fuhr nüchtern fort: »Einige werden ihre Haltung noch bereuen, wenn die Silberfäden fallen.«

F'lar schenkte dem Mann noch einen Becher Wein ein und fragte beiläufig, wie die Ernte der übrigen Burgen geraten sei.

»So gut wie seit Planetendrehungen nicht mehr«, versicherte ihm der Kurier. »An den Rebstöcken von Crom hingen *solche* Trauben!« Er versuchte ihre Größe mit einer ausholenden Geste anzudeuten. »Und die Ähren von Telgar waren noch nie so prall gefüllt wie diesmal. Nie!«

»Pern gedeiht«, stellte F'lar trocken fest.

»Da!« Tilarek nahm eine verschrumpelte Frucht vom Tablett. »Ich habe Besseres als das hier hinter Erntewagen aufgelesen.« Er verschlang sie mit zwei Bissen und wischte sich die Finger am Umhang ab. Dann setzte er hastig hinzu: »Wir von Ruatha haben Ihnen nur bestes Obst gebracht. Vom Baum gepflückt — keine Fallernte!«

»Wir zweifeln nicht an Ruathas Treue«, versicherte ihm F'lar. »Waren die Straßen frei?«

»Ja, nur mit dem Wetter stimmte es nicht. Mal kalt, dann plötzlich warm. Kein Schnee und wenig Regen. Aber die Stürme! Einfach unglaublich! Es heißt, daß an den Küsten Hochwasser herrscht!« Er rollte ausdrucksvoll die Augen und beugte sich dann vertraulich vor. »Istas rauchender Berg, der manchmal auftaucht und dann wieder verschwindet, hat sich wieder gezeigt.«

F'lar sah skeptisch drein, wie es der Bote erwartete, aber Lessa bemerkte sehr wohl, daß seine Augen zu leuchten begannen.

»Sie müssen ein paar Tage bleiben und sich ausruhen«, lud F'lar Tilarek ein und führte ihn an der schlafenden Ramoth vorbei.

»Vielen Dank, gern. Man hat nicht oft Gelegenheit, einen Weyr zu betreten«, erwiderte Tilarek geistesabwesend. Er reckte den Hals, um Ramoth besser sehen zu können. »Ich wußte gar nicht, daß Königinnen so groß werden.«

»Ramoth ist bereits jetzt größer und kräftiger als Nemorth«, sagte F'lar und übergab den Boten einem Jungen, der ihn hinausbegleitete.

»Lesen Sie das«, sagte Lessa ungeduldig, als sie wieder allein im Beratungsraum waren. Sie reichte ihm die gegerbte Haut.

»Ich hatte kaum etwas anderes erwartet«, meinte F'lar sorglos und nahm auf der Kante des Beratungstisches Platz.

»Und ...?« fragte Lessa heftig.

»Wir müssen abwarten«, entgegnete F'lar gelassen und untersuchte eine Frucht nach fleckigen Stellen.

»Tilarek deutete an, daß uns einige Burgen aus der näheren Umgebung noch die Treue halten«, erklärte Lessa.

F'lar winkte ab. »Tilarek sagt, was man gern von ihm hören möchte.«

»Und er spricht nicht unbedingt im Namen seiner Soldaten«, erklang F'nors Stimme vom Eingang her. Der braune Reiter nickte Lessa kurz zu. »Die Männer der Eskorte gaben ihrem Unwillen deutlich Ausdruck. Man war allgemein der Ansicht, daß Ruatha zu lange gedarbt hatte, um dem Weyr gleich nach der ersten Planetendrehung einen so hohen Anteil zu geben. Und ich muß sagen, daß Lytol großzügiger als nötig war. Wir werden eine gut gedeckte Tafel haben ... für die nächste Zeit.«

F'lar schob dem braunen Reiter die Botschaft hin.

»Als ob wir das nicht wüßten!« murmelte F'nor, nachdem er den Inhalt überflogen hatte.

»Was gedenken Sie dagegen zu tun, wenn Sie es schon wissen?« fragte Lessa. »Der Weyr ist so im Verruf, daß bald niemand mehr Abgaben bringen wird. Und dann können wir ihn aufgeben!«

Sie hatte mit Absicht diese Worte gewählt und stellte mit Befriedigung fest, daß die Drachenreiter betroffen waren. Sie warfen ihr wütende Blicke zu. Dann begann F'nor zu lachen, und F'lar mußte wohl oder übel einstimmen.

»Nun?« fragte sie.

»R'gul und S'lel werden zweifellos Hunger leiden«, stellte F'nor achselzuckend fest.

»Und ihr beide?«

Auch F'lar zuckte die Achseln. Er erhob sich und verbeugte sich formell vor Lessa. »Da Ramoth schläft, Weyrherrin, bitten wir um die Erlaubnis, uns zurückziehen zu dürfen.«

»Hinaus!« fauchte Lessa.

Sie wollten ihrem Befehl grinsend Folge leisten, als R'gul in den Beratungsraum stürmte, dicht gefolgt von S'lel, D'nol, T'bor und K'net.

»Was höre ich? Daß Ruatha als einzige Burg des Hochlands Abgaben leistet?«

»Das entspricht leider den Tatsachen«, gab F'lar ruhig zu. Er reichte R'gul die Botschaft.

Der Weyrführer las sie halblaut. Seine Miene verdüsterte sich. Er reichte das Schreiben an S'lel weiter, der es zusammen mit den anderen überflog.

»Wir sind letztes Jahr auch mit den Abgaben von drei Burgen ausgekommen«, erklärte R'gul verächtlich.

»*Letztes Jahr*«, warf Lessa ein. »Aber nur, weil wir genügend Vorräte hatten. Eben erfuhr ich von Manora, daß unsere Reserven nahezu erschöpft sind.«

»Ruatha war sehr großzügig«, sagte F'lar rasch. »Das verbessert die Lage.«

Lessa zögerte einen Augenblick. Sie glaubte nicht recht gehört zu haben.

»Nicht großzügig genug!« Sie achtete nicht auf den warnenden Blick, den F'lar ihr zuwarf. »Zudem müssen wir heuer die jungen Drachen füttern. Es gibt nur eine Lösung ... den Ankauf von Vorräten in Telgar und Fort. Anders überstehen wir die kalte Jahreszeit nicht!«

Ihre Worte lösten sofort einen Sturm der Entrüstung aus.

»Niemals!«

»Der Weyr soll etwas kaufen? Wir holen uns mit Gewalt, was wir brauchen!«

»R'gul, wir überfallen die Burgen!«

Selbst S'lel zeigte sich empört. K'nets Augen blitzten, und er schien bereit, sich sofort auf einen Kampf einzulassen.

Nur F'lar bewahrte Ruhe. Er überkreuzte die Arme auf der Brust und sah Lessa wütend an.

»Ein Überfall kommt nicht in Frage«, rief R'gul streng.

Der Lärm legte sich.

»Kein Überfall?« fragten T'bor und D'nol gleichzeitig.

»Weshalb nicht?« fuhr D'nol fort. Die Adern an seinem Hals waren angeschwollen.

Er ist nicht der richtige, dachte Lessa verzweifelt. Sie hielt nach S'lan Ausschau, doch dann fiel ihr ein, daß er sich auf einem Übungsflug befand. Gelegentlich wandten er und D'nol sich im Rat gegen R'gul, aber allein hatte D'nol keine Kraft.

Lessa warf F'lar einen hoffnungsvollen Blick zu. Weshalb meldete er sich jetzt nicht zu Wort?

»Ich habe es satt, flachsiges Fleisch, schlechtes Brot und holziges Gemüse zu essen!« rief D'nol zornig. »Pern hatte ein gutes Jahr. Warum soll man im Weyr darben?«

T'bor knurrte zustimmend, und Lessa klammerte sich an die Hoffnung, daß er für F'lar einspringen würde.

R'gul hob warnend den Arm. »Wenn der Weyr jetzt zuschlägt«, sagte er dramatisch, »wenden sich sämtliche Barone gegen uns!«

Er stand mit leicht gespreizten Beinen da und starrte die beiden Rebellen an. Seine Augen funkelten. Er war einen guten Kopf größer als der untersetzte D'nol und der feingliedrige T'bor, und er nützte das aus. Man hatte den Eindruck, als tadelte ein gestrenger Patriarch seine Kinder.

»Die Straßen sind frei«, fuhr R'gul düster fort. »Weder Regen noch Schnee könnten eine Armee aufhalten. Die Barone haben sich seit dem Tode von Fax gut vorbereitet.« R'gul sah in F'lars Richtung. »Sicher habt ihr noch nicht vergessen, welchen Empfang wir während der Suche erlebten.« Sein Blick wurde bedeutungsvoll. »Ihr kennt die Stimmung in den Burgen; ihr habt gesehen, wie gut ausgerüstet sie sind.« Er riß den Kopf hoch. »Seid ihr Narren, daß ihr ihnen unvorbereitet gegenübertreten wollt?«

»Ein paar Feuersteine ...«, stieß D'nol zornig hervor, doch er sprach den Satz nicht zu Ende. Seine unbedachten Worte entsetzten ihn ebenso sehr wie die anderen Anwesenden.

Selbst Lessa hielt den Atem an. Der Gedanke, daß man Feuersteine gegen Menschen einsetzen könnte ...

»Etwas muß doch geschehen«, stammelte D'nol verzweifelt. Er sah F'lar an und dann T'bor.

Wenn R'gul gewinnt, ist alles aus, dachte Lessa mit eiskaltem Zorn. Sie wandte ihre Gedanken T'bor zu. Auf Ruatha war es ihr immer am leichtesten gefallen, aufgebrachte Menschen zu beeinflussen. Wenn es ihr hier gelang ... Ein Drache trompetete schrill.

Sie spürte einen qualvollen Schmerz am Bein und stolperte nach vorn. F'lar fing sie auf. Seine Finger umklammerten ihren Arm mit eiserner Gewalt.

»Wie können Sie es wagen ...«, flüsterte er ihr wütend zu und drückte sie in einen Sessel. Er ließ ihren Arm nicht los.

Lessa schluckte und kämpfte mühsam gegen den Schmerz an. Als sie ihre Umgebung wieder wahrnahm, mußte sie erkennen, daß der Moment der Krise vorbei war.

»Nicht zu diesem Zeitpunkt!« sagte R'gul. Er betonte jedes Wort. Lessa hätte sich am liebsten die Ohren zugehalten. »Der Weyr muß junge Drachen ausbilden. Ihre Reiter müssen gemäß den Traditionen erzogen werden.«

Leere Traditionen, dachte Lessa erbittert. Sie werden den Weyr noch ins Unglück stürzen.

Sie warf F'lar einen wütenden Blick zu. Seine Finger umkrampften warnend ihren Arm, bis sie vor Schmerz keuchte. Tränen traten ihr in die Augen.

Verwischt sah sie die Niedergeschlagenheit in K'nets jungem Gesicht. Neue Hoffnung flammte in ihr auf.

Sie entspannte sich – ganz langsam, als habe F'lar ihr wirklich Furcht eingeflößt, als kapituliere sie vor ihm.

Sobald es ihr möglich war, würde sie sich mit K'net unterhalten. Vielleicht ließ er sich als Werkzeug verwenden. Er war jung und gefügig, und er bewunderte sie.

»Drachenreiter, Maß laß walten«, zitierte R'gul. »Machtgier ist dein Untergang!«

Lessa war entsetzt darüber, daß er es fertigbrachte, auf diese Weise die moralische Niederlage des Weyrs zu rechtfertigen.

> *Lob gebührt dem Drachenreiter*
> *Zollt es ihm durch Wort und Tat,*
> *Seine starken Hände greifen*
> *Lenkend in das Schicksalsrad.*

»Was – der edle F'lar verstößt gegen die Tradition?« fragte Lessa F'nor, als der braune Reiter höflich die Abwesenheit des Geschwaderführers entschuldigte.

Lessa gab sich keine Mühe, ihre Worte in F'nors Gegenwart zu zügeln. Der braune Reiter wußte, daß ihre Angriffe nicht mehr persönlich galten, und so zeigte er sich selten gekränkt. Etwas von der Distanziertheit seines Halbbruders haftete auch ihm an.

Heute jedoch verriet seine Miene keine Nachsicht; er sah Lessa mißbilligend an.

»Er verfolgt K'net«, erwiderte F'nor geradeheraus. In seinen dunklen Augen stand Besorgnis. Er schob das Haar aus der Stirn, auch eine Geste, die Lessa an F'lar erinnerte.

»Oh, tatsächlich?« sagte sie scharf. »Es wäre besser, wenn er sein Beispiel nachahmen würde.«

F'nors Augen blitzten wütend.

Gut, dachte Lessa. Ich stoße auch zu ihm durch.

»Sie begreifen eines nicht, Weyrherrin: K'net nimmt Ihre Anweisungen zu wörtlich. Niemand würde es stören, wenn er hier und da ein paar kleinere Diebstähle beginge. Aber er ist zu jung, um Vorsicht zu üben.«

»Meine Anweisungen?« wiederholte Lessa unschuldig. Dafür hatten F'lar und F'nor bestimmt keinen Beweis. »Wahrscheinlich hat er die Nase voll von diesem feigen Haufen!«

F'nor biß die Zähne zusammen und erwiderte kalt Lessas Blick. Sie sah, wie seine Hände den breiten Gürtel umkrampften.

In diesem Augenblick bedauerte Lessa, daß sie F'nor verstimmt hatte. Er versuchte immer wieder, sie durch Plaudereien aufzuheitern, wenn ihre Laune allzu gedrückt wurde. Mit der kalten Jahreszeit waren die Rationen im Weyr immer kleiner geworden – trotz K'nets regelmäßigen Diebstählen. Verzweiflung herrschte in den Felskammern.

Seit D'nols zaghafter Auflehnung schien jeglicher Kampfgeist von den Drachenreitern gewichen zu sein. Selbst die Tiere spürten es. Ihre Haut hatte keinen Glanz mehr, und sie bewegten sich mit träger Apathie. Lessa fragte sich, ob R'gul seine rückgratlose Entscheidung bedauerte.

»Ramoth schläft«, erklärte sie F'nor ruhig. »Und um *mich* müssen Sie nicht herumscharwenzeln.«

F'nor sagte nichts, und sein Schweigen beunruhigte Lessa allmählich. Sie erhob sich und rieb die Handflächen gegen die Hüften, als könnte sie damit ihre letzten Worte fortwischen. Nervös ging sie auf und ab und sah immer wieder zu Ramoth, die im tiefen Schlaf dalag. Die Drachenkönigin war jetzt größer als jedes andere Tier im Weyr.

Wenn sie nur aufwachen würde, dachte Lessa. Sobald sie wach ist, kann ich mich mit ihr beschäftigen. Aber sie schläft wie ein Stein.

»F'lar unternimmt also endlich etwas«, begann sie. Sie bemühte sich um einen ruhigen Tonfall. »Wenn es auch dazu beiträgt, unsere Rationen noch mehr zu verkürzen.«

»Lytol hat heute morgen eine Botschaft geschickt«, erwiderte F'nor knapp. Sein Zorn hatte nachgelassen, aber die Mißbilligung blieb.

Lessa sah ihn erwartungsvoll an.

»Telgar und Fort haben sich mit Keroon beraten«, fuhr F'nor langsam fort. »Sie kamen zu der Ansicht, daß der Weyr hinter ihren ständigen Verlusten steht.« Wieder flammte sein Ärger auf. »Warum haben Sie K'net nicht genau kontrolliert, wenn sie schon diesen Hitzkopf auswählen mußten? Jeder andere wäre vernünftiger zu Werke gegangen – C'gan, T'sum, ich ...«

»Sie? Sie niesen nicht einmal ohne F'lars Einwilligung!« entgegnete sie.

F'nor lachte nur.

»F'lar hat Sie für klüger gehalten, als Sie sind«, sagte er verächtlich. »Begreifen Sie denn nicht, weshalb er warten muß?«

»Nein«, schrie Lessa ihn an. »Nein! Muß ich denn alles erraten, muß ich einen Instinkt entwickeln wie die Drachen? Beim Ei der Königin, F'nor, warum *erklärt* mir kein Mensch etwas?

Aber es beruhigt mich, daß er wenigstens einen Grund für sein Zaudern hat. Hoffentlich einen guten – denn ich fürchte, daß es bereits zu spät ist.«

Es war in dem Augenblick zu spät, als er mich daran hinderte, T'bor aufzuhetzen, dachte sie, aber sie sprach es nicht aus. Statt dessen fuhr sie fort: »Es war zu spät, als R'gul meiner Herausforderung so feige auswich ...«

F'nor wirbelte herum, schneeweiß vor Zorn. »Das hat mehr Mut gekostet, als Sie je im Leben aufbringen werden.«

»Weshalb?«

F'nor trat einen halben Schritt vor, so drohend, daß Lessa sich auf einen Schlag gefaßt machte. Er bezwang sich mühsam.

»Es ist nicht R'guls Schuld«, sagte er schließlich. Er wirkte um Jahre gealtert, und in seinen Augen las sie Schmerz und Sorge. »Es kostet sehr, sehr viel Kraft, alles mitanzusehen und zu wissen, daß man warten *muß*.«

»*Weshalb?*« kreischte Lessa geradezu.

F'nor ließ sich nicht mehr aufreizen. Er fuhr mit ruhiger Stimme fort:

»Ich war der Meinung, daß Sie es erfahren müßten, aber es geht gegen F'lars Stolz, sich für einen der Seinen zu entschuldigen.«

Lessa unterdrückte die zynische Bemerkung, die ihr auf den Lippen lag.

»R'gul ist nur durch einen dummen Zufall Weyrführer. Oh, er hätte sein Amt vermutlich gut verwaltet, wenn das Intervall nicht so lange gedauert hätte. Die alten Schriften warnen vor den Gefahren ...«

»Schriften? Gefahren? Und was meinen Sie mit Intervall?«

»Ein Intervall tritt dann auf, wenn der Rote Stern nicht nahe genug an Pern vorüberzieht, um die Fäden auszulösen. In den Schriften steht, daß es etwa zweihundert Planetenumdrehungen dauert, bis der Rote Stern zurückkehrt. F'lar schätzt, daß die doppelte Spanne verging, seit die letzten Fäden fielen.«

Lessa warf einen besorgten Blick nach Osten. F'nor nickte ernst.

»Ja, und in vierhundert Jahren vergißt man leicht Furcht und Vorsicht. R'gul ist ein guter Kämpfer und ein guter Geschwaderführer, aber er muß eine Gefahr sehen und greifen, bevor er sie anerkennt. Oh, er hat die Gesetze und all die Traditionen gelernt, aber im Innersten verstand er sie nie. Nicht so wie F'lar – oder ich«, fügte er herausfordernd hinzu, als er Lessas skeptischen Gesichtsausdruck sah. Seine Augen wurden schmal, und er richtete anklagend den Finger auf sie. »Und nicht so wie Sie – auch wenn es bei Ihnen ein unterbewußtes Verständnis ist.«

Sie zog sich zurück, nicht aus Angst vor ihm, sondern vor der Drohung, an die sie fest glaubte, ohne zu wissen weshalb.

»In dem Augenblick, als F'lar von Mnementh auserwählt wurde, begann F'lon den Jungen auf die Führung des Weyrs vorzubereiten. Und dann kam F'lon bei diesem lächerlichen Streit ums Leben.« F'nors Stimme klang verärgert und bedauernd zugleich. Jetzt erst merkte Lessa, daß der braune Reiter von seinem Vater sprach. »F'lar war zu jung, um den Weyr zu übernehmen, und bevor jemand eingreifen konnte, paarte sich R'guls Hath mit Nemorth, und *wir* mußten warten. Aber

R'gul brachte es nicht fertig, Joras Trauer über F'lon zu zerstreuen. Sie ließ sich gehen.« F'nor zuckte mit den Schultern. »Dazu kam R'guls Isolierungspolitik. Das Ansehen des Weyrs sank immer rascher.«

»Ich weiß«, entgegenete Lessa bitter.

»Hören Sie mir gut zu!« F'nors strenge Worte durchdrangen ihren ohnmächtigen Zorn. Sie hatte nicht geglaubt, daß er zu solcher Schärfe fähig sein könnte. Ihre Bewunderung für den braunen Reiter stieg.

»Ramoth ist voll entwickelt, bereit für den ersten Paarungsflug. Wenn sie fliegt, steigen alle Bronzedrachen auf, um sie zu fangen. Nicht immer erhält der Stärkste die Königin. Manchmal siegt derjenige, der von den Weyrmitgliedern auserwählt wurde.« Er sprach langsam und betonte jedes Wort. »So war es damals bei Hath. Die älteren Reiter entschieden sich für R'gul. Sie konnten es nicht ertragen, von einem Neunzehnjährigen Befehle entgegenzunehmen, auch wenn er F'lons Sohn war. So bekam Hath Nemorth. Und sie bekamen R'gul. Sie bekamen, was sie wollten. Sehen Sie sich nur um!« Mit einer zornigen Handbewegung deutete er auf den verwahrlosten Weyr.

»Es ist zu spät, zu spät«, stöhnte Lessa. Nun verstand sie alles – leider auch zu spät.

»Vielleicht – und durch Ihre Schuld«, erwiderte F'nor zynisch. »Warum mußten Sie K'net zu diesen Überfällen anstiften? Es war unnötig. Unser Geschwader erledigte diese Dinge unauffällig. Wir unterbrachen unsere Einsätze nur, als von Ruatha so viele Vorräte kamen. Das ist keine Feigheit, sondern Vorsicht, Lessa von Pern! Die Barone fühlen sich stark genug, um zum Gegenschlag auszuholen.« F'nor sah sie mit einem bitteren Lächeln an. »Überlegen Sie, was R'gul tun wird, wenn die bewaffneten Burgherren hier erscheinen und Satisfaktion verlangen!«

Lessa schloß die Augen. Sie konnte sich das Bild nur zu gut vorstellen. Müde nahm sie auf ihrer Felsbank Platz. Sie hatte sich verrechnet. Sie hatte geglaubt, daß sie auch hier Erfolg haben müßte wie auf Ruatha, als sie Fax in den Tod geschickt hatte. Und nun brachte sie dem Weyr durch ihre Arroganz den Untergang.

Plötzlich drang Lärm in den Beratungsraum. Es klang, als befände sich der ganze Weyr in Aufruhr. Die Drachen brüllten erregt, zum erstenmal seit zwei Monaten.

Verwirrt sprang sie auf. War es F'lar nicht gelungen, K'net abzufangen? Hatten die Barone dem jungen Drachenreiter eine Falle gestellt? Zusammen mit F'nor lief sie in die Schlafhöhle der Drachenkönigin.

Es war weder F'lar noch K'net, sondern der Weyrführer R'gul. Seine Augen leuchteten erregt, und seine Züge wirkten verzerrt. Hath saß draußen auf dem Sims; Lessa spürte, daß auch der Bronzedrache erregt war. R'gul warf einen raschen Blick auf Ramoth, die friedlich weiterschlief. Dann betrachtete er Lessa mit kühler Berechnung. D'nol kam hereingerannt. Er schnallte sich noch im Laufen den Gürtel um. Ihm auf den Fersen folgten S'lan, S'lel und T'bor. Sie scharten sich in einem lockeren Halbkreis um Lessa.

R'gul trat mit ausgestreckten Armen vor, als wollte er sie umarmen, und Lessa trat unwillkürlich einen Schritt zurück. Der Mann ekelte sie an. Im nächsten Moment stand F'nor an ihrer Seite. R'gul senkte die Arme.

»Hath hat heute nur Blut getrunken?« fragte der braune Reiter mit drohender Stimme.

»Binth ebenfalls – und Orth«, stieß T'bor hervor. Seine Augen glänzten wie im Fieber.

Ramoth bewegte sich unruhig, und alle Blicke wandten sich ihr zu.

»Blut getrunken?« fragte Lessa verwirrt. Ihr war klar, daß hier etwas Besonderes vorging.

»F'lar und K'net müssen zurückgerufen werden«, befahl F'nor mit mehr Nachdruck, als es ihm in Gegenwart des Weyrführers zustand.

R'gul lachte.

»Niemand weiß, wohin sie folgen.«

D'nol wollte widersprechen, aber R'gul schnitt ihm mit einer heftigen Geste das Wort ab.

»Das würden Sie nicht wagen, R'gul«, sagte F'nor drohend.

Nun, Lessa gab sich nicht geschlagen. Ihr verzweifelter Ruf nach Mnementh und Piyanth brachte ein schwaches Echo.

Dann spürte sie absolute Leere, wo noch Sekunden zuvor Mnementh gewesen war.

R'gul durchbohrte Lessa mit seinen Blicken. »Sie wird beim Erwachen schlecht gelaunt sein. Sorgen Sie dafür, daß sie die gerissenen Tiere nur aussaugt. Ich warne sie – Ramoth wird störrisch sein. Aber wenn sie sich sattfrißt, kann sie nicht fliegen.«

»Der Augenblick der Paarung ist gekommen«, erklärte F'nor. In seiner Stimme schwang Verzweiflung und ohnmächtiger Zorn mit.

»Ja – die Bronzedrachen warten schon darauf, sie einzufangen«, sagte R'gul triumphierend.

Und F'lars Mnementh soll an dem Wettstreit nicht teilnehmen, dachte Lessa.

»Je länger der Flug dauert, desto besser wird die Brut. Und Ramoth hält nur durch, wenn sie schwere Kost meidet. Sie darf kein Fleisch fressen. Begreifen Sie mich?«

»Ja, R'gul«, erwiderte Lessa. »Ich begreife Sie sehr gut – zum erstenmal. F'lar und K'net sind nicht hier.« Ihre Stimme wurde schrill. »Aber Hath soll Ramoth nicht bekommen, und wenn ich sie ins *Dazwischen* bringe!«

Nackte Furcht und Entsetzen löschten den Ausdruck des Triumphes von R'guls Zügen. Dann zwang er sich zu einem spöttischen Lächeln. Nahm er ihre Drohung nicht ernst?

»Guten Tag«, sagte F'lar freundlich vom Eingang her. K'net stand neben ihm und grinste breit. »Mnementh berichtet mir, daß die Bronzedrachen Blut trinken. Danke, daß ihr uns zurückgerufen habt!«

Lessa atmete erleichtert auf. Einen Moment vergaß sie ihre ständigen Streitereien mit F'lar. Sein Anblick – ruhig, arrogant, spöttisch – verlieh ihr neuen Optimismus.

R'gul sah sich finster im Halbkreis der Bronzereiter um. Er versuchte zu erkennen, wer es gewagt hatte, den beiden Nachricht zu geben. Und Lessa verstand plötzlich, daß R'gul seinen Widersacher F'lar nicht nur haßte, sondern auch fürchtete. Sie spürte auch, daß F'lar sich verändert hatte. Für ihn war die lange Wartezeit vorüber. Er lauerte angespannt.

Ramoth erhob sich, und Lessa wußte, daß die beiden Reiter keine Sekunde zu früh gekommen waren. Erregung hatte die

Drachenkönigin erfaßt. Lessa eilte zu ihr, um sie zu besänftigen, aber Ramoth achtete nicht darauf.

Mit unerwarteter Behendigkeit lief sie auf den Felsvorsprung hinaus und verjagte fauchend die Bronzedrachen, die in der Nähe warteten. Lessa und die Drachenreiter traten ebenfalls ins Freie.

F'nor hob Lessa auf Canths Rücken und steuerte den Braunen rasch zur Futterstelle hinunter. Ramoth glitt mit eleganten Flügelschlägen über die Herde. Sie warf sich auf eines der verängstigten Tiere und drückte es zu Boden, zu gierig, um es auf die Klippen zu tragen.

»Greifen Sie ein!« rief F'nor nervös und setzte Lessa hastig ab.

Ramoth kreischte zornig, als sie Lessas Befehl hörte. Sie warf den Kopf hin und her und schlug mit den Flügeln. Ihre Augen brannten. Immer wieder schrie sie mit weit vorgestrecktem Hals, und von allen Seiten antworteten die Drachen. Die wilden Schreie hallten von den Felswänden wider.

Nun mußte Lessa tatsächlich ihre ganze Willenskraft einsetzen, die sie während der bitteren Jahre auf Ruatha entwickelt hatte. Ramoths keilförmiger Kopf pendelte hin und her; in ihren Augen glühte Zorn. Das war nicht mehr das liebenswerte, vertrauensvolle Drachenkind. Das war ein wilder Dämon.

Lessas Wille siegte. Sie zwang Ramoth zum Gehorsam. Die Drachenkönigin beugte sich fauchend über den getöteten Bock und riß ihm die Halsschlagader auf.

»Achtung!« flüsterte F'nor. Lessa hatte den braunen Reiter völlig vergessen.

Ramoth stieg mit Gekreische auf und stieß mit unglaublicher Schnelligkeit auf das nächste Tier zu. Wieder versuchte sie, das Fleisch zu verschlingen, und wieder setzte Lessa ihre Willenskraft ein. Ramoth begnügte sich zögernd mit dem Blut des Opfers.

Beim drittenmal wehrte sie sich nicht mehr gegen Lessas Befehle. Das Blut hatte ihre Instinkte geweckt. Sie wußte nun, was sie tun mußte: weit, weit fort vom Weyr fliegen, fort von den winzigen flügellosen Geschöpfen, fort von den Bronzedrachen, die sie verfolgten.

Der Dracheninstinkt war auf den Augenblick beschränkt;

er ließ sich nicht vorausberechnen oder steuern. Diese Tätigkeiten hatte der Mensch übernommen.

Lessa sang lautlos vor sich hin.

Ramoth warf sich auf den vierten Bock und sog ihn ohne Zögern aus. Stille hatte sich im Weyr verbreitet. Man hörte nichts außer dem gierigen Schmatzen der Drachenkönigin und dem hohen Wimmern des Windes.

Ramoths Haut begann zu glänzen. Sie hob den Kopf und leckte das Blut von der Schnauze. Dann streckte sie sich. Die Bronzedrachen, die um die Futterstelle kreisten, begannen erwartungsvoll zu summen.

Mit einer plötzlichen Bewegung schnellte Ramoth in die Luft. Ihre Flügel waren ausgebreitet; unglaublich kraftvoll stieg sie auf. Sieben Bronzedrachen folgten ihr. Die schweren Schwingen wirbelten Staub und Sand hoch.

Lessa spürte, daß ihr Inneres mit Ramoth fortgetragen wurde.

»Bleiben Sie bei ihr«, flüsterte F'nor drängend. »Bleiben Sie bei ihr! Sie darf Ihnen jetzt nicht entkommen.«

Er verließ Lessa und mischte sich unter das Weyrvolk, das wie gebannt zum Himmel starrte, wo die Drachen als winzige Tupfen zu erkennen waren.

Lessa begleitete Ramoth. Sie besaß grenzenlose Macht, ihre Flügel trugen sie ohne Mühe höher, immer höher, und Stolz erfüllte sie, Stolz – und Verlangen.

Sie spürte, daß die großen Bronzedrachen sie verfolgten. Sie verachtete sie. Niemand konnte sie, die Königin, besiegen.

Sie wandte den Kopf nach hinten und forderte sie durch schrilles Hohngeschrei heraus. Hoch über ihnen schwebte sie. Unvermittelt zog sie die Flügel an und ließ sich in die Tiefe fallen. Die Bronzedrachen wichen hastig zur Seite aus.

Einer blieb erschöpft zurück. Sie rief ihm ihren Spott nach. Bald danach schied ein zweiter aus. Und Ramoth spielte mit ihnen, sie flog hierhin und dorthin, stieg in schwindelerregende Höhen und sauste wie ein Stein nach unten. Manchmal vergaß sie bei ihrem berauschenden Spiel die Nähe der Verfolger.

Als sie endlich wieder nach den Bronzedrachen Ausschau hielt, stellte sie mit Verachtung fest, daß nur noch drei Tiere in der Nähe waren – Mnementh, Orth und Hath.

Sie glitt tiefer, quälte sie, freute sich über ihren langsamen

Flügelschlag. Hath konnte sie nicht ausstehen. Orth? Orth war kräftig und jung. Sie schob sich zwischen ihn und Mnementh.

Als sie an Mnementh vorbeizog, schloß er plötzlich die Flügel und ließ sich nach unten fallen, bis er neben ihr war. Verwirrt wollte sie fliehen, aber er flog so nahe, daß sie die Schwingen nicht ausbreiten konnte. Er umschlang sie mit seinem biegsamen Hals.

Gemeinsam senkten sie sich, getragen von Mnemenths starken Flügeln. Verängstigt durch den raschen Fall breitete auch Ramoth die Flügel aus. Und dann ...

Lessa wurde von Schwindel erfaßt. Sie tastete blindlings nach einer Stütze. Jeder Nerv ihres Körpers zuckte.

»Nicht ohnmächtig werden, du Närrin! Bleibe bei ihr!« F'lar umfaßte sie.

Lessa öffnete mühsam die Augen. Sie sah die Wände ihrer Schlafkammer. Verwirrt schüttelte sie den Kopf. Ihre Fingernägel gruben sich in F'lars nackte Haut.

»Hol sie zurück!«

»Wie denn?« rief sie keuchend. Sie konnte sich nicht vorstellen, daß Ramoth ihre herrliche Freiheit jemals aufgeben würde.

F'lar schlug ihr mit der flachen Hand ins Gesicht. Seine Augen leuchteten wie im Fieber, und sein Mund war verzerrt.

»Laß sie nicht los! Sie darf nicht ins *Dazwischen* gehen! Bleibe bei ihr!«

Angst stieg in Lessa auf, die Angst, Ramoth zu verlieren. Sie suchte nach der Drachenkönigin, die immer noch von Mnementh umschlungen wurde.

Die Leidenschaft der beiden Drachen drang mit ganzer Gewalt auf Lessa ein. Stöhnend klammerte sie sich an F'lar. Sie spürte seinen harten Körper, seine fordernden Lippen, und dann gab auch sie dem Verlangen nach.

»So«, murmelte er. »Nun bringen *wir* sie sicher heim.«

> *Drachenflug, Drachenflug,*
> *Entflammt sind die Triebe.*
> *Weyrherrin, teil mit mir*
> *Die Glut dieser Liebe.*

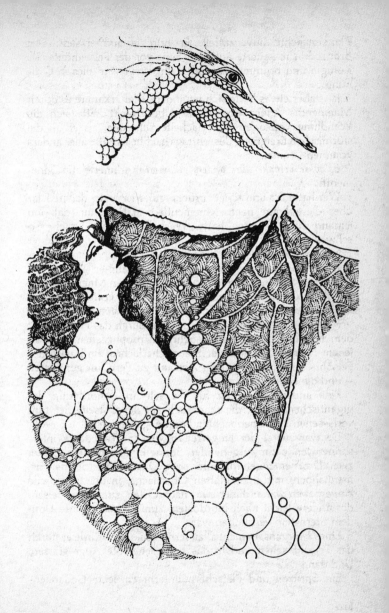

F'lar erwachte unvermittelt. Er horchte aufmerksam. Der Bronzedrache kauerte auf dem Sims vor der Felsenhöhle der Königin und brummte zufrieden. Im Weyr war alles in Ordnung.

Ja — aber etwas hatte sich verändert. F'lar erkannte es durch Mnemenths Augen und Sinne. Über Nacht hatte sich die Wandlung vollzogen. F'lar lächelte zufrieden, als er an die stürmischen Ereignisse des Vortags dachte. Es hätte alles anders kommen können.

*Es wäre beinahe alles anders gekommen*, erinnerte ihn Mnementh.

Wer hatte ihn und K'net zurückgerufen? Wieder dachte F'lar über diese Frage nach. Mnementh bestätigte nur, daß ihn jemand zurückgerufen hatte. Weshalb war der Drache so schweigsam?

Nagende Zweifel erwachten in F'lar.

»Hat F'nor auch nicht vergessen ...«, begann er laut.

*F'nor vergißt deine Befehle nie*, versicherte ihm Mnementh ungeduldig. *Canth sagte mir, daß der Rote Stern heute bei Sonnenaufgang über dem Felsöhr steht. Aber bis dahin ist noch etwas Zeit.*

F'lar fuhr sich mit den Fingerspitzen durch das Haar. »Über dem Felsöhr ...«, wie es die Schriften prophezeiten. Und an jenem Morgen, an dem der Stern scharlachrot im Innern des Felsöhrs erstrahlte, war sein Abstand zu Pern am geringsten — und die Fäden drohten.

Eine andere Erklärung für die seltsame Anordnung der gigantischen Felsen, die man auch auf der Ostseite der fünf verlassenen Weyr beobachten konnte, gab es nicht.

Da war zuerst der Fingerfelsen, der am Tag der Wintersonnenwende zur aufgehenden Sonne hinüberdeutete. Dann, zwei Drachenlängen dahinter, der Quader des Sternsteins, mannshoch, mit einer glatten Oberfläche, in die zwei Pfeile eingegraben waren. Einer wies nach Osten, zum Fingerfelsen, der andere leicht nach Nordosten, zum Felsöhr, das fest mit dem Sternstein verbunden war.

Eines Morgens, in nicht allzu ferner Zukunft, würde er durch das Felsöhr sehen und in das höhnische rote Auge starren. Und dann ...

Ein Spritzen und Plätschern unterbrach seine Gedankengänge. Wieder lachte F'lar vor sich hin. Das Mädchen badete. Sie war schön, daran gab es keinen Zweifel ... F'lar legte sich zurück und schloß die Augen.

Mnementh äußerte von seinem sicheren Felsvorsprung, daß F'lar mit Lessa lieber vorsichtig sein solle.

*Tatsächlich?* erwiderte F'lar.

Mnementh wiederholte seine Warnung, aber F'lar nahm sie nicht ernst.

Plötzlich richtete sich der Drache auf.

Er informierte seinen Reiter, daß die Wachtposten einen Späher ausschickten, um die Ursache der ungewöhnlichen Staubwolken unterhalb des Benden-Sees zu erkunden.

F'lar erhob sich eilig und zog sich an. Er schnallte eben den breiten Gürtel um, als der Vorhang zur Badequelle zurückgeschoben wurde und Lessa erschien. Sie war voll bekleidet.

F'lar überraschte es immer wieder, wie feingliedrig sie war. Man konnte sich nicht vorstellen, daß in diesem schmalen Körper eine so unbeugsame Energie steckte. Das frischgewaschene Haar hing ihr schwer über die Schultern. In ihren Augen las er nichts von der Leidenschaft, die sie am Vorabend geteilt hatten. Sie strahlte weder Herzlichkeit noch Wärme aus. Was war mit dem Mädchen nur los? Hatte Mnementh doch recht mit seiner Warnung?

Der Bronzedrache meldete sich mit ein paar beunruhigenden Nachrichten. F'lar konnte sich jetzt nicht mit Lessa beschäftigen. Innerlich verfluchte er R'gul. Der Weyrführer hatte sie völlig falsch behandelt.

Nun, das war vorbei. Seit dem gestrigen Abend herrschte F'lar, der Reiter des Bronzedrachen Mnementh, über den Weyr. Er würde einiges verändern.

*Dann beeil dich*, meinte Mnementh trocken. *Die Barone versammeln sich am See.*

»Es gibt Schwierigkeiten«, erklärte F'lar, noch bevor er Lessa begrüßte. Seine Feststellung schien sie nicht zu ängstigen.

»Die Barone kommen, um sich zu beschweren?« fragte sie kühl.

Er bewunderte ihre Haltung, obwohl er sich sagte, daß sie nicht unschuldig an der augenblicklichen Lage war.

»Du hättest die Überfälle mir überlassen sollen. K'net ist noch jung genug, um Spaß an der Sache zu finden.«

Ein Lächeln huschte über ihre Züge. F'lar überlegte, ob sie das vielleicht einkalkuliert hatte. Wäre Ramoth am Vortag nicht zum Paarungsflug gestartet, so hätte alles anders ausgesehen. Ob sie daran dachte?

Mnementh kündigte ihm den Besuch von R'gul an. Er fügte hinzu, daß sich der Mann aufplustere wie eh und je.

»Er hat überhaupt nichts mehr zu sagen«, erwiderte F'lar scharf. Er war mit einem Male hellwach. Auf diese Gegenüberstellung hatte er sich schon lange gefreut.

»R'gul?«

Er mußte zugeben, daß Lessa eine scharfe Auffassungsgabe besaß.

»Komm, Mädchen!« Er ging voraus in die Felsenkammer der Drachenkönigin. Die Szene, die er R'gul vorzuspielen gedachte, sollte eine Rache für jenen schmachvollen Tag vor zwei Monaten sein. Er wußte, daß auch Lessa die Niederlage nicht verwunden hatte.

Kaum hatte er die Höhle betreten, als R'gul von der anderen Seite hereinstürmte, gefolgt von dem erregten K'net.

»Die Wachen berichten, daß sich eine große Schar Bewaffneter mit den Bannern vieler Burgen dem Tunnel nähern. K'net hier —« R'gul warf dem jungen Mann einen wütenden Blick zu — »gesteht, daß er systematisch und gegen meinen ausdrücklichen Befehl Überfälle durchgeführt hat. Das wird selbstverständlich noch ein Nachspiel haben.« Drohende Falten zeigten sich auf seiner Stirn. »Das heißt, wenn wir den Weyr gegen die Feinde überhaupt verteidigen können.«

Er wandte sich wieder an F'lar, der ihn freundlich angrinste.

»Stehen Sie nicht herum!« fuhr R'gul ihn an. »Was gibt es da zu lachen? Wir müssen uns überlegen, wie wir die Barone versöhnen!«

»Nein, R'gul«, widersprach F'lar dem älteren Mann, »die Zeiten, in denen wir die Barone versöhnt haben, sind vorbei.«

»Was? Sind Sie wahnsinnig?«

»Nein. Aber die gleiche Frage könnte ich Ihnen stellen.« Mit einemmal wirkte F'lars Miene hart.

R'guls Augen weiteten sich. Er starrte F'lar an, als sähe er ihn zum erstenmal.

»Sie vergessen eine wichtige Tatsache«, fuhr F'lar unerbittlich fort. »Die Politik bestimmt der jeweilige Weyrführer. Und seit gestern bin *ich* der Herr von Benden!«

Seine Worte hallten von den Felswänden wider. Die übrigen Bronzereiter, die nacheinander die Felskammer betreten hatten, blieben entsetzt stehen.

F'lar machte eine Pause. Die Männer sollten begreifen, worum es ging. Niemand widersprach.

»Mnementh«, fuhr er laut fort, »verständige alle Geschwader-Unterführer und braunen Reiter. Wir müssen einiges für die Ankunft unserer ... Gäste vorbereiten. Da die Königin schläft, Drachenreiter, bitte ich euch, mir in den Beratungsraum zu folgen. Nach Ihnen, Weyrherrin!«

Als Lessa an ihm vorüberging, bemerkte er, daß ihre Wangen leicht gerötet waren. Sie konnte ihre Gefühle also doch nicht ganz unterdrücken.

Kaum hatten sie am Beratungstisch Platz genommen, als die braunen Reiter hereinströmten. F'lar fiel auf, daß sie aufrechter als sonst gingen. Ja – und die dumpfe Niedergeschlagenheit hatte gespannter Erwartung Platz gemacht. Sie alle hofften, an diesem Tag die Ehre des Weyrs verteidigen zu können.

F'nor und T'sum, seine eigenen Stellvertreter, kamen herein. Ihre gute Laune war deutlich sichtbar. Mit blinzelnden Augen blieb T'sum am Eingang stehen, während F'nor seinen Platz hinter dem Stuhl F'lars einnahm. F'nor blieb kurz vor Lessa stehen und verbeugte sich. Das Mädchen errötete und senkte den Blick.

»Wer wünscht uns zu sprechen, F'nor?« fragte der neue Weyrführer liebenswürdig.

»Die Barone von Telgar, Nabol, Fort und Keroon, um die wichtigsten Banner zu nennen«, erwiderte F'nor.

R'gul erhob sich, um zu protestieren; als er die Mienen der Bronzereiter sah, setzte er sich wieder. S'lel nagte an seiner Unterlippe.

»Ihre Stärke?«

»Mehr als tausend Mann. Gut bewaffnet und gedrillt«, berichtete F'nor gleichgültig.

F'lar warf seinem Halbbruder einen warnenden Blick zu. Übertreibung der lässigen Haltung schadete nur.

»Sie wagen es, gegen den Weyr zu ziehen?« S'lel keuchte.

»Sind wir Drachenreiter oder Feiglinge?« rief D'nol mit dröhnender Stimme. Er war aufgesprungen und schlug mit der Faust auf den Tisch. »Diese Schmach geht zu weit!«

»Allerdings!« pflichtete F'lar ihm bei.

»Wir dulden keine Kränkung mehr«, fuhr D'nol heftig fort, ermutigt durch F'lars Zustimmung. »Ein paar flammende ...«

»Halt!« unterbrach ihn F'lar hart. »Wir sind Drachenreiter! Vergeßt das nicht. Und noch eines — unsere Gemeinschaft hat die Aufgabe, Pern zu *beschützen.*« Er starrte die Männer der Reihe nach an. »Ist das klar?« Sein Blick fiel auf D'nol. Er konnte jetzt keine heimlichen Heldentaten gebrauchen.

»Wir sind nicht auf Feuerstein angewiesen, um diesen kurzsichtigen Baronen eine Lehre zu erteilen«, erklärte er scharf. Dann lehnte er sich zurück und fuhr etwas ruhiger fort: »Mir — und vermutlich jedem von euch — ist während der Suche aufgefallen, daß der einfache Mann immer noch großen Respekt vor den Drachenreitern besitzt.«

T'bor grinste, und einige der anderen nickten.

»Gewiß, sie lassen sich von ihren Burgherren durch Hetzreden und jungen Wein rasch aufstacheln, aber es ist etwas ganz anderes, wenn man dann erschöpft und nüchtern den Drachen gegenübersteht — zumal ohne den Schutz der heimischen Burgwälle.« Er spürte das Einverständnis der Männer. Mit einem leisen Lachen fügte er hinzu: »Und die Berittenen werden so damit beschäftigt sein, ihre Pferde zu zügeln, daß ihnen zum Kampf wenig Zeit bleibt.

Aber es gibt noch mehr Faktoren, die zu unseren Gunsten sprechen. Ich bezweifle, daß die Barone sich näher damit befaßt haben.« Er sah sich ernst in der Runde um. »Sie sollen sehen, daß es sich bitter rächt, wenn man die alten Legenden und die Tradition mißachtet«, sagte er mit stahlharter Stimme. Die Männer murmelten beifällig. Sie standen ganz auf seiner Seite.

»Da warten sie nun vor den Toren des Weyrs. Sie hatten einen langen, beschwerlichen Anmarsch. Zweifellos sind einige von ihnen seit Wochen unterwegs.« Er wandte sich F'nor zu und meinte halblaut, aber so, daß ihn die anderen hören konnten: »Erinnere mich, daß wir noch heute Patrouillen zusammenstellen!« Dann sah er auf. »Drachenreiter! Wer beschützt die Burgen, solange die Barone hier weilen? Wer achtet auf ihre Frauen und Kinder? Wer wacht hier über ihr Hab und Gut?«

Lessa kicherte boshaft. Sie begriff schneller als die Bronzereiter. F'lar war dem Geschick dankbar, daß er sie damals auf Ruatha gefunden hatte – auch wenn sie ihn gezwungen hatte, ihren Widersacher zu töten.

»Die Weyrherrin hat meinen Plan verstanden. T'sum, Sie leiten ihn in die Wege!« Seine Stimme klang befehlend. T'sum verließ breit grinsend den Beratungsraum.

»Ich begreife gar nichts«, beschwerte sich S'lel. Er sah hilflos in die Runde.

»Ich werde es Ihnen erklären«, warf Lessa rasch ein. F'lar wußte, daß sie am gefährlichsten war, wenn sie diesen freundlichen, vernünftigen Tonfall anschlug. Aber er konnte ihr nicht verübeln, daß sie sich an S'lel rächen wollte.

»Es ist ganz einfach«, versicherte sie, ohne F'lars Zustimmung abzuwarten. »Eigentlich völlig selbstverständlich!«

»Weyrherrin!« sagte F'lar scharf.

Sie sah ihn nicht an, aber sie ließ S'lel in Ruhe.

»Die Barone haben ihre Burgen ungeschützt zurückgelassen«, sagte sie. »Sie scheinen nicht bedacht zu haben, daß Drachen in Sekundenschnelle das *Dazwischen* überwinden. Wenn ich mich nicht täusche, soll T'sum von den unbewachten Burgen einige Geiseln holen, die uns helfen werden, die Barone zur Vernunft zu bringen.« F'lar nickte zustimmend, und Lessa fuhr mit zornig blitzenden Augen fort: »Es ist nicht die Schuld der Barone, daß sie die Achtung vor dem Weyr verloren haben. Der Weyr ...«

»Der Weyr«, schnitt ihr F'lar das Wort ab, »ist im Begriff, seine traditionellen Rechte und Privilegien zu verteidigen.« Er mußte höllisch auf dieses Mädchen achten. »Weyrherrin, könnten Sie unsere eben eingetroffenen Gäste begrüßen? Ein paar Worte von Ihrer Seite werden die Lektion vertiefen, die wir Pern heute erteilen wollen.«

Lessa strahlte ihn an, und F'lar überlegte, ob es wirklich richtig gewesen war, ihr die hilflosen Geiseln auszuliefern.

»Ich verlasse mich auf Ihre Intelligenz und Ihr Geschick«, betonte er. Einen Moment lang sah er ihr in die Augen, und sie nickte kurz. Sie hatte seine Ermahnung verstanden. Dennoch beauftragte er Mnementh damit, auf sie zu achten.

Mnementh erwiderte, daß er diese Aufgabe für eine Zeitverschwendung halte, da Lessa klüger sei als sämtliche anderen Weyrbewohner. Sie habe immer wieder ihre Umsicht bewiesen.

*Vor allem, als sie diese Invasion heraufbeschwor*, erinnerte ihn F'lar.

»Aber – die – Barone ...«, stieß R'gul hervor.

K'net sprang auf. »Wenn wir nicht so lange auf Ihre Befehle gehört hätten, wäre es niemals so weit gekommen, R'gul! Verschwinden Sie doch im *Dazwischen*, falls Sie Angst haben. Es war höchste Zeit, daß F'lar die Zügel in die Hand nahm.«

»K'net! R'gul!« rief F'lar über den Beifallslärm hinweg. Als sich die Drachenreiter beruhigt hatten, fuhr er fort: »Hier sind meine Befehle. Ich erwarte, daß sie genau befolgt werden.« In raschen Worten umriß er seinen Plan, und er stellte mit Befriedigung fest, daß die anfängliche Unsicherheit der Männer Bewunderung und Respekt wich.

Nachdem alle Reiter sein Vorhaben verstanden hatten, bat er Mnementh um eine Lageschilderung.

*Die Bewaffneten haben das Plateau jenseits des Sees erreicht; die Vorhut befindet sich bereits auf dem Wege zum Weyreingang.* Mnementh fügte hinzu, daß der Aufenthalt im Weyr für die Geiseln sehr nützlich sei.

»In welcher Hinsicht?« erkundigte sich F'lar.

Mnementh knurrte amüsiert. *Zwei der jungen Grünen haben die Futterstelle aufgesucht, das ist alles. Aber irgendwie scheint ihre Mahlzeit die Damen zu entsetzen.*

F'lar schüttelte den Kopf, Lessa war wirklich teuflisch klug. Er bemühte sich, diese Gedanken vor Mnementh zu verbergen. Der Bronzedrache war in das Mädchen nicht weniger verschossen als in Ramoth. Sie schien eine magische Anziehungskraft auf ihn auszuüben.

»Unsere Gäste sind am See-Plateau«, erklärte er den Drachenreitern. »Ihr kennt eure Stellungen. Sammelt die Geschwader!«

Ohne sich noch einmal umzusehen, eilte er zum Felsvorsprung hinaus.

In einem kleinen Tal warteten die Frauen, bewacht von vier jungen grünen Drachen. Sie schienen in ihrer Angst nicht zu bemerken, daß es sich bei den Reitern um Jugendliche handelte. Die Weyrherrin stand etwas abseits. Unterdrücktes Schluchzen drang an F'lars Ohr. Er sah hinüber zur Futterstelle. Ein grüner Drache kreiste dicht über der Herde und stieß dann auf einen Bock zu. Ein anderer saß auf einem Felsvorsprung und zerriß seine Beute mit typischer Drachengier. F'lar bestieg achselzuckend Mnementh und ließ sich in die Tiefe tragen. Die übrigen Reiter des Geschwaders folgten ihm.

Schwingen rauschten, und Schuppenleiber glitzerten in der Sonne. Mnementh kreiste ein Stück über den anderen Drachen, und F'lar nickte zufrieden. Er beobachtete, wie R'gul sein Geschwader sammelte. Der Mann hatte eine psychologische Niederlage erlitten. Man mußte ihn ständig beobachten. Aber F'lar rechnete damit, daß er seinen Widerstand aufgab, sobald die Fäden fielen.

Mnementh fragte, ob sie die Weyrherrin holen sollten.

»Sie hat hier nichts zu suchen«, entgegnete F'lar unwirsch. Er überlegte, wie der Bronzedrache dazukam, einen solchen Vorschlag zu machen. Mnementh erwiderte, daß die Weyrherrin leidenschaftlich gern flog.

D'nol und T'bor brachten ihre Geschwader in schnurgerade Position. Die beiden waren echte Führernaturen. K'net steuerte am Rande des Weyrbeckens ein Doppelgeschwader ins *Dazwischen*. Es sollte später im Rücken der Angreifer auftauchen. C'gan, der alte blaue Reiter, kümmerte sich um die Jüngsten.

F'lar befahl Mnementh, das Startsignal an F'nors Canth weiterzugeben. Er vergewisserte sich mit einem letzten Blick, daß die großen Felsblöcke vor die Unteren Höhlen gerollt waren, und begab sich ins *Dazwischen*.

> *Aus dem Weyr, zutiefst im Fels,*
> *Steigen auf die Drachenreiter,*
> *Schweben leuchtend über Pern,*
> *Sie sind hier und dort, sind nah und fern.*

Larad, Baron von Telgar, betrachtete die schroffen Höhen des Benden-Weyrs. Der geriefelte Fels erinnerte an einen erstarrten Wasserfall. Er war kalt und abweisend. Ganz schwach regte sich in Larads Innerm Unbehagen. Er spürte, daß es Frevel war, eine Armee gegen den Weyr zu führen. Aber dann unterdrückte er diesen Gedanken.

Der Weyr besaß keine Existenzberechtigung mehr. Das konnte niemand bezweifeln. Weshalb also sollten die Burgherren das faule Weyrvolk miternähren? Man war ohnehin geduldig gewesen. Man hatte den Weyr unterstützt, weil man sich nicht undankbar für die früher erwiesenen Dienste zeigen wollte. Aber die Drachenreiter hatten diese Großzügigkeit mißbraucht.

Da war zuerst diese veraltete Suche. Nemorth hatte ein Königinnenei gelegt. Und? Mußten die Drachenreiter deshalb die schönsten Frauen der Burgen stehlen? Larad dachte an seine Schwester Kylora, die er bereits Brant von Igen versprochen hatte. Sie war von den Drachenreitern in den Weyr gebracht worden, und er hatte nie wieder etwas von ihr gehört.

Oder der Tod von Fax! Gewiß, der Mann hatte einen gefährlichen Ehrgeiz besessen, aber er war vom alten, reinen Blut gewesen. Und man hatte den Weyr nicht gebeten, sich in die Angelegenheiten des Hochlandes einzumischen.

Dazu die ständigen Diebstähle. Das schlug dem Faß den Boden aus. Oh, man sagte nicht, wenn hin und wieder ein paar Böcke verschwanden. Aber wenn ein Drache aus dem Nichts erschien (ein Talent, das Larad zutiefst beunruhigte) und die besten Zuchttiere aus einer sorgfältig bewachten Herde holte, dann mußte man etwas unternehmen.

Die Weyrbewohner hatten noch nicht begriffen, was für eine untergeordnete Rolle sie in Pern spielten. Man mußte ihnen klarmachen, daß sie in Zukunft nicht mehr mit Abgaben rechnen konnten. Benden, Bitra und Lemos würden ihre Lieferungen auch bald einstellen, vor allem, wenn sie vom Sieg der Barone hörten. Dieser Aberglaube sollte endlich ein Ende nehmen!

Dennoch, je näher sie dem Weyr kamen, desto mehr Zweifel plagten Larad. Wie in aller Welt sollten sie in das Bergmassiv eindringen? Er winkte Meron von Nabol zu sich heran (insgeheim traute er diesem ehemaligen Verwalter nicht; der Mann hatte keinen Tropfen adeliges Blut in sich).

Meron lenkte sein Pferd näher.

»Man kann nur durch den Tunnel in den Weyr gelangen?«

Meron nickte. »Selbst die Einheimischen sind sich darüber einig.« Er sah Larads zweifelnden Gesichtsausdruck und fuhr fort: »Aber ich habe eine Spähergruppe zum Südhang des Berges geschickt. Vielleicht finden sie dort eine weniger steile Wand, die sich erklimmen läßt.«

»Sie haben eine Gruppe abkommandiert, ohne mich zu verständigen? Es war vereinbart, daß *ich* die Führung übernehmen sollte.«

»Es war eine plötzliche Eingebung.« Meron lächelte gezwungen.

»Eine Möglichkeit, gewiß, aber ...« Larad starrte zur Klippe hinauf.

»Man hat uns gesehen, Larad, dessen können Sie sicher sein«, sagte Meron verächtlich. Im Weyr rührte sich nichts. »Liefern Sie unser Ultimatum ab. Ich glaube nicht, daß es zum Kampf kommen wird. Die Drachenreiter haben sich immer wieder als Feiglinge erwiesen. Dieser F'lar beispielsweise ignorierte bereits zweimal meine Herausforderung. Ist das eines Mannes würdig?«

Gewaltiges Flügelrauschen und ein eiskalter Hauch unterbrach ihr Gespräch. Larad zügelte krampfhaft sein scheuendes Reittier. Über ihm schwebten Drachen in allen Größen und Farben. Pferde wieherten schrill, Männer stießen heisere Schreie aus.

Mühsam beruhigte Larad sein Tier und sah zu den Drachenreitern hinaus. Er schluckte. Bei der Leere, die uns schuf, dachte er, ich hatte vergessen, wie gigantisch diese Tiere sind.

Vier mächtige Bronzedrachen bildeten dicht über dem Boden eine Dreieckspyramide, so daß sich ihre Flügelspitzen beinahe berührten. Ein Stück weiter oben hatten sich die Braunen formiert, und noch höher kreiste eine Schar von Grünen und Blauen. Ihre Schwingen wirbelten Staub auf und versetzten die Reittiere in Panik.

Woher kommt nur die schneidende Kälte? überlegte Larad. Er riß hart am Zügel seines Pferdes, als es auszukeilen begann.

Die Drachenreiter saßen wie festgewachsen auf den Nacken ihrer Tiere und warteten.

»Wir müssen absteigen, sonst ist jedes Gespräch zum Scheitern verurteilt«, schrie Meron Larad zu, aber der hatte alle Hände voll mit seinem verängstigten Tier zu tun.

Vier Fußsoldaten gelang es schließlich, das Pferd festzuhalten. Larad stieg ab, und Meron folgte seinem Beispiel.

Fehler Nummer Zwei, dachte Larad mit grimmigem Humor. Wir vergaßen, welche Wirkung die Drachen auf die Tiere von Pern ausüben. Und auf die Menschen. Er rückte sein Schwert zurecht, streifte die Handschuhe über und winkte die anderen Barone vorwärts.

Als F'lar die Männer absteigen sah, erteilte er den ersten drei Geschwadern den Befehl zum Landen. Wie eine dunkle Sturmwolke schwebten sie in die Tiefe. Ihre Schwingen schlossen sich rauschend.

Mnementh berichtete F'lar, daß die Drachen begeistert seien. Sie alle hätten die Kampfspiele allmählich satt bekommen.

F'lar erwiderte mißbilligend, daß sie nicht zum Vergnügen hier seien.

»Larad von Telgar«, stellte der Mann an der Spitze sich vor. Er hatte eine herrische Haltung angenommen, und seine Stimme klang scharf. Für sein Alter besaß er eine bemerkenswerte Selbstsicherheit.

»Meron von Nabol.« F'lar betrachtete das dunkle Gesicht mit den harten Zügen und dem unruhigen Blick. Ein heimtückischer Kämpfer, der seine Gegner gern provozierte.

Mnementh übermittelte F'lar vom Weyr eine außergewöhnliche Botschaft. F'lar nickte unmerklich, ohne die Vorstellung zu unterbrechen.

»Man hat mich zum Sprecher der Abordnung ernannt«, begann Larad von Telgar. »Die Burgherren vertreten einstimmig die Auffassung, daß die Funktion des Weyrs auf Pern erloschen ist. Aus diesem Grund weigern sie sich, in Zukunft für das Wohl der Weyrbewohner zu sorgen. Sie sprechen den Drachenreitern das Recht ab, zur Zeit der Suche Frauen von den Burgen zu holen. Und sie werden keine Raubzüge mehr dulden.«

F'lar hörte ihm höflich zu. Larad war redegewandt und drückte sich prägnant aus. Der Drachenreiter nickte. Er sah die Barone der Reihe nach aufmerksam an. Ihre Mienen drückten Entschlossenheit und gerechte Empörung aus.

»Ich, F'lar, Mnemenths Reiter und neuer Weyrführer, erteile euch folgenden Befehl!« Seine lässige Haltung war verschwunden. Mnementh knurrte drohend. Die Stimme des Drachenreiters klang dröhnend über das Plateau, so daß auch das Fußvolk ihn genau verstehen konnte.

»Kehrt augenblicklich zurück zu euren Burgen! Dort angelangt, werdet ihr Ställe und Scheunen aufsuchen und die Abgaben zusammentragen, die ihr dem Weyr schuldet! Ich gebe euch eine Frist von drei Tagen, gerechnet vom Moment eurer Ankunft.«

Meron von Nabol lachte höhnisch. »Der Weyrführer befiehlt uns, Abgaben zu leisten?«

F'lar winkte. Zwei weitere Geschwader rauschten herbei und kreisten über der Truppe von Nabol.

»Der Weyrführer befiehlt euch, Abgaben zu leisten«, bestätigte F'lar. »Und solange das nicht geschehen ist, müssen die Herrinnen von Nabol, Telgar, Fort, Igen und Keroon leider mit dem einfachen Quartier des Weyrs vorlieb nehmen. Das gleiche gilt für die Herrinnen von Balan, Gar und ...«

Er machte eine Pause, denn die Barone begannen erregt zu diskutieren, als er die Geiseln aufzählte. F'lar übermittelte Mnementh rasch eine Botschaft, die der Bronzedrache weitergab.

»Mit diesem Bluff erreichen Sie nichts«, spottete Meron. Er trat vor, die Hand auf das Schwert gelegt. Überfälle auf die Herden oder Felder hatte er schon des öfteren erlebt; aber die Burgen waren unantastbar. Die Drachenreiter würden es nicht wagen ...

T'sums Geschwader erschien. Jeder Reiter hatte vor sich eine Geisel sitzen. Die Drachen glitten so dicht über dem Boden hinweg, daß die Barone ihre Gefährtinnen erkennen konnten.

Merons Züge waren haßverzerrt.

Larad löste seine Blicke mühsam von dem Geschwader. Er war jung verheiratet und liebte seine Frau. So bot es ihm nur schwachen Trost, daß sie im Gegensatz zu den anderen Burgherrinnen weder schluchzte noch schrie.

»Sie sind im Vorteil«, gab Larad mit gepreßter Stimme zu. »Wir werden uns zurückziehen und die Abgaben liefern.« Er wollte sich eben umdrehen, als Meron sich zornbebend in den Vordergrund schob.

»Sollen wir ihren Forderungen einfach nachgeben? Sollen wir uns von einem Drachenreiter in die Flucht schlagen lassen?«

»Still!« Larad umklammerte Merons Arm.

F'lar hob die Hand zu einer befehlenden Geste. Ein Geschwader von blauen Drachen erschien, und sie trugen in ihren Klauen die Soldaten von Nabol, die versucht hatten, die Südklippe zu erklettern.

»Die Drachenreiter haben das Recht auf ihrer Seite«, erwiderte F'lar kühl. »Und ihrer Aufmerksamkeit entgeht nichts.« Seine Stimme wurde lauter. »Kehrt jetzt zurück zu euren Burgen! Und bemeßt die Abgaben gerecht, denn wir wissen, was ihr geerntet habt. Weiter mache ich euch zur Auflage, euren gesamten Besitz, Burgen sowie umliegende Dörfer, vom Grün zu befreien. Wer dieses Gebot mißachtet, wird hart bestraft. Baron Telgar, das gilt besonders für die Südseite Ihrer Burg. Sie ist gefährlich vernachlässigt. Bringt die Hügelverteidigungen in Ordnung. In den Feuergruben hat sich Unrat gesammelt. Öffnet die Bergwerke und schafft Feuersteinvorräte herbei!«

»Abgaben, ja, aber das übrige ...«, unterbrach ihn Larad.

F'lars Arm deutete zum Himmel.

»Sehen Sie da hinauf, Baron! Der Rote Stern pulsiert bei Tag und Nacht. Die Berge jenseits Ista speien Feuer und glühende Felsbrocken. Gewaltige Springfluten überschwemmen die Küstengebiete. Haben Sie alle Balladen und Sagen vergessen? So wie Sie vergessen haben, was die Drachen von Pern vermögen? Wagen Sie es, die Zeichen zu mißachten, welche die Ankunft der Silberfäden verkünden?«

Meron würde an die Fäden erst glauben, wenn er sie sah. Aber Larad und die meisten anderen zeigten sich von F'lars Worten beeindruckt.

»Und die Königin«, fuhr er fort, »hat sich im zweiten Jahr zum Paarungsflug erhoben. Sie stieg hoch auf und legte eine weite Strecke zurück.«

Plötzlich starrten die Barone nach oben. Selbst Meron wirkte verwirrt. R'gul, der dicht hinter F'lar stand, keuchte hörbar. Der Bronzereiter wagte es nicht, den Kopf zu heben. Er wußte nicht, ob das Ganze ein Trick war.

Und dann bemerkte er aus dem Augenwinkel ein goldenes Schimmern.

*Mnementh!* dachte er wütend, aber Mnementh grollte nur zufrieden vor sich hin. Die Königin kreiste über dem Plateau — ein herrlicher Anblick, das mußte sogar F'lar zugeben.

Lessa saß wie festgewachsen auf dem goldenen Nacken. Ihr weißes Gewand wehte im Wind. Ramoth hatte die Flügel weit ausgespannt, und sie war mächtiger als Mnementh.

Das Schauspiel beeindruckte alle. Nicht einmal F'lar konnte sich der Wirkung entziehen. Er sah die Ehrfurcht in den Mienen der Barone und hörte das zufriedene Summen der Drachen.

»Und unsere berühmtesten Weyrherrinnen — ich nenne nur Moreta und Torene — stammen wie Lessa von Pern aus Ruatha.«

»Ruatha ...«, murmelte Meron mit zusammengebissenen Zähnen.

»Die Silberfäden werden kommen?« fragte Larad.

F'lar nickte langsam. »Ihr Harfner kann Ihnen die Vorzeichen nennen.« Er machte eine Pause. »Wir benötigen die Abgaben. Und wir müssen uns auf die Zusammenarbeit mit den Burgherren verlassen können. Der Weyr bereitet Pern auf die Gefahr vor, wie es seine Pflicht ist. Wer sich den Drachenreitern nicht unterordnen will, muß dazu gezwungen werden.«

Damit sprang er auf Mnemenths Nacken. Er ließ die Königin nicht aus den Augen. Ihre goldenen Flügel trugen sie senkrecht nach oben.

Warum mußte Lessa gerade diesen Augenblick, in dem er seine ganze Konzentration brauchte, für eine Rebellion ausnützen? Warum zeigte sie vor dem ganzen Weyr ihre Unabhängigkeit? Er hätte sie am liebsten verfolgt, doch das konnte er nicht. Zuerst mußte er dafür sorgen, daß die Truppen der Barone abzogen. Zuerst mußte er diesen Hohlköpfen einen Vorgeschmack von der Macht der Weyrs geben.

Auf seinen Befehl hin erhoben sich die Geschwader. Ihre

Schwingen rauschten, und ihr schrilles Trompeten erfüllte die Luft.

F'lar wandte sich zufrieden ab und befahl Mnementh, die Weyrherrin zu verfolgen, die hoch über dem Weyr auf Ramoth dahinglitt.

Wenn er das Mädchen erwischte ...

Mnementh entgegnete sarkastisch, daß es unsinnig sei, den beiden nachzufliegen und ihnen den Spaß zu verderben. Schließlich habe die Drachenkönigin seit ihrem gestrigen Paarungsflug noch nichts gefressen und sei bestimmt nicht in der Lage, sich weit vom Weyr zu entfernen. Falls F'lar jedoch darauf bestünde, diese unnötige und unbesonnene Verfolgung durchzuführen, dann müsse er damit rechnen, daß Ramoth ins *Dazwischen* fliehen könnte ...

Der bloße Gedanke daran ließ F'lars Zorn im Nu verfliegen. Er erkannte, daß Mnementh völlig recht hatte. Er hatte sich vom Zorn beeinflussen lassen ...

Mnementh landete neben dem Sternstein. Von hier aus hatten sie einen herrlichen Ausblick. F'lar konnte sowohl die abziehende Armee wie die Drachenkönigin beobachten.

Mnemenths Augen schillerten. Er berichtete F'lar, daß Piyanths Reiter der Ansicht sei, die Gegenwart der Drachen behindere den Rückzug, da Menschen und Tiere in Hysterie gerieten.

F'lar befahl K'net, die Armee aus sicherer Höhe zu bewachen. Er riet ihm jedoch, die Truppe von Nabol nicht aus den Augen zu lassen.

Noch während Mnementh die Botschaft übermittelte, wandte F'lar seine Gedanken der fliegenden Königin zu.

*Bring ihr lieber bei, ins Dazwischen zu fliegen*, riet ihm Mnementh. *Sie ist nicht dumm, und was machen wir, wenn sie es selbst entdeckt?*

F'lar wollte eben scharf antworten, doch dann hielt er den Atem an. Ramoth zog plötzlich die Flügel an und jagte wie ein goldener Pfeil in die Tiefe. Mühelos fing sie sich ab und schwebte von neuem nach oben.

Mnementh erinnerte F'lar absichtlich an die akrobatischen Flüge, die sie beide in ihrer Jugend unternommen hatten. Ein weiches Lächeln glitt über F'lars Züge, und plötzlich wußte er,

wie eingeengt Lessa sich gefühlt hatte, als sie den anderen Drachen bei ihren Übungsflügen zusehen mußte.

Nun, er war kein R'gul, der ständig von Zweifeln geplagt wurde.

*Und sie ist keine Jora,* ergänzte Mnementh. *Ich rufe die beiden herunter. Ramoth verliert bereits ihren Glanz.*

F'lar sah zu, wie die Drachenkönigin gehorsam tiefer glitt. In Lessas Augen leuchtete eine wilde Freude. Ramoth landete.

Das Mädchen trat mit hochgeworfenem Kopf F'lar gegenüber. Ihr ganzer Körper schien sich anzupassen; sie wartete trotzig auf seinen Tadel. Und er sah, daß sie nicht die geringste Reue empfand.

Bewunderung wischte die letzte Spur von F'lars Zorn aus. Er lächelte, als er auf Lessa zuging.

Verwirrt durch seine unerwartete Haltung, trat sie einen halben Schritt zurück.

»Auch Königinnen können fliegen«, stieß sie hervor.

Sein Lächeln wurde zu einem breiten Grinsen. Er faßte sie an beiden Schultern und schüttelte sie freundschaftlich.

»Natürlich können sie fliegen«, versicherte er ihr. »Deshalb haben sie Flügel!«

# TEIL III

*Der Finger weist
Auf ein Auge rot.
Die Fäden fallen,
In Pern herrscht Not.*

»Sie zweifeln immer noch, R'gul?« fragte F'lar mit einem schwachen Lächeln. Die Hartnäckigkeit seines Vorgängers amüsierte ihn.

R'gul tat, als habe er die Herausforderung nicht gehört. Er biß die Zähne zusammen.

»Seit mehr als vierhundert Planetenumdrehungen sind keine Fäden auf Pern gefallen. Es gibt keine mehr.«

»Diese Möglichkeit besteht natürlich«, räumte F'lar liebenswürdig ein. Aber in seiner Haltung erkannte man Unnachgiebigkeit, und seine Bernsteinaugen leuchteten hart.

R'gul fand, daß er zuviel Ähnlichkeit mit F'lon, seinem Vater, besaß. Immer so selbstsicher, immer ein wenig verächtlich den anderen gegenüber. Arrogant, jawohl, so konnte man ihn nennen. Und unverschämt. Dazu diese Lessa! Er, R'gul, hätte eine der berühmtesten Weyrherrinnen aus ihr gemacht. Noch vor Beendigung der Einweisung hatte sie sämtliche Balladen und Sagen auswendig gekannt. Und dann mußte sich die einfältige Kleine F'lar zuwenden! Besaß sie nicht Vernunft genug, die Vorzüge eines älteren, erfahrenen Mannes zu würdigen? Zweifellos hatte sie sich F'lar verpflichtet gefühlt, weil er sie während der Suche entdeckt hatte.

»Aber Sie geben zu, daß die Wintersonnenwende eintritt, wenn die Sonne beim Aufgang hinter dem Fingerfelsen steht?« fuhr F'lar fort.

»Jeder Narr weiß, welchen Zweck der Fingerfelsen erfüllt«, meinte R'gul unwirsch.

»Weshalb wollen Sie alter Narr dann nicht eingestehen, daß das Felsöhr auf dem Sternstein angebracht wurde, um das Vorüberziehen des Roten Sterns zu markieren?« stieß K'net hervor.

R'gul lief rot an. Einen Moment lang sah es so aus, als wolle er aufspringen und den jungen Drachenreiter für seine Unverschämtheit zur Rechenschaft ziehen.

»K'net!« F'lars Stimme klang wie ein Peitschenhieb. »Haben Sie Lust, noch ein paar Wochen die Igen-Patrouille anzuführen?«

K'net duckte sich verlegen.

»Es gibt unumstößliche Beweise für meine Theorie«, fuhr F'lar trügerisch freundlich fort. »Der Finger weist auf ein Auge rot ...«

»Kommen Sie mir nicht mit Versen, die ich Ihnen beigebracht habe«, rief R'gul zornerfüllt.

»Dann glauben Sie an das, was Sie mich gelehrt haben!« entgegnete F'lar ebenso heftig. Seine Bernsteinaugen blitzen.

R'gul ließ sich verwirrt zurücksinken.

»Sie können nicht leugnen, R'gul, daß vor einer halben Stunde die Sonne hinter dem Felsfinger aufging und gleichzeitig der Rote Stern im Felsöhr sichtbar war«, erklärte F'lar ein wenig ruhiger.

Die übrigen Drachenreiter nickten und murmelten zustimmend. R'guls ständige Skepsis F'lars Politik gegenüber ging ihnen allen auf die Nerven. Selbst der alte S'lel, einst ein glühender Anhängr von R'gul, hatte sich der Mehrheit angeschlossen.

»Wir hatten seit vierhundert Planetendrehungen keine Fäden«, wiederholte R'gul. »Es gibt keine mehr.«

»Dann waren alle Ihre Lehren verlogen«, entgegnete F'lar gelassen. »Die Barone haben mit ihrer Behauptung recht, daß wir Drachenreiter keine Existenzberechtigung mehr besitzen. Der Weyr ist ein Anachronismus.

Ich beabsichtige keineswegs, Sie gegen Ihren Glauben hier festzuhalten, R'gul. Ich gestatte Ihnen, jederzeit den Weyr zu verlassen und anderswo Ihren Wohnort aufzuschlagen.«

Jemand lachte.

R'gul war von F'lars Ultimatum so betäubt, daß er nicht darauf achtete. Den Weyr verlassen? War der Mann wahnsinnig? Wohin sollte er gehen? Er kannte nichts außer dem Weyr. Seine Vorfahren lebten seit Generationen hier. Zugegeben, nicht alle als Bronzereiter, aber auch daran hatte es nicht gefehlt. Sein Vater beispielsweise war Weyrführer gewesen wie er selbst – bis F'lar ihn verdrängte.

Drachenreiter verließen niemals den Weyr, außer sie verloren durch Ungeschicklichkeit ihren Drachen wie dieser Lytol von Ruatha. Aber *er* besaß seinen Hath noch.

Was wollte F'lar von ihm? Genügte es nicht, daß er jetzt Weyrführer war? Blähte er sich nicht vor Stolz, weil es ihm gelungen war, die Armee der Barone zurückzuweisen? Mußte F'lar jeden einzelnen Drachenreiter in die Knie zwingen? Er starrte ungläubig in die Runde.

»Ich glaube nicht, daß wir Schmarotzer sind«, unterbrach F'lar das lange Schweigen. »Es hat schon früher lange Intervalle gegeben. Der Rote Stern zieht nicht immer nahe genug vorbei, um die Silberfäden auf Pern abzuwerfen. Aus diesem Grunde errichteten unsere klugen Vorfahren das Felsöhr. Und noch eines ...« Seine Miene wurde ernst. »Es gab auch in der Vergangenheit Zeiten, in denen das Drachenvolk nahezu ausstarb – weil Skeptiker wie Sie am Werk waren.« Lächelnd lehnte sich F'lar zurück.

Im Beratungsraum herrschte angespanntes Schweigen. R'gul merkte, daß er rasselnd atmete. Er sah in das harte Gesicht des jungen Weyrführers und wußte, daß der Mann keine leere Drohung ausstieß. Er mußte die Überlegenheit F'lars anerkennen oder den Weyr verlassen.

Und wohin konnte er gehen, außer zu einem der anderen Weyr, die seit ewigen Zeiten leerstanden? R'guls Gedanken schweiften weiter. Fünf verlassene Weyr! War das nicht Beweis genug dafür, daß es keine Fäden mehr gab? Beim Ei von Faranth, er mußte sich in Geduld üben. Wenn dieser junge Schwachkopf dann vor den Trümmern Perns stand, konnte er eingreifen und retten, was noch zu retten war.

»Ein Drachenreiter verläßt den Weyr nicht«, erklärte R'gul würdevoll.

»Und akzeptiert die Politik des Weyrführers?« Das klang nicht wie eine Frage, sondern wie ein Befehl.

R'gul nickte kurz, um sich nicht zu verraten. F'lar sah ihn durchbohrend an, und einen Moment lang fragte sich R'gul, ob der Mann seine Gedanken lesen konnte. Es gelang ihm, den Blick ruhig zu erwidern. Seine Zeit kam noch. Und bis dahin würde er warten.

F'lar schien seine Kapitulation zu akzeptieren. Er erhob sich und teilte die Patrouillen für den Tag ein.

»T'bor, Sie beobachten das Wetter und kümmern sich nebenbei ein wenig um die Wagenzüge mit den Abgaben. Haben Sie den Morgenbericht?«

»Keine Regenfälle in Telgar und Keroon; Temperaturen unter dem Durchschnitt.« T'bor grinste. »Die Wege sind hart und trocken, so daß die Abgaben bald eintreffen müßten.« Man sah ihm an, daß er sich bereits auf das Festmahl freute, das der Ankunft der Wagenzüge folgen würde. Auch die Mienen der übrigen Drachenreiter hatten sich aufgehellt.

F'lar nickte. »S'lan und D'nol, ihr setzt die Suche nach geeigneten Halbwüchsigen fort. Achtet darauf, daß sie eine rasche Auffassungsgabe besitzen. Natürlich wäre es besser, für die Gegenüberstellung nur Jungen auszuwählen, die in der Tradition des Weyrs erzogen wurden.« F'lar lächelte schwach. »Aber in den Unteren Höhlen gibt es wenig Nachwuchs. Auch wir haben unsere Pflichten vernachlässigt. Zudem entwickeln sich die jungen Drachen rascher als ihre Reiter. Kinder nützen uns wenig. Seht euch vor allem im Süden um, in Ista, Nerat, Fort und Boll. Dort reifen die Jugendlichen früh. Ach ja, und nehmt einen kleinen Vorrat an Feuersteinen mit, um das Grün, das seit Jahren auf den Höhen wuchert, zu versengen. Damit könnt ihr eure Mission verheimlichen – und ein feuerspeiender Drache beeindruckt die jungen Leute.«

F'lar beobachtete R'guls Gesichtsausdruck. Der frühere Weyrführer hatte sich energisch dagegen ausgesprochen, außerhalb des Weyrs nach zusätzlichen Kandidaten zu suchen. Zum einen war er der Ansicht, daß die achtzehn Burschen, die in den Unteren Höhlen aufwuchsen, völlig ausreichten – auch wenn einige von ihnen noch sehr jung waren. Aber R'gul wollte auch nicht eingestehen, daß Ramoth mehr Eier legen würde als Nemorth, die sich immer mit einem Dutzend begnügt hatte. Zum zweiten beharrte R'gul in seiner Auffassung, daß man die Barone nicht reizen durfte.

R'gul meldete keinen Widerspruch an, und so fuhr F'lar fort: »K'net, Sie überprüfen die Bergwerke. Sorgen Sie dafür, daß die Feuersteingruben jeder Burg gereinigt werden und einen ausreichenden Vorrat besitzen. R'gul, Sie üben weiterhin mit den Jungreitern das Ansteuern bestimmter Bezugspunkte. Wenn es einmal nötig wird, sie als Boten einzusetzen, dürfen sie keine langen Fragen mehr stellen.

F'nor, T'sum —« F'lar wandte sich an die braunen Reiter seines eigenen Geschwaders — »ihr durchsucht heute den Ista-Weyr.« Er grinste, als er ihre mißtrauischen Gesichter sah. »Räumt die Brutstätte frei und nehmt alle Aufzeichnungen mit, die ihr finden könnt. Sie dürfen nicht verlorengehen.

Das ist alles, Drachenreiter. Einen guten Flug!« Damit erhob sich F'lar und verließ den Beratungsraum. Er steuerte auf die Höhle der Königin zu.

Ramoth schlief noch. Ihre Schuppen glänzten — ein Zeichen für ihre gute Gesundheit. Allerdings hatten sie einen kupfernen Ton angenommen, seit die Drachenkönigin schwanger war. Als er an ihr vorüberging, zuckte ihr Schwanz unruhig.

Merkwürdig, dachte F'lar, auch die anderen Drachen zeigten sich rastlos. Aber wenn er Mnementh fragte, konnte ihm der Bronzedrache keinen Grund nennen. Er könne eben nicht schlafen, und das sei alles. Mehr brachte F'lar nicht aus ihm heraus. Offenbar war die Unruhe eine Art Instinktreaktion.

Lessa war weder im Schlafgemach noch in der Badehöhle. F'lar runzelte die Stirn. Das Mädchen würde sich noch die Haut vom Leibe schrubben. Gewiß, auf Ruatha hatte sie jahrelang im Schmutz gelebt, um unentdeckt zu bleiben. Aber mußte sie deshalb zweimal täglich baden? Allmählich fragte er sich, ob sie auf versteckte Weise ihn kränken wollte. F'lar seufzte. Dieses Mädchen! Würde sie sich ihm niemals freiwillig zuwenden? Sie verschloß ihr Inneres vor ihm. Zu F'nor, seinem Halbbruder, und K'net, dem jüngsten Bronzereiter, hatte sie mehr Vertrauen als zu ihm, der ihr Lager teilte.

Er rückte verärgert den Vorhang zurecht. Wohin war sie gegangen, ausgerechnet heute, da es ihm gelungen war, sämtlich Geschwader außerhalb des Weyrs zu beschäftigen?

Er hatte auf diesen Augenblick gewartet, um ein Versprechen zu erfüllen, das er der Weyrherrin gegeben hatte und an das sie ihn ständig erinnerte. Lessa sollte lernen, das *Dazwischen* zu überwinden. In Kürze war Ramoth zu schwerfällig für solche Übungen. Aus gewissen Bemerkungen Lessas hatte er geschlossen, daß sie nicht gewillt war, noch sehr viel länger mitanzusehen, wie die Jungreiter übten. Sie hatte es sich sogar angewöhnt, Reitkleidung zu tragen.

Er verließ die Wohnräume und warf einen Blick in den Archivraum, der am Ende des Korridors lag. Hier saß sie oft stundenlang über den modrig riechenden Häuten. Ihm fiel ein, daß er sich selbst einmal um die Aufzeichnungen kümmern mußte. Einige davon waren so brüchig geworden, daß man sie kaum noch lesen konnte. Seltsam genug befanden sich die älteren Schriften in einem ausgezeichneten Zustand. Wieder eine Technik, die man vergessen hatte.

Er schob sich mit einer Geste, die typisch für ihn war, das Haar aus der Stirn. Lessa befand sich nicht im Archiv.

Er wandte sich an Mnementh, der sich auf dem Felsvorsprung sonnte. »Was macht dieses Mädchen nur?« erkundigte er sich.

*Lessa,* erwiderte der Bronzedrache mit besonderer Betonung ihres Namens, *spricht mit Manora.* Nach einer kleinen Pause fügte er an: *Sie trägt ihre Reitkleidung.*

F'lar bedankte sich und betrat den Korridor, der zu den Unteren Höhlen führte. Als er um die letzte Biegung kam, stieß er beinahe mit Lessa zusammen.

*Du hattest nicht gefragt, wo sie ist,* bemerkte Mnementh auf F'lars scharfen Tadel.

Lessa wich gerade noch aus. Sie funkelte ihn wütend an. »Weshalb bekam ich nicht die Gelegenheit, den Roten Stern durch das Felsöhr zu betrachten?« fragte sie mit harter, spröder Stimme.

F'lar schob nervös die Stirnlocke zurück. Eine schwierige Lessa — das hatte ihm gerade noch gefehlt.

»An der Klippe oben herrschte ein starkes Gedränge«, erwiderte er vorsichtig. Er wollte sie auf keinen Fall verärgern. »Und du glaubst ohnehin an die Gefahr.«

»Ich hätte es dennoch gern erlebt«, sagte sie unwirsch. »Und sei es nur in meiner Eigenschaft als Weyrherrin und Archivverwalterin.«

Er nahm sie am Arm und spürte, wie sie sich versteifte. Achselzuckend ließ er sie los. Er mußte Geduld mit dieser Frau haben.

»Ein Glück, daß du bereits deine Reitkleider trägst. Sobald die Geschwader fort sind und Ramoth erwacht, möchte ich mit dir ins *Dazwischen* fliegen.«

Selbst im Halbdunkel des Korridors sah er das Aufleuchten ihrer Augen. Sie atmete tief ein.

»Ich kann es nicht länger hinausschieben, sonst ist Ramoth zu schwerfällig zum Fliegen«, fuhr er liebenswürdig fort.

»Du meinst es ernst?« fragte sie leise, und mit einemmal war der spröde Ton aus ihrer Stimme verschwunden. »Du willst uns heute mitnehmen?« Es war nur schade, daß er ihren Gesichtsausdruck nicht genau erkennen konnte.

Manchmal, wenn sie sich unbeobachtet fühlte, kam ein weicher, zärtlicher Blick in ihre Augen. Er hätte viel darum gegeben, wenn sie ihn so angesehen hätte. Aber er konnte froh sein, daß sie ihre Zärtlichkeit Ramoth zuwendete und nicht einem anderen Mann.

»Ja, meine Liebe – schon damit du nicht auf die Idee kommst, es auf eigene Faust zu versuchen.« Er verbeugte sich leicht.

»Aber vorher muß ich etwas essen. Wir waren unterwegs, bevor die Mägde das Frühstück zubereitet hatten.« Sie verließen den Korridor und betraten den hell erleuchteten Weyrraum. Ihm entging nicht der scharfe Blick, den sie ihm zuwarf. Sie verzieh ihm immer noch nicht, daß er es versäumt hatte, sie zum Sternstein mitzunehmen.

Während sie Frühstück bestellte, sah F'lar sich in der Felskammer um. Wie verändert alles war, seit Lessa die Führung des Weyrs übernommen hatte! Während Joras Herrschaft hatten sich Schmutz und Schlamperei eingenistet. Der Zustand des Weyrs war von Jahr zu Jahr schlechter geworden, denn Jora hatte der Verwahrlosung keinen Einhalt geboten.

Wenn er, F'lar, beim Tode seines Vaters F'lon nur ein paar

Jahre älter gewesen wäre ... Jora hatte ihn angewidert, aber wenn die Drachen zum Paarungsflug aufstiegen, achtete man nicht auf das Aussehen und den Charakter der Partnerin.

Lessa brachte ein Tablett mit Brot, Käse und frischem *Klah*. Sie bediente ihn geschickt.

»Du hast auch noch nichts gegessen?« fragte er.

Sie schüttelte heftig den Kopf, so daß die schweren Flechten hin und her flogen. Die Frisur war viel zu streng für ihr schmales Gesicht, aber sie nahm Lessa nichts von ihrer Weiblichkeit. Wieder einmal wunderte sich F'lar darüber, wie es möglich war, daß in einem so zarten Körper soviel Intelligenz und Durchtriebenheit steckte – ja, Durchtriebenheit war das richtige Wort. F'lar beging nicht den Fehler, ihre Fähigkeiten zu unterschätzen.

»Manora rief mich, damit ich die Geburt von Kylaras Kind eintragen konnte.«

F'lar sah sie mit einem Ausdruck höflichen Interesses an. Er wußte recht gut, daß Lessa in ihm den Vater des Kindes vermutete, und er konnte die Möglichkeit nicht ausschließen, auch wenn er sie stark bezweifelte. Kylara gehörte zu den zehn Kandidatinnen, die zusammen mit Lessa vor drei Jahren in den Weyr gekommen waren. Wie die anderen Mädchen hatte Kylara entdeckt, daß gewisse Aspekte des Weyrlebens ihr zusagten. Sie hatte mit den verschiedensten Drachenreitern das Lager geteilt und sogar F'lar verführt – freilich nicht ganz gegen seinen Willen. Jetzt, da er Weyrführer geworden war, fand er es klüger, ihre Bemühungen zu ignorieren. T'bor hatte sie zu sich genommen, und sie war keine bequeme Gefährtin für ihn gewesen. Endlich, als sie schon hochschwanger war, hatte er es fertiggebracht, sie in die Unteren Höhlen abzuschieben.

Abgesehen von ihrer Liebestollheit war Kylara klug und ehrgeizig. Sie würde eine starke Weyrherrin abgeben, und so hatte F'lar Manora und Lessa damit beauftragt, ihr diesen Gedanken näherzubringen. Als Weyrherrin – auf einem anderen Weyr – konnte sie ihr Temperament zugunsten Perns einsetzen, auch wenn sie nicht Lessas Intelligenz und zähe Ausdauer besaß. Zum Glück hatte sie großen Respekt vor der Weyrherrin, und

F'lar vermutete, daß Lessa sie darin bestärkte. Nun, er hatte nichts dagegen.

»Ein kräftiger Sohn«, sagte Lessa.

F'lar trank seinen *Klah*. Sie würde ihn zu keinem Geständnis bringen.

Nach einer langen Pause fügte Lessa hinzu: »Sie will ihn T'kil nennen.«

F'lar unterdrückte mühsam ein Grinsen.

»Diskret von ihr.«

»Oh?«

»Ja«, erklärte F'lar freundlich. »Angenommen, sie hätte, wie üblich, die zweite Hälfte ihres Namens verwendet. Dann hieße der Kleine T'lar, und das könnte zu Verwechslungen führen. Bei T'kil ist das nicht der Fall.«

Lessa räusperte sich. »Während ihr im Beratungsraum wart, überprüfte ich mit Manora die Vorratshöhlen. Die Abgaben, die uns die Burgherren güterweise senden —« — ihre Stimme war scharf geworden — »sollen noch diese Woche eintreffen. Dann wird es endlich anständiges Brot geben.« Sie rümpfte die Nase, als sie das bröckelige graue Zeug auf ihrem Teller betrachtete.

»Eine erfreuliche Abwechslung«, pflichtete F'lar ihr bei.

Sie machte eine Pause.

»Der Rote Stern war, wie vorausberechnet, im Felsöhr zu sehen?«

Er nickte.

»Und R'guls Zweifel wurden zerstreut?«

»Mitnichten.« F'lar grinste sie an. »Aber er wird sich hüten, ihnen Ausdruck zu verleihen.«

Sie schluckte rasch ein paar Bissen hinunter. »Du mußt seine ständige Kritik unterbinden«, sagte sie und stach mit dem Messer in die Luft, als wolle sie jemandem die Kehle durchschneiden. »Er wird deine Entscheidungen immer bemängeln.«

»Wir brauchen jeden Bronzereiter«, erinnerte er sie. »R'gul ist ein guter Geschwaderführer. Vielleicht fängt er sich, wenn die Fäden fallen. Seine Zweifel lassen sich nur durch Beweise zerstreuen.«

»Und der Rote Stern im Felsöhr ist ihm nicht Beweis genug?«
Lessa sah ihn mit großen, ausdrucksvollen Augen an.

Insgeheim war F'lar Lessas Meinung. Man mußte etwas gegen R'guls Streitsucht unternehmen. Aber er konnte keinen Geschwaderführer opfern, gerade jetzt, wo er jeden Reiter und Drachen so dringend benötigte.

»Ich traue ihm nicht«, fügte sie finster hinzu. Sie nippte an dem heißen Getränk und sah ihn über den Rand der Tasse an. Als traute sie ihm ebenfalls nicht ...

Und sie tat es nicht, über eine gewisse Grenze hinaus. Das hatte sie ihm deutlich zu verstehen gegeben, und wenn er ehrlich war, konnte er es ihr nicht einmal verdenken. Sie erkannte, daß F'lars ganzes Handeln auf ein Ziel hin gerichtet war — auf die Sicherheit und Erhaltung des Drachenvolkes und damit auf die Sicherheit und Erhaltung von Pern. Um dieses Ziel zu erreichen, brauchte er ihre volle Mitarbeit. Wenn Angelegenheiten des Weyrs oder die alten Balladen diskutiert wurden, gab sie die feindselige Haltung ihm gegenüber auf. Bei Beratungen unterstützte sie ihn rückhaltlos und wortgewandt, aber er glaubte oft genug eine Doppeldeutigkeit in ihren Bemerkungen zu erkennen. Er benötigte nicht nur ihre Toleranz, sondern auch ihr Einfühlungsvermögen.

Nach einem langen Schweigen fragte sie: »Berührte die Sonne den Fingerfelsen, bevor sich der Rote Stern im Felsöhr abzeichnete oder danach?«

»Offen gestanden, das weiß ich nicht genau, da ich es selbst nicht sah ... die ganze Erscheinung dauerte nur wenige Sekunden. Aber es heißt, daß die beiden Ereignisse zusammenfallen.«

Sie sah ihn mit gekrauster Stirn an. »An wen hast du den Augenblick verschwendet? An R'gul?« Sie war gereizt. Ihre Augen blitzen.

»Ich bin Weyrführer«, erklärte er kurz angebunden. Sie war unvernünftig.

Lessa warf ihm einen langen, bohrenden Blick zu, bevor sie sich über ihren Teller beugte und fertig aß. Verglichen mit Jora nahm sie winzige Mahlzeiten zu sich. Aber es hatte keinen Sinn, Lessa in irgendeinem Punkt mit Jora zu vergleichen.

Er beendete sein Frühstück ebenfalls und schob geistesabwesend die beiden leeren Becher auf das Tablett. Sie erhob sich schweigend und brachte das Geschirr weg.

»Sobald die Geschwader fort sind, fliegen wir«, erklärte er.

»Das hast du bereits gesagt.« Sie deutete mit dem Kinn auf die schlafende Königin, die in der äußeren Höhle lag. »Wir müssen uns noch um Ramoth kümmern.«

»Wacht sie nicht bald auf? Ihr Schwanz zuckt seit geraumer Zeit hin und her.«

»Das macht sie immer um diese Tageszeit.«

F'lar beugte sich über den Tisch und beobachtete mit umwölkter Stirn den gegabelten Schwanz der Drachenkönigin.

»Mnementh ebenfalls. Immer im Morgengrauen oder kurz nach Sonnenaufgang. Als würden sie diese Tageszeit mit unangenehmen Dingen in Verbindung bringen ...«

»Oder mit dem Aufgang des Roten Sterns?« warf Lessa ein.

Ihr Tonfall hatte sich irgendwie verändert. F'lar warf ihr einen raschen Blick zu. Sie dachte jetzt nicht mehr daran, daß sie an diesem Morgen die Erscheinung versäumt hatte. Ihre Augen starrten ins Leere; sorgenvolle Linien standen zwischen den schöngeschwungenen Brauen.

»Alle Warnungen kommen im Morgengrauen«, murmelte sie.

»Was für Warnungen?« fragte er ruhig.

»Ein paar Tage, bevor du mit Fax nach Ruatha kamst, wachte ich plötzlich auf. Ich spürte einen schweren Druck ... so als drohte mir eine entsetzliche Gefahr.« Sie schwieg. »Und der Rote Stern war eben aufgegangen.« Die Finger ihrer linken Hand öffneten und schlossen sich. Sie zitterte wie im Krampf. Dann richtete sie den Blick wieder auf F'lar.

»Fax kam von Nordosten, aus Crom«, sagte sie scharf. F'lar überlegt, daß der Rote Stern ebenfalls im Nordosten aufging.

»Allerdings«, sagte er mit einem Lachen. Er konnte sich noch lebhaft an jenen Tag erinnern. »Aber ich hoffe doch, daß ich dir damals einen guten Dienst erwies.« Er deutete auf die Felskammer.

Ihr Blick war kühl und unergründlich.

»Die Gefahr kommt in mancherlei Gestalt.«

»Zugegeben«, erwiderte er liebenswürdig, ohne auf die Herausforderung einzugehen. »War das die einzige Vorahnung?«

Ihr Schweigen ließ ihn aufsehen. Sie war schneeweiß geworden.

»Nein. Ich spürte sie auch damals, als Fax Ruatha eroberte.« Sie sprach so leise, daß er ihre Worte kaum verstand. Ihre Augen waren weit aufgerissen. Sie umkrampfte die Tischkante. F'lar beobachtete sie besorgt. Mit dieser Reaktion auf seine beiläufige Frage hatte er nicht gerechnet.

»Weiter«, sagte er sanft.

Sie sprach unbewegt, sachlich, als berichte sie von einer Begebenheit, die sie persönlich nicht berührte.

»Ich war ein Kind. Elf Jahre alt. Ich erwachte im Morgengrauen ...« Sie sprach nicht weiter. Ihre Blicke waren immer noch ins Nichts gerichtet. Sie betrachteten eine Szene, die sich vor langer Zeit abgespielt hatte.

F'lar spürte mit einemmal das Verlangen, Lessa zu trösten. Er hatte niemals vermutet, daß ausgerechnet sie von so alten Erinnerungen gequält wurde.

Mnementh erklärte scharf, daß Lessa mit ihren Erinnerungen Ramoth aus dem Schlaf schrecke. Dann fügte er etwas versöhnlicher hinzu, daß R'gul endlich mit seinen Schülern aufgebrochen sei. Sein Drache Hath jedoch befände sich in einem Zustand völliger Verwirrung, was auf die Gedankengänge seines Reiters zurückzuführen sei. Ob F'lar denn den gesamten Weyr aufscheuchen müsse ...

»Ach, sei still!« sagte F'lar halblaut.

»Weshalb?« fragt Lessa. Sie hatte ihren normalen Tonfall wiedergefunden.

»Ich habe nicht dich gemeint«, erwiderte er lächelnd. Er tat, als hätte er ihre Sätze von vorher nicht gehört. »Mnementh erteilt mir laufend Ratschläge.«

»Wie der Reiter, so der Drache«, meinte sie spitz.

Ramoth gähnte gewaltig. Lessa war sofort auf den Beinen und lief in die Schlafhöhle der Drachenkönigin. Sie wirkte winzig neben dem goldenen Ungetüm.

Ein zärtliches Leuchten kam über ihre Züge, als sie in Ramoths schillernde Augen sah. F'lar biß die Zähne zusammen. Neid erfüllte ihn, Neid auf Ramoth.

Er hörte Mnemenths Gelächter.

»Sie hat Hunger«, sagte Lessa, zu F'lar gewandt. Ihr Mund

war weicher als gewöhnlich, und ihre grauen Augen verrieten Wärme.

»Sie hat immer Hunger«, stellte er fest und folgte ihnen nach draußen.

Mnementh flog auf und schwebte ein Stück oberhalb des Felsvorsprungs, bis Lessa und Ramoth gestartet waren. Sie glitten in den Weyrkessel, über den dunstigen Badesee und auf die Futterstelle zu, die am anderen Ende des langgestreckten Ovals lag. In den steilen Felswänden gähnten schwarze Höhleneingänge. Nirgends dösten an diesem Morgen Drachen in der blassen Wintersonne.

F'lar schwang sich auf Mnemenths glatten Nacken. Er hoffte, daß Ramoth das Vertrauen rechtfertigen würde, das er in sie gesetzt hatte. Aber das war eigentlich nicht schwer. Nach dem wilden, langen Paarungsflug mit Mnementh legte sie sicher mehr Eier als Nemorth, die sich in den letzten Jahren mit einem schäbigen Dutzend begnügt hatte.

Der Bronzedrache stimmte ihm selbstgefällig zu, und sie beobachtete beide mit Besitzerstolz, wie die goldene Drachenkönigin landete. Sie war bereits jetzt doppelt so groß wie Nemorth und besaß eine mächtigere Flügelspannweite als Mnementh, der unter den sieben Bronzedrachen der kräftigste war. F'lar erwartete von Ramoth, daß sie die fünf verlassenen Weyr neu bevölkern würde, so wie er glaubte, daß er selbst mit Lessas Unterstützung den Stolz und das Vertrauen der Drachenreiter wiederherstellen konnte. Er hoffte nur, daß ihm Zeit genug blieb, um das zu tun, was notwendig war. Der Rote Stern hatte sich im Felsöhr gezeigt. Bald würden die Fäden fallen. Irgendwo, vielleicht in den Archiven der anderen Weyr, mußte es Aufzeichnungen über den genauen Zeitpunkt dieses Ereignisses geben.

Mnementh landete. F'lar sprang zu Boden und trat neben Lessa. Die drei sahen Ramoth nach, die mit einem fetten Bock in den Klauen zu einem Felsensims flog.

»Wird sie ihre Gefräßigkeit nie verlieren?« fragte Lessa mit liebevoller Besorgnis.

Anfangs hatte Ramoth gefressen, um zu wachsen. Nun, da sie ihre volle Größe besaß, fraß sie natürlich für ihre Jungen, und sie gab sich dieser Aufgabe mit Feuereifer hin.

F'lar lachte vor sich hin. Er nahm kleine Schieferstückchen auf, ging in die Hocke und ließ sie flach über den Boden sausen. Dann zählte er kindisch die Staubwolken, die dabei hochwirbelten.

»Sie wird sich schon noch mäßigen«, beruhigte F'lar sie. »Aber sie ist jung ...«

»... und braucht ihre Kraft«, unterbrach ihn Lessa. Sie imitierte R'guls pedantischen Tonfall.

F'lar sah zu ihr auf. Er mußte blinzeln, weil ihn die schräg einfallenden Sonnenstrahlen blendeten.

»Einen Vergleich mit Nemorth hält sie jederzeit aus.« Er winkte verächtlich ab. »Aber paß auf!« Seine Stimme war mit einemmal gebieterisch. Mit einem spitzen Stein ritzte er eine Zeichnung in den Boden.

»Wenn ein Drache das *Dazwischen* durchquert, muß er sein Ziel ebenso kennen wie der Reiter.« Er grinste, als er sah, wie sich ihre Miene umwölkte. »Ein unvorbereiteter Sprung kann böse Folgen haben. Wenn man sich den Zielort ungenau vorstellt, bleibt man oft genug im *Dazwischen*.« Sein Tonfall wurde drohend. »Daher gibt es bestimmte Erkennungs- oder Anflugpunkte, die man allen Jungreitern einschärft. Das hier —« er deutete auf seine Skizze und dann auf den echten Sternstein —« ist der erste und wichtigste Bezugspunkt. Wenn wir später aufsteigen, bringe ich dich zu einer Stelle über dem Sternstein, wo du das Loch des Felsöhrs ganz scharf erkennen kannst. Präge dir das Bild genau ein und übermittle es Ramoth. Dann wirst du immer heimfinden.«

»Das begreife ich. Aber wie lerne ich Erkennungspunkte von Orten, die ich noch nie im Leben sah?«

Er grinste sie an. »Durch deinen Ausbilder!« Er deutete mit dem Stein auf sich. »Ich übermittle Mnementh ein Bild, und er gibt es an Ramoth weiter. Dann befiehlst du Ramoth, dieses Ziel anzusteuern, und siehst dir den Erkennungspunkt selbst an.« Der Bronzedrache senkte den keilförmigen Kopf, bis sein riesiges Auge dicht vor Lesse und F'lar war.

Lessa lachte und tätschelte ihm mit einer liebevollen Handbewegung die weiche Nase.

F'lar räusperte sich überrascht. Er hatte gewußt, daß Mnementh eine außergewöhnliche Zuneigung für die Weyrherrin besaß, aber ihm war entgangen, daß Lessa die Gefühle des Bronzedrachen erwiderte. Irgendwie ärgerte er sich darüber.

»Wir schicken die jungen Reiter ständig von einem Bezugspunkt zum anderen, so daß sie ohne Gefahr überall in Pern landen können. Mit der Zeit wählen sie selbständig markante Wegzeichen, die sie bei ihren Übungsflügen kennengelernt haben, und bekommen dadurch zusätzliche Sicherheit. Man benötigt im Grunde also nur eines, um das *Dazwischen* zu durchqueren: eine klare Vorstellung des Ziels. Und einen Drachen.« Er grinste sie an. »Zudem sollte man immer in der Luft *über* dem Bezugspunkt landen.«

Lessa runzelte die Stirn.

F'lar deutete zum Himmel. »Wenn man sich in der Höhe verschätzt, könnte man gegen Hindernisse stoßen.« Er schlug mit der flachen Hand auf den harten Felsboden. Eine Staubwolke flog auf.

»Aber damals, als die Barone zum Weyr kamen, starteten die Drachenreiter innerhalb des Kessels«, erinnerte Lessa ihn.

F'lar bewunderte ihre rasche Auffassungsgabe. »Ja, aber nur die erfahrensten unter ihnen. Einmal stießen wir auf einen Reiter mit seinem Drachen, die ihr Grab mitten in einem Felsen gefunden hatten. Sie waren beide ... sehr jung.« Seine Augen starrten ins Leere.

Lessa nickte ernst. Dann deutete sie zu Ramoth hinüber, die eben wieder mit einem Bock aufflog. »Das ist ihr fünfter«, sagte sie.

»Sie wird sich heute genug anstrengen müssen«, erwiderte F'lar. Er stand auf und klopfte seine staubigen Knie mit den Reithandschuhen ab. »Aber allmählich kannst du sie bremsen.«

Lessa tat es mit einem: *Nun reicht es bald!* Ramoth widersprach entrüstet.

Die Drachenkönigin holte sich noch eine fette Gans.

»Sie schwindelt dich an«, sagte F'lar lachend. »So hungrig kann sie nicht mehr sein.« Er sah, daß Lessa zu dem gleichen Schluß gelangt war, denn ihre Augen blitzten wütend.

Laut sagte sie jedoch: »Ramoth, komm sofort hierher, wenn du mit deinem Vogel fertig bist. Der Weyrführer hat die Absicht, mit uns ins *Dazwischen* zu fliegen, und ich möchte nicht, daß er es sich wieder anders überlegt.«

Ramoth hörte zu schlingen auf und warf einen Blick auf die beiden Menschen am Rande der Futterstelle. Ihre Augen leuchteten. Sie beugte sich zwar wieder über ihr Opfer, aber Lessa spürte, daß sie ihrem Befehl Folge leisten würde.

Lessa fror in der Höhe. Sie war froh um das Pelzfutter ihrer Reitkleidung und um die Wärme, die von Ramoth ausstrahlte. Sie beschloß, nicht an die absolute Kälte des *Dazwischens* zu denken, die sie erst ein einzigesmal erlebt hatte.

Mnementh flog ein Stück unter Ramoth. Lessa fing seine belustigten Gedanken auf.

*F'lar läßt dir durch Ramoth ausrichten, daß du genau auf die Lage des Sternsteins achten sollst. Wir fliegen nun zum See und kehren durch einen Sprung ins Dazwischen genau an diese Stelle hier zurück. Hast du alles verstanden?*

Lessa strahlte, als sie an das bevorstehende Abenteuer dachte. Sie nickte heftig. Wieviel Zeit sie sich dadurch ersparte, daß sie die Gedanken der Drachen verstand! Ramoth knurrte mißgelaunt, und Lessa tätschelte sie beruhigend.

»Hast du dir alles gemerkt, Liebes«, fragte sie, und Ramoth bejahte versöhnt. Sie spürte Lessas Erregung und ließ sich davon anstecken.

Mnemenths Schwingen schillerten grünlichbraun im Sonnenlicht, als er elegant den See auf der Hochebene jenseits des Benden-Weyrs ansteuerte. Er flog so dicht über den Rand des Weyrs, daß er die Felsen zu streifen schien. Ramoth folgte ihm, und Lessa hielt den Atem an, als sie die schroffen Zacken unter den Schwingen der Drachenkönigin auftauchen sah.

Mnementh landete am entferntesten Seeufer, und Ramoth glitt neben ihm zu Boden.

Der Bronzedrache befahl Lessa, sich nun die Lage des Sternsteins vorzustellen und an Ramoth weiterzugeben.

Lessa gehorchte. Der nächste Augenblick war entsetzlich. Tiefe, vollkommene Schwärze umgab sie. Die Kälte fraß sich bis zu ihren Knochen durch. Und dann, bevor sie einen Gedanken fassen konnte, schwebten sie über dem Sternstein.

Lessa stieß einen triumphierenden Schrei aus.

*Das ist ja primitiv.* Ramoth schien enttäuscht.

Mnementh tauchte ein Stück über ihnen auf.

*Kehrt auf die gleiche Weise zum See zurück*, befahl er, und bevor er den Gedanken beendet hatte, war Ramoth verschwunden.

Mnementh schäumte vor Zorn, als er neben ihnen erschien. *Ihr habt euch das Bild vor dem Sprung nicht vorgestellt! Glaubt ja nicht, daß eine geglückte Übung euch schon zu Meistern macht! Ihr habt keine Ahnung von den Gefahren, die im Dazwischen lauern.*

Lessa warf einen Blick auf F'lar. Obwohl er zwei Flügelspannen von ihr entfernt war, konnte sie den Ärger in seinen Zügen erkennen – und Angst. Angst um ihre Sicherheit. Ihre oder Ramoths Sicherheit? dachte Lessa bitter.

*Folgt uns*, fuhr Mnementh ruhiger fort, *und übt die beiden Bezugspunkte, die ihr gelernt habt. Wir werden sie als Ausgangspositionen für unsere nächsten Ausflüge benützen.*

Sie übten. Sie flogen bis zu den Handwerkerhütten am Fuße des Benden-Gebirges, wo die Klippe sich schwachblau gegen den Mittagshimmel abhob. Lessa versäumte es nicht mehr, sich die Bezugspunkte genau einzuprägen.

Lessa vertraute Ramoth an, daß sie diese Übungen herrlich und erregend fand. Die Drachenkönigin erwiderte, daß sie den normalen Flügen durchaus vorzuziehen seien, daß sie persönlich es aber langweilig fände, ständig zwischen Weyr und Handwerkerhütten hin- und herzuspringen.

Sie trafen wieder mit Mnementh über dem Sternstein zusammen. Der Bronzedrache übermittelte Lessa die Botschaft, daß die erste Lektion zufriedenstellend verlaufen sei und daß sie am nächsten Morgen weiter entfernte Ziele ansteuern würden.

Morgen, dachte Lessa düster, kommt unserem vielbeschäftigten Weyrführer bestimmt etwas dazwischen, und ich kann eine Ewigkeit warten, bis er sich wieder an sein Versprechen erinnert.

Aber es gab einen Sprung, den sie allein wagen konnte – von jedem Punkt aus.

Sie stellte sich Ruatha vor, wie es von den Höhen aussah, und übermittelte Ramoth das Bild. Um ganz sicherzugehen, schloß Lessa die Anlage der Feuergruben ein. Ruatha war ein herrliches, blühendes Tal gewesen, bevor Fax eindrang und sie sich entschloß, es verwahrlosen zu lassen.

Sie befahl Ramoth den Sprung ins *Dazwischen*.

Die Kälte war grauenvoll und schien viele Herzschläge zu dauern. Eben als Lessa zu fürchten begann, sie könnte sich verirrt haben, tauchte Ruatha unter ihnen auf. Jubel stieg in ihr hoch. Soviel zu F'lar und seiner übergroßen Vorsicht! Mit Ramoth konnte sie überallhin springen! Die Anlage der Gräben und Feuergruben auf den Höhen war deutlich zu erkennen. Das erste Dämmerlicht stand am Himmel, und die Umrisse des Passes zwischen Crom und Ruatha hoben sich schwarz gegen den Horizont ab. Flüchtig kam ihr zu Bewußtsein, daß der Rote Stern nicht im Nordosten stand. Und flüchtig kam ihr zu Bewußtsein, daß die Luft lau war wie im Vorfrühling.

Verwirrt sah sie um sich. Konnte sie sich doch getäuscht haben. Aber nein, das war Ruatha. Der Wachtturm, der Innenhof, die breite Straße, die zu den Gehöften und Handwerkerhütten hinunterführte – alles war so, wie es sein sollte. Rauchwolken stiegen aus den Kaminen. Die Bewohner des Dorfes bereiteten sich auf den neuen Tag vor.

Ramoth spürte ihre Unsicherheit und verlangte eine Erklärung.

*Es muß Ruatha sein*, erwiderte Lessa tapfer. *Eine andere Möglichkeit gibt es nicht. Steige etwas höher! Da – die Feuergruben und die Rinnen ...*

Lessa keuchte. Ihre Muskeln verkrampften sich.

Im schwachen Frühlicht sah sie tief unten die winzigen Gestalten von vielen Männern, die sich von den Hügeln her verstohlen und heimlich Ruatha näherten.

Sie befahl Ramoth, ganz ruhig in der Luft zu schweben, um die Blicke der Männer nicht auf sich zu ziehen. Die Drachenkönigin wunderte sich, aber sie gehorchte.

Wer könnte Ruatha angreifen? Es schien unglaublich. Lytol war schließlich ein ehemaliger Drachenreiter und hatte bereits einen Angriff überlegen abgewehrt. Lehnten sich die Barone erneut auf? Und welcher Burgherr war so leichtsinnig, daß er mitten im Winter einen Eroberungskrieg begann?

Nein, nicht Winter. Es war eindeutig Vorfrühling.

Die Männer hatten die Feuergruben erreicht und arbeiteten sich zum Kamm vor. Plötzlich erkannte Lessa, daß sie Strick-

leitern über die Steilwand der Klippe hinunterließen, zu den ungeschützten Eingängen der inneren Burg.

Wild umklammerte sie Ramoths Nacken. Sie wußte nun, welche Szene sie vor sich sah.

Das war der Überfall, den Fax vor dreizehn Planetendrehungen auf Ruatha gewagt hatte – Fax, der nun seit drei Planetendrehungen unter der Erde lag.

Ja, da war der Wachtposten. Er sah zur Klippe hinauf und beobachtete das Treiben. Man hatte ihn bestochen, so daß er keinen Alarm schlug.

Aber der Wachwher, der jeden Eindringling ankündigte – weshalb trompete er nicht laut hinaus? Weshalb schwieg er?

*Weil er meine und deine Gegenwart spürt*, erwiderte Ramoth mit ruhiger Logik. *Wie soll er da glauben, daß der Burg eine Gefahr droht?*

*Nein, nein!* stöhnte Lessa. *Was kann ich jetzt tun? Wie kann ich sie wecken? Wo ist das Mädchen, das ich damals war? Ich schlief, und dann wachte ich plötzlich auf. Daran erinnere ich mich. Ich rannte vor Angst aus meinem Zimmer. Ich stürzte beinahe, so schnell lief ich die Treppe hinunter. Ich wußte, daß ich mich in der Hütte des Wachwhers verkriechen mußte ... ich wußte es ...*

Lessa suchte bei Ramoth Halt, als die Geheimnisse der Vergangenheit mit einemmal klar wurden.

Sie hatte sich selbst gewarnt, so wie ihre Anwesenheit auf dem Rücken der Drachenkönigin den Wachwher davon abgehalten hatte, Alarm zu schlagen. Denn noch während sie sprachlos und wie betäubt nach unten starrte, sah sie die winzige Gestalt, die nur sie selbst sein konnte, über die kalten Steine des Innenhofs laufen und in der häßlichen Hütte des Wachwhers verschwinden. Schwach hörte sie den verwirrten Aufschrei des Tieres.

Kaum hatte das Kind Lessa Zuflucht gefunden, als die Angreifer die Burg stürmten und ihre schlafende Familie niedermetzelten.

»Zurück – zurück zum Sternstein!« rief Lessa. Ihr Inneres klammerte sich an das Bild der vertrauten Felsen. Einen Moment lang hatte sie Angst, den Verstand zu verlieren.

Die beißende Kälte brachte sie wieder zur Vernunft. Und dann schwebten sie über dem stillen, winterlichen Weyr, als hätten sie niemals Ruatha aufgesucht.

F'lar und Mnementh waren nirgends zu sehen.

Ramoth ließ sich nicht aus der Ruhe bringen. Sie war zu dieser Burg geflogen, wie Lessa es ihr aufgetragen hatte, und konnte nicht recht begreifen, weshalb Lessa nun so entsetzt war. Sie erklärte ihrer Reiterin, daß Mnementh ihnen vermutlich nach Ruatha gefolgt sei und daß sie ihn dort finden würden, wenn Lessa ihr diesmal die *richtigen* Bezugspunkte gäbe. Ramoths vernünftige Einstellung war tröstlich.

Lessa zeichnete für die Drachenkönigin ein anderes Bild der Burg – grau, verwahrlost, wie sie es in Erinnerung hatte.

Und wieder schwebten sie im Morgengrauen über dem Tal. Auf den Höhen wuchs Gras und überwucherte die Feuergrube. Überall zeigte sich der Verfall, den sie selbst herbeigeführt hatte, weil sie Fax keinen Gewinn aus Ruatha gönnte.

Und dann tauchte eine Gestalt aus der Küche auf. Der Wachwher erhob sich und folgte dem zerlumpten Ding, so weit es seine Eisenkette zuließ. Die Gestalt erklomm den Wachtturm, starrte nach Osten und dann nach Nordosten. Auch das war nicht das heutige Ruatha! Lessas Gedanken wirbelten. Diesmal hatte sie drei Planetendrehungen übersprungen und beobachtete die schmutzige Küchenmagd Lessa, die ihre Rache plante.

Sie spürte die absolute Kälte des *Dazwischen*, als Ramoth sie zurück zum Sternstein brachte. Lessa zitterte am ganzen Leib. Immer wieder betrachtete sie den Weyr, um sich zu vergewissern, daß sie wenigstens diesmal in der richtigen Zeit gelandet war. Mnementh tauchte plötzlich ein paar Längen von Ramoth entfernt auf. Lessa begrüßte ihn mit einem erleichterten Ausruf.

*Zurück zum Weyr!* Der Bronzedrache gab sich keine Mühe, seinen Zorn zu verbergen. Lessa gehorchte augenblicklich. Ramoth glitt auf den Landevorsprung und zog sich sofort in ihre Höhle zurück, damit auch Mnementh aufsetzen konnte.

Die wutverzerrten Züge F'lars brachten Lessa in die Gegenwart zurück. Sie wich ihm nicht aus, als er sie an den Schultern packte und heftig schüttelte.

»Wie kannst du es wagen, dein Leben und das von Ramoth aufs Spiel zu setzen? Begreifst du nicht, was mit Pern geschehen würde, wenn wir Ramoth verlieren? Wo warst Du?« Er konnte sich kaum beherrschen. Jede seiner Frage begleitete er mit einem erneuten Schütteln.

»Ruatha«, stieß sie hervor und versuchte sich aufzurichten. Sie wollte seine Arme zur Seite schieben, aber er ließ ihre Schultern nicht los.

»Ruatha? Wir waren dort und haben dich nicht gesehen. Wo warst du?«

»Auf Ruatha!« rief Lessa lauter. Sie klammerte sich an ihm fest, da sie das Gleichgewicht zu verlieren drohte. Sie konnte ihre Gedanken nicht ordnen, wenn er sie so schüttelte.

*Sie war auf Ruatha*, erklärte Mnementh bestimmt.

*Sogar zweimal*, fügte Ramoth hinzu.

Als die ruhigen Gedanken der Drachen F'lars Zorn durchdrangen, hörte er auf, Lessa zu stoßen. Sie hing schwach in seinen Armen, die Augen geschlossen, leichenblaß. Er hob sie hoch und trug sie rasch auf das Bett, wo er sie in eine Felldecke wickelte. Die Drachen folgten ihm. Dann rief er nach einem Krug heißem *Klah*.

»Also gut, was ist geschehen?« fragte er.

Sie sah ihn nicht an, aber er erkannte das Entsetzen in ihren Augen. Sie blinzelte beständig, als versuche sie, das auszulöschen, was sie erblickt hatte.

Schließlich hatte sie sich einigermaßen gefaßt. Sie sagte mit leiser, müder Stimme: »Ich ging nach Ruatha – *zurück* nach Ruatha.«

»Zurück nach Ruatha?« F'lar wiederholte ihre Worte verständnislos.

*Natürlich*, bestätigte Mnementh und übermittelte F'lar die beiden Szenen, die er aus Ramoths Erinnerung geholt hatte.

F'lar ließ sich langsam auf den Bettrand sinken. Er war wie betäubt.

»Du hast einen Sprung *zwischen den Zeiten* gemacht?«

Sie nickte langsam. Allmählich wich das Entsetzen aus ihren Augen.

»Zwischen den Zeiten«, murmelte F'lar. »Ich möchte doch wissen ...«

In Gedanken ging er alle Möglichkeiten durch. Diese Entdeckung konnte für den Weyr den endgültigen Sieg bedeuten. Er *wußte* noch nicht genau, wie er diese außergewöhnliche Fähigkeit der Drachen einsetzen sollte, aber sie *mußte* einen Vorteil bringen.

Der Krug mit dem *Klah* erschien in der Essensnische. F'lar holte zwei Becher und goß sie randvoll.

Lessas Hände zitterten so stark, daß sie das Gefäß nicht an die Lippen führten konnte. F'lar half ihr. Er überlegte, ob der Sprung zwischen den Zeiten immer einen derartigen Schock hervorrufen würde. Wenn ja, dann brachte er kaum einen Vorteil – außer daß Lessa in Zukunft diese Befehle vielleicht besser befolgte.

Mnementh schnaubte verächtlich, aber F'lar ignorierte ihn.

Lessa zitterte jetzt am ganzen Leib. Er legte den Arm um sie und wickelte sie noch fester in die Decke. Dann zwang er sie, ein paar Schlucke zu trinken. Er spürte, wie der Schüttelfrost nachließ. Das Mädchen zwang sich zur Ruhe. Immer wieder atmete sie tief durch. Sobald er spürte, daß sie sich in seinen Armen versteifte, ließ er sie los. Er überlegte, ob Lessa je einen Menschen besessen hatte, an den sie sich wenden konnte. Als Fax die Burg ihres Vaters überfiel, war sie elf Jahre alt gewesen. Hatte sie sich schon damals von Haß und Rachsucht lenken lassen?

Sie umklammerte den Becher, als habe er eine besondere Bedeutung für sie.

»So – nun berichte!« befahl er ruhig.

Sie begann zu sprechen. Ihre Finger umkrampften immer noch den Becher. Der Aufruhr in ihrem Innern hatte sich noch nicht gelegt, aber sie hielt ihn jetzt unter Kontrolle.

»Ramoth und ich langweilten uns bei den Übungsflügen«, gestand sie freimütig.

Düster stellte F'lar fest, daß der Ausflug ihre Halsstarrigkeit nicht gebrochen hatte. Vermutlich war sie in Zukunft vorsichtiger, aber nicht gehorsamer.

»Ich übermittelte ihr das Bild von Ruatha, um ihr einen Anhaltspunkt für den Sprung zu geben.« Sie sah ihn nicht an. Ihr Profil hob sich scharf gegen die dunkle Decke ab.

»Ich stellte mir das Ruatha vor, das ich am besten kannte –

und schickte sie zufällig genau an jenen Tag zurück, als die Invasion stattfand.«

Jetzt begriff er ihr Entsetzen.

»Und ...« Er bemühte sich, seiner Stimme einen neutralen Klang zu geben.

»Und ich sah mich selbst ...« Sie konnte nicht weitersprechen. Nach einer Weile fuhr sie mühsam fort: »Ich hatte Ramoth das Bild von der Feuergrube und den Verteidigungsanlagen gezeichnet. Wir tauchten genau dort auf. Die Morgendämmerung zog heraus —« Sie hob nervös das Kinn — »und der Rote Stern stand nicht am Himmel.« Sie warf ihm einen trotzigen Blick zu, als erwartete sie seinen Widerspruch. »Und ich sah, wie Männer über den Kamm schlichen und Strickleitern zu den Eingängen der inneren Burg hinunterließen. Der Wachtposten beobachtete sie — tatenlos.« Sie biß die Zähne zusammen, als sie an diesen Verrat dachte, und ihre Augen glühten haßerfüllt. »Und dann sah ich, wie ich selbst ins Freie lief und mich in der Hütte des Wachwhers verkroch.« Ihre Stimme senkte sich zu einem tonlosen Flüstern. »Weißt du, weshalb der Wachwher keinen Alarm schlug?«

»Weshalb?«

»Weil ein Drache am Himmel schwebte und *ich*, Lessa von Ruatha, auf seinem Rücken saß!« Sie schleuderte den Becher von sich, als könnte sie dadurch die Gewissensbisse vertreiben. »Der Wachwher glaubte, alles sei in Ordnung, weil ein Drache den Überfall beobachtete.« Wieder versteifte sie sich. »*Ich* trage also die Schuld am Untergang meiner Familie. Nicht Fax! Wenn ich mich heute nicht wie eine Närrin benommen hätte, wäre alles anders ausgegangen ...«

Die letzten Worte stieß sie mit einem hysterischen Kreischen hervor. Er schlug ihr mit der flachen Hand ins Gesicht und schüttelte sie von neuem.

Das Leid in ihren Zügen ließ ihn vergessen, daß er noch Minuten zuvor über ihre Widerspenstigkeit empört gewesen war. Man nahm ihr die Persönlichkeit, wenn man ihren freien Willen unterdrückte. Ihr Unabhängigkeitsgefühl hatte heute einen harten Schock erlebt, und er mußte alles tun, um ihr Selbstvertrauen wiederherzustellen.

»Im Gegenteil, Lessa«, sagte er streng. »Fax hätte deine Familie auf alle Fälle ermordet. Es war alles sorgfältig vorbereitet. Sogar den Wachtposten hatte er bestochen. Und du vergißt, daß im Morgengrauen der Wachwher sich in seine Hütte zurückzieht, da ihn das Tageslicht blendet. Deine Nähe war nicht der entscheidende Faktor. Du hast durch deine Warnung dem Kind Lessa das Leben gerettet. Begreifst du das nicht?«

»Ich hätte schreien sollen«, murmelte sie, aber allmählich wich die Blässe von ihren Lippen.

»Wenn du dich unbedingt selbst zerfleischen willst — bitte!« sagte er absichtlich schroff.

Ramoth warf den Gedanken ein, daß der Flug bereits in der Vergangenheit seine Wirkung gezeigt habe und daher unvermeidlich gewesen sei. Wie sonst wäre Lessa in den Weyr gekommen, um sich der hilflosen Drachenkönigin anzunehmen.

Mnementh wiederholte die Botschaft wörtlich und vergaß auch die egozentrischen Nuancen nicht. F'lar beobachtete Lessa scharf, um zu sehen, welche Wirkung Ramoths Gedankengänge auf sie hatten.

Lessa zuckte lächelnd mit den Schultern. »Sie muß immer das letzte Wort haben«, meinte sie.

1 F'lar atmete auf. Sie würde darüber hinwegkommen. Aber er durfte jetzt nicht lockerlassen. Sie mußte sich alles von der Seele reden, um die Angelegenheit in der richtigen Perspektive zu sehen.

»Du warst zweimal dort?« Er lehnte sich zurück und betrachtete sie aufmerksam. »In welche Zeit fiel dieser zweite Besuch?«

»Kannst du es dir nicht denken?«

»Nein«, log er.

»Es war jener Morgen, an dem ich erwachte und spürte, daß eine Gefahr aus dem Nordosten heraufzog ... drei Tage, bevor du mit Fax nach Ruatha kamst.«

»Offenbar hast du dich beide Male selbst gewarnt«, stellte er trocken fest.

Sie nickte.

»Hattest du noch mehr dieser Vorahnungen — oder Warnungen?«

Sie zuckte zusammen, aber als sie antwortete, war sie wieder die Lessa von früher. »Nein. Und wenn es so wäre, würde ich dich hinschicken. Ich möchte das nicht noch einmal durchmachen.«

F'lar grinste boshaft.

»Aber es interessiert mich, wie und warum das geschehen konnte«, fuhr sie fort.

»Ich fand bisher noch nirgends eine Erwähnung dieses Phänomens«, gestand er offen. »Natürlich, wenn dir dieser Sprung geglückt ist ...« Er sah ihre entrüstete Miene und fügte hastig hinzu: »Ich bezweifle es ja nicht! Wenn dir also dieser Sprung geglückt ist, dann müssen ihn auch andere schaffen. Du sagst, daß du an Ruatha dachtest – aber in Wirklichkeit dachtest du daran, wie Ruatha an einem ganz bestimmten Tag aussah ... im Vorfrühling, früh am Morgen, als der Rote Stern noch nicht am Himmel stand. Man muß also einen Bezugspunkt in der Vergangenheit haben, um dorthin zurückkehren zu können.«

Sie nickte langsam und nachdenklich.

F'lar klatschte sich mit einer energischen Handbewegung auf die Schenkel und erhob sich.

»Ich komme gleich wieder«, sagte er und verließ den Raum, ohne auf ihren warnenden Ausruf zu achten.

Ramoth lag zusammengerollt in ihrer Kammer, als er an ihr vorbeiging. Sie hatte trotz der Anstrengung des Vormittags eine gesunde Farbe.

Mnementh erwartete seinen Reiter am Landevorsprung und flog auf, sobald F'lar sich auf seinen Nacken geschwungen hatte. Der Drache kreiste über dem Sternstein.

*Du möchtest Lessas Trick ausprobieren*, meinte Mnementh eifrig.

F'lar tätschelte ihn liebevoll. *Du hast verstanden, worum es geht?*

*Soweit man so etwas verstehen kann*, erwiderte Mnementh. *Welche Zeit wäre dir am liebsten?*

Bis zu diesem Augenblick hatte F'lar noch nicht darüber nachgedacht. Nun aber kehrten seine Gedanken unaufgefordert zu jenem Sommertag zurück, als R'guls Bronzedrache Hath mit der grotesken Nemorth zum ersten Paarungsflug aufgestiegen war und R'gul die Nachfolge seines verstorbenen Vaters F'lon angetreten hatte.

Nur die Kälte des *Dazwischen* zeigte, daß tatsächlich ein Sprung stattgefunden hatte; sie schwebten immer noch über dem Sternstein. Dann erkannte F'lar, daß die Sonne aus einem anderen Winkel einfiel und die Luft nach Sommer roch. Der Weyr unter ihnen war leer; keine Drachen sonnten sich auf den Felsvorsprüngen, nirgends arbeiteten Frauen. Und dann drangen Geräusche an sein Ohr: Schreie, wildes Gelächter und ein dunkles Summen, das alles andere übertönte.

Aus den Hütten der Jungreiter tauchten zwei Gestalten auf — ein halbwüchsiger Bursche und ein Bronzedrache. Der Junge hatte den Arm um den Nacken des Tieres geschlungen. Niedergeschlagen blieben sie am See stehen und starrten in das klare blaue Wasser. Dann sahen sie hinauf zur Felskammer der Drachenkönigin.

F'lar erkannte den Jungen, und Mitleid überkam ihn. Er wollte seinem jüngeren Ich zurufen, daß alles nur halb so schlimm sei, daß er eines Tages doch noch Weyrführer sein würde.

Abrupt befahl er Mnementh die Umkehr. Die schneidende Kälte des *Dazwischen* war wie ein Schlag ins Gesicht. Und dann tauchten sie über dem winterlichen Weyr auf.

Langsam flog Mnementh zum Höhleneingang zurück. Er war ebenso in Gedanken versunken wie F'lar.

*Ihr Drachenvolk*
*Im hellen Glanz,*
*Steigt auf vereint*
*Zum Paarungstanz.*

*Drei Monate harrt*
*Und fünf Wochen heiß,*
*Ein Tag des Ruhmes*
*Und dann — wer weiß?*

*Ein Silberfaden —*
*Es wallt das Blut.*
*Und neues Leben*
*Reift in der Glut.*

»Ich begreife nicht, weshalb du darauf bestanden hast, daß F'nor all diese lächerlichen Schriften aus dem Ista-Weyr herbeischafft«, rief Lessa erschöpft. »Sie enthalten doch nur banales Zeug — beispielsweise, wieviel Mehl man täglich zum Brotbacken verbrauchte.«

F'lar sah von den Schriftrollen auf, die er studierte. Mit einem Seufzer lehnte er sich zurück.

»Und ich dachte immer, diese Aufzeichnungen seien der menschlichen Weisheit letzter Schluß.« Unmut überflog Lessas schmales Gesicht. »Zumindest hat man mir das eingehämmert.«

F'lar lachte vor sich hin. »Man muß sich diese Weisheiten selbst erarbeiten.«

Lessa zog die Nase kraus. »Und wie das riecht! Das einzig Vernünftige wäre es, den ganzen Plunder wieder zu vergraben.«

»Danach suche ich auch schon lange — nach den alten Konservierungsmethoden, die es verhindern, daß die Häute hart werden und zu riechen beginnen.«

»Es ist überhaupt idiotisch, Häute für die Schriften zu verwenden. Sicher gäbe es etwas Besseres.« Unvermittelt sprang sie auf und ging nervös hin und her. »Und das, wonach du suchst, findest du ohnehin nicht! Es steht nicht in den Aufzeichnungen.«

»Wie meinst du das?«

»Es wird Zeit, daß wir mit dem Versteckspiel aufhören.«

Er sah sie forschend an, und sie fuhr fort: »Wir spüren beide, daß der Rote Stern eine Drohung darstellt und daß die Fäden fallen werden. Aus dieser Überzeugung heraus kehrten wir zu entscheidenden Stationen unseres Lebens zurück und beeinflußten unseren eigenen Werdegang.« Ihre Stimme wurde spöttisch. »Du hast unterbewußt immer die Stellung des Weyrführers angestrebt. Warum? Weil du deinem jüngeren Ich den Gedanken eingegeben hattest, nur du seist für diese Rolle geeignet.«

Sie machte eine Pause und fuhr dann heftig fort: »Wäre es möglich, daß unser ultrakonservativer R'gul recht hat? Daß seit vierhundert Planetendrehungen keine Fäden mehr gefallen sind, weil es keine Fäden mehr gibt? Und daß die Drachen immer seltener werden, weil man ihren Schutz nicht länger benötigt? Daß wir *tatsächlich* als Schmarotzer auf Pern leben?«

F'lar wußte nicht, wie lange er in ihr Gesicht gestarrt hatte. Sorgfältig legte er sich die Antworten auf ihre drängenden Fragen zurecht.

»Alles ist möglich, Weyrherrin«, hörte er sich ruhig sagen. »Einschließlich der unwahrscheinlichen Tatsache, daß ein elfjähriges verängstigtes Kind dem Mörder ihrer Familie Rache schwört und diese Rache auch durchführt.«

Unwillkürlich trat sie einen Schritt näher. Sie hörte ihm angespannt zu.

»Aber ich kann nicht glauben, daß sich unser Leben in der Drachenaufzucht und im Austragen von Kampfspielen beschränkt. Das ist mir zu wenig. Und ich habe andere dazu gebracht, über Eigennutz und Bequemlichkeit hinauszuwachsen. Ich habe ihnen ein Ziel gegeben.

Ich suche keine Rückenstärkung in diesen Schriften, ich suche echte Tatsachen.

Weyrherrin, ich kann beweisen, daß früher Fäden gefallen sind. Ich kann beweisen, daß es Intervalle gab, in denen die Weyr verwahrlosten. Ich kann beweisen, daß der Rote Stern nahe genug an Pern vorbeizieht, um Fäden abzuwerfen, wenn er am Tag der Wintersonnenwende im Felsöhr aufleuchtet. Und da ich diese Dinge beweisen kann, glaube ich, daß Pern sich in Gefahr befindet. *Ich* glaube das − nicht der halbwüchsige Bengel, der ich vor fünfzehn Planetendrehungen war. F'lar, der Bronzereiter und Weyrführer, glaubt es!«

Er sah immer noch Zweifel in ihren Augen, aber er spürte, daß seine Argumente allmählich zu wirken begannen.

»Du hast dich schon einmal von mir überzeugen lassen«, fuhr er etwas ruhiger fort, »als ich dir sagte, du könntest Weyrherrin werden ...«

Sie lächelte schwach.

»Das war etwas anderes. Ich hatte nie weiter als bis zum Tode von Fax geplant. Natürlich, es ist wunderbar, mit Ramoth zusammenzuleben, aber −« Sie zog die Stirn kraus − »es genügt mir irgendwie nicht mehr. Deshalb sehnte ich mich so danach, fliegen zu lernen und ...«

»... deshalb begann auch diese Diskussion«, fuhr F'lar mit einem grimmigen Lächeln fort.

Er beugte sich über den Tisch.

»Glaube mit mir, Lessa, bis du einen Gegenbeweis hast. Ich respektiere deine Zweifel. Oft genug führen Zweifel zu einem um so tieferen Glauben. Warte bis zum Frühling ab! Wenn dann immer noch keine Fäden gefallen sind ...« Er zuckte mit den Schultern.

Sie sah ihn lange an und nickte dann kurz.

Er versuchte, seine Erleichterung über ihre Entscheidung zu verbergen. »Und nun zurück zu dem banalen Zeug, wie du es nennst. Diese Schriften verraten mir Zeitpunkt, Ort und Dauer des Fadeneinfalls.« Er grinste sie an. »Und diese Dinge brauche ich, um meinen Plan aufzustellen.«

»Plan?«

»Ja. Ich kann natürlich nicht genau den Tag und die Sekunde voraussagen. Das ist von vielen Faktoren abhängig. Wenn zum Beispiel das Wetter weiterhin so kalt bleibt, erstarren die Fäden einfach und gehen als harmloser Staub nieder. Aber wenn sich die Luft erwärmt, bleiben sie am Leben und sind ... grauenvoll.« Er ballte die Fäuste und hielt eine schräg über die andere. »Der Rote Stern ist meine rechte Hand. Die Linke stellt Pern dar. Der Rote Stern dreht sich sehr schnell, und zwar in entgegengesetzter Richtung von Pern. Seine Bahn unterliegt zudem unregelmäßigen Schwankungen.«

»Woher weißt du das?«

»An den Wänden der Brutstätte von Fort befindet sich ein Schaubild. Fort besitzt den ältesten Weyr überhaupt.«

Lessa lächelte schwach. »Ich weiß.«

»Wenn der Rote Stern also nahe genug kommt, lösen sich die Fäden und wirbeln auf die Erde zu. Sie fallen etwa sechs Stunden lang und in einem Abstand von vierzehn Stunden.«

»Sechs Stunden lang?«

Er nickte ernst.

»Wenn uns der Rote Stern am nächsten ist. Im Moment beginnt er seine Annäherungsphase.«

Sie runzelte die Stirn.

Er wühlte in den Aufzeichnungen, und etwas klirrte zu Boden.

Lessa bückte sich neugierig und hob das dünne Plättchen auf.

»Was ist das?« Sie strich mit dem Finger leicht über die unregelmäßige Schrift.

»Ich weiß nicht. F'nor brachte es vom Fort-Weyr mit. Es war auf eine der Truhen genagelt, in denen die Aufzeichnungen lagen. Er bewahrte es auf, da er es für wichtig hielt. Angeblich befindet sich das gleiche Plättchen unter dem Schaubild des Roten Sterns.«

»Der Anfang ist leicht verständlich. ›Der Vater von Mutters Vater, der für immer ins Dazwischen aufbrach, sagte, dies sei der Schlüssel zum Geheimnis und er habe es gelöst, als er einmal gedankenlos vor sich hinkritzelte. Er sagte, er habe gesagt: Arrhenius? Eureka! Mycorrhiza ...‹ Das ergibt überhaupt keinen Sinn.« Lessa schüttelte den Kopf. »Das ist nicht einmal unsere Muttersprache — reines Gefasel.«

»Ich habe mich lange damit beschäftigt, Lessa«, sagte F'lar und zog das Plättchen zu sich heran. »Ins Dazwischen aufbrechen« dürfte eine Umschreibung für den Tod sein. Es scheint sich also um eine Todesvision zu handeln, die von einem Urenkel pflichtgetreu festgehalten wurde. Vielleicht ein Kind, das noch nicht gut schreiben konnte ... das würde die drei sonderbaren Worte erklären. Lies weiter!«

»Flammenspeiende Feuereidechsen, um die Sporen zu verbrennen. Q.E.D.!?«

»Auch das hilft uns nicht weiter. Offensichtlich prahlte er damit, daß er Drachenreiter ist. Er kennt nicht einmal das richtige Wort für Fäden.« F'lar zuckte mit den Schultern.

Lessa rieb mit dem feuchten Finger über das Plättchen, um zu sehen, ob es sich um eine Tintenschrift handelte. Das Metall ließ sich vielleicht als Spiegel verwenden, wenn sie die Schriftzeichen abwischte. Aber die Botschaft blieb.

»Immerhin, er kannte eine Methode, seine Vision für ewige Zeiten zu überliefern. Das tun nicht einmal die besten Häute«, murmelte sie.

»Für ewige Zeiten überliefertes Geschwätz«, sagte F'lar und wandte sich wieder an seine Aufzeichnungen.

»Eine unvollständige Ballade?« fragte Lessa noch, aber dann schob auch sie das Plättchen zur Seite. »Die Schrift ist nicht besonders schön.«

F'lar zog eine Karte hervor. Die Kontinentalmasse von Pern war in horizontale Streifen gegliedert, die einander überschnitten.

»Das stellt die Einfallzonen dar«, sagte er, »und das hier —« Er nahm eine zweite Karte mit vertikalen Streifen in die Hand — »die Zeitzonen. Du siehst also, daß bei einer Pause von vierzehn Stunden bei jedem Einfall nur bestimmte Teile von Pern betroffen werden. Ein Grund für die Verteilung der Weyr.«

»Sechs Weyr«, murmelte sie, »und an die dreitausend Drachen.«

»Ich kenne die Zahlen«, erwiderte er ausdruckslos. »Sie bedeuten nur, daß zur Zeit des Angriffs kein Weyr überbeansprucht war. Niemand sagt, daß dreitausend Drachen nötig waren. Ich glaube, wir halten uns über Wasser, bis Ramoths Junge herangereift sind.«

Sie warf ihm einen zynischen Blick zu. »Du setzt großes Vertrauen in die Fähigkeiten einer einzigen Königin.«

Er winkte ungeduldig ab. »Ich setze mehr Vertrauen in diese Aufzeichnungen, auch wenn du keine hohe Meinung von ihnen hast. Sie geben Auskunft über die Wiederholung bestimmter Ereignisse.«

»Und ob!«

»Ich meine damit nicht, wieviel Mehl man täglich zum Brotbacken verbraucht.« Seine Stimme war lauter geworden. »Aber diese Schriften sagen mir, wann ein Geschwader auf Patrouille geschickt wurde, wie lange es ausblieb und wie viele Reiter verletzt wurden. Sie verraten mir, wie viele Eier die Königinnen vor und nach dem Auftauchen des Roten Sterns legten.« Er hieb mit der Faust auf die staubigen Häute. »Bei allem, was ich hier gelesen habe — Nemorth hätte während der letzten zehn Planetendrehungen zweimal im Jahr brüten sollen. Das wären, knapp gerechnet, zweihundertvierzig Drachen mehr ... Nein, unterbrich mich nicht! Aber wir hatten Jora als Weyrherrin und R'gul als Weyrführer, und wir waren während des vierhundert Jahre langen Intervalls auf Pern in Ungnade gefallen. Nun, Ramoth wird sich nicht mit einem Dutzend Eiern begnügen, und sie wird ein Königinnenei legen, verlaß dich darauf! Sie wird mehrmals im Jahr zum Paarungsflug aufsteigen und uns starke junge Drachen schenken. Wenn dann die Fäden fallen, sind wir vorbereitet.«

Sie starrte ihn mit großen, ungläubigen Augen an. »Das hängt alles von Ramoth ab?«

»Von Ramoth und ihren Nachkommen. In den Aufzeichnungen von Faranth heißt es, daß die Gelege oft mehr als sechzig Eier enthielten und daß zuweilen mehrere Königinnen gleichzeitig ausschlüpften.«

Lessa schüttelte nur verwundert den Kopf.

»Ein Silberfaden — es wallt das Blut. Und neues Leben reift in der Glut«, zitierte F'lar.

»Es kann noch Wochen dauern, bis Ramoth ihre Eier legt, und dann müssen sie ausgebrütet werden ...«

»Hast du in letzter Zeit einmal die Brutstätte besichtigt? Der Boden ist so heiß, daß man Stiefel anziehen muß.«

Sie winkte ungeduldig ab. »Und die Gegenüberstellung und die Ausbildung der Jungreiter ...«

»Weshalb, glaubst du, habe ich auf älteren Jungen bestanden? Die Drachen reifen sehr viel schneller heran als ihre Reiter.«

»Dann ist das System falsch.«

Er sah sie aus zusammengekniffenen Augen an.

»Die Überlieferung soll ein gewisser Leitfaden für die Nachwelt sein, aber man kann darin auch erstarren. Ja, die Tradition verlangt, daß die Jungreiter aus dem Weyr stammen. Weil es zweckmäßig ist. Und weil diese Kinder von beiden Elternteilen her Weyrblut besitzen. Aber das Zweckmäßige ist nicht immer das Beste. Du beispielsweise ...«

»Oh, die Ruatha besitzen Weyrblut«, warf sie stolz ein.

»Zugegeben. Dann nimm den jungen Naton als Beispiel; er stammt aus den Handwerkerhütten Nabols, und doch sagt F'nor, daß er sich mit Canth verständigen kann.«

»Das ist doch nichts Besonderes«, rief sie.

»Wie meinst du das?« fragte F'lar verwundert.

Sie wurden durch ein schrilles Pfeifen unterbrochen. F'lar horchte einen Moment lang und zuckte dann grinsend mit den Schultern.

»Einer der Grünen wandelt wieder auf Liebespfaden.«

»Und das ist wieder ein Punkt, zu dem sich deine allwissenden Aufzeichnungen nicht äußern. Warum vermehren sich nur die goldenen Drachen?«

»Erstens wirkt sich der Feuerstein nachteilig auf die Fortpflanzung aus. Zweitens brauchen wir starke Drachen, und die Grünen würden uns kleine, schwache Tiere liefern.« Wieder grinste er. »Und drittens hätten wir bei den amourösen Ambitionen der Grünen bald eine Drachenschwemme.«

Ein zweiter Drache stimmte in das durchdringende Pfeifen ein, und dann erfüllte ein tiefes, dumpfes Summen den Weyr.

F'lars Augen leuchteten triumphierend. Er sprang auf und rannte in den Korridor. Lessa raffte die Röcke zusammen und folgte ihm.

»Was ist denn los?« rief sie. »Was hat das zu bedeuten?«

Das Summen drang von allen Seiten auf sie ein. Es hallte von den Felswänden wider und kroch in sämtliche Nischen. Lessa stellte im Laufen fest, daß Ramoth nicht in ihrer Höhle lag. F'lar rannte zum Landevorsprung. Das harte Dröhnen seiner Stiefel übertönte den ohrenbetäubenden Lärm. Verängstigt folgte Lessa F'lar ins Freie.

Als sie den Vorsprung erreichte, sah sie Drachen aller Farben und Größen auf den Eingang der Brutstätte zusteuern. Drachenreiter, Frauen und Kinder strömten durch den Felskessel. Auch sie näherten sich der Brutstätte.

Lessa schäumte. F'lar war verschwunden. Sie mußte die steile Treppe nach unten laufen und dann noch einen Bogen machen, da die Stufen zur Futterstelle führten und die Brutstätte am anderen Ende des Kessels lag. Ausgerechnet sie, die Weyrherrin, würde als letzte ankommen!

Warum hatte Ramoth sich heimlich entfernt? Sie hätte zumindest ihre Betreuerin verständigen können!

*Ein Drache weiß, was er tut*, erklärte Ramoth ruhig.

Während F'lar große Reden über frühere Drachenköniginnen und ihre Wundergelege führte, hatte Ramoth ihnen ein Schnippchen geschlagen.

Lessas Laune besserte sich nicht gerade, als sie bemerkte, daß sie nur ihre Sandalen trug. Der Boden der Brutstätte war tatsächlich so heiß, wie F'lar ihn geschildert hatte. Ihre Sohlen brannten. Die Menge drängte sich in einem Halbkreis um die Höhle.

»Laßt mich durch!« verlangte sie energisch und trommelte mit den Fäusten auf die breiten Rücken von zwei Drachenreitern. Zögernd bildete sich eine schmale Gasse, und sie zwängte sich durch, ohne nach links oder rechts zu schauen. Sie war wütend, verwirrt, gekränkt, und sie wußte, daß sie lächerlich aussah, weil sie wegen des heißen Sandes nur kurze, trippelnde Schritte machen konnte.

Dann starrte sie die Drachenkönigin an und vergaß die Brandblasen an den Füßen.

Ramoth hatte den biegsamen Körper um die Eier gerollt und sah sehr selbstzufrieden drein. Offenbar wurde die Mulde auch ihr zu heiß, denn sie verlagerte ihr Gewicht und spreizte einen Flügel schützend über das Gelege.

*Niemand nimmt sie dir, du dummes Ding*, meinte Lessa. *Ich will sie doch nur zählen.*

Gehorsam zog Ramoth die Flügel ein, aber sie ließ kein Auge von der glänzenden, gesprenkelten Pracht. Immer wieder schnellte ihre Zunge nervös vor.

Ein gewaltiger Seufzer ging durch die Menge. Denn zwischen den gesprenkelten Eiern leuchtete Gold. Ein Königinnenei!

»Ein Königinnenei!« Der Ruf pflanzte sich fort. Stimmengewirr klang auf. Die Menge begann zu jubeln.

Jemand packte Lessa und wirbelte sie herum. Ein Kuß landete auf ihrer Wange. Dann umarmte sie Manora. Ein wilder Freudentaumel hatte die Bewohner des Weyrs erfaßt. Lessa wurde von der Begeisterung angesteckt.

Dann löste sie sich von den anderen und lief auf Ramoth zu. Sie beugte sich über die Eier. Die Schalen wirkten weich und schienen zu pulsieren. Lessa hätte schwören können, daß die Eier, die sie bei ihrer Gegenüberstellung gesehen hatte, hart gewesen waren. Sie wollte sich vergewissern, wagte es aber nicht, die Schalen zu berühren.

*Ich erlaube es dir*, erklärte Ramoth herablassend. Sie stupste Lessas Schulter leicht mit der Zunge an.

Das Ei war tatsächlich weich, und Lessa zog rasch die Hand zurück, um es nicht zu beschädigen.

*Die Hitze wird es noch härten*, sagte Ramoth.

»Ramoth, ich bin so stolz auf dich!« Lessa seufzte und sah bewundernd in die großen Augen, die in allen Regenbogenfarben schillerten. »Eine bessere Königin als dich gibt es nicht. Die leeren Weyr werden sich wieder mit Drachen füllen, davon bin ich überzeugt. Und das alles haben wir dir zu verdanken.«

Ramoth neigte huldvoll den Kopf, doch dann begann sie plötzlich zu zischen und mit den Flügeln zu schlagen. Sie bäumte sich auf und legte das nächste Ei.

Das Weyrvolk zog sich allmählich aus der heißen Höhle zurück, jetzt, da es das goldene Ei gebührend bewundert hatte. Es hatte keinen Sinn, noch länger zu warten. Eine Drachenkönigin benötigte mehrere Tage, bis sie alle Eier gelegt hatte. Acht waren es bereits jetzt, und das stimmte die Menge optimistisch.

»Ein Königinnenei, wie ich es vorhergesagt hatte!« flüsterte F'lar Lessa ins Ohr. »Und ich möchte wetten, daß zehn Bronzedrachen dabei sind.«

Sie sah zu ihm auf, und zum erstenmal war sie ganz seiner Meinung. Mnementh kauerte auf einem Felsvorsprung und beobachtete voller Stolz seine Gefährtin. Impulsiv legte Lessa F'lar die Hand auf den Arm.

»F'lar, ich glaube dir!«

»Jetzt erst?« spöttelte er, aber er lachte dazu, und in seinen Augen stand Zärtlichkeit.

> *Sammle Erfahrung immerdar,*
> *Etwas Neues in jedem Jahr,*
> *Höre nicht nur auf die Alten,*
> *Weises Maß lasse walten.*

Während im Laufe der nächsten Monate F'lars Befehle bei den Weyrbewohnern Kopfschütteln und endlose Diskussionen auslösten, waren sie für Lessa nur die logische Folgerung auf die vorhergegangenen Ereignisse.

Ramoth hatte einundvierzig Eier gelegt.

F'lar mißachtete die Tradition in allen Richtungen und trat dabei nicht nur R'gul auf die konservativen Zehen.

Lessa unterstützte ihn voll und ganz, nicht zuletzt deshalb, weil sie unter R'guls Führung alles hassen gelernt hatte, was mit Tradition zusammenhing. Vielleicht hätte sie ihr Versprechen, bis zum Frühjahr abzuwarten, nicht gehalten, aber sie sah, daß seine Vorhersagen eine nach der anderen eintrafen. Und es waren Vorhersagen, die nicht auf Ahnungen, sondern auf den Schriften des Archivs beruhten.

Sobald die gesprenkelten Schalen hart wurden und Ramoth das Königinnenei zur Seite rollte, um es besonders aufmerksam zu hüten, ließ F'lar die ausgewählten jungen Leute zur Brutstätte kommen. Die Tradition verlangte es, daß die Kandidaten die Eier zum erstenmal am Tage der Gegenüberstellung sahen. F'lar brach noch mit anderen Regeln: Nur wenige Burschen stammten aus dem Weyr, und ein Großteil von ihnen war zwischen fünfzehn und zwanzig Jahre alt. Die Kandidaten sollten sich an die Eier gewöhnen, sie berühren und streicheln und sich mit dem Gedanken vertraut machen, daß hilflose junge Tiere aus diesen Eiern schlüpfen würden. F'lar glaubte, daß sich durch diese Vorbereitung die Zahl der Zwischenfälle verringern ließ.

F'lar bat Lessa, auch Ramoth zu überreden, daß sie Kylara in die Nähe des kostbaren goldenen Eies ließ. Kylara gab ihren Sohn nur zu gern einer Amme und verbrachte Stunden an der Brutstätte, wo Lessa sie sorgfältig in ihre Pflichten einführte. Obwohl Kylara eine lockere Bindung mit T'bor eingegangen war, zeigte sie doch offen, daß sie F'lars Gesellschaft vorzog. Lessa gab sich daher große Mühe, F'lars Plan zu fördern, denn wenn er gelang, sollte Kylara mit der jungen Drachenkönigin in den Fort-Weyr ziehen.

F'lar verfolgte noch einen anderen Zweck damit, daß er junge Männer von den Burgen und Gehöften in den Weyr holte. Kurz vor der Gegenüberstellung schickte Lytol, der Verwalter von Ruatha, eine neue Botschaft an ihn.

»Dem Mann macht es ausgesprochen Spaß, uns zu deprimieren«, stellte Lessa fest, als F'lar ihr den Umschlag reichte.

F'nor nickte. Er hatte die Botschaft in Empfang genommen. »Lytol besitzt einen düsteren Charakter. Mir tut nur der Junge leid, der an diesen Pessimisten gefesselt ist.«

Lessa sah den braunen Reiter mit gerunzelter Stirn an. Sie spürte immer noch einen kleinen Stich, wenn jemand Lady Gemmas Sohn, den Besitzer von Ruatha, erwähnte. Und doch ... da sie unabsichtlich den Tod seiner Mutter mitverschuldet hatte und nicht gleichzeitig Weyrherrin und Baronin sein konnte, war es nur gerecht, daß Gemmas Jaxom auf Ruatha herrschte.

»Ich jedoch bin ihm dankbar für die Warnungen«, sagte

F'lar. »Ich ahnte bereits, daß Meron wieder Schwierigkeiten machen würde.«

»Er kann einem nicht in die Augen sehen — wie Fax«, stellte Lessa fest.

»Ein gefährlicher Mann«, gab F'lar zur Antwort. »Er verbreitet jetzt das Gerücht, daß wir junge Männer vom Blut aus den Burgen holen, um die Adelsfamilien zu schwächen. Das kann ich nicht zulassen.«

»Außerdem sind es weit mehr Handwerkersöhne als Adelige«, sagte F'nor verächtlich.

»Er fragt immer wieder, weshalb die Fäden noch nicht gefallen sind«, meinte Lessa finster.

F'lar zuckte mit den Schultern. »Sie werden noch zur rechten Zeit fallen. Seid dankbar, daß die Kälte angehalten hat. Ich mache mir erst Sorgen, wenn es taut und die Fäden dann immer noch ausbleiben.« Er sah Lessa scharf an, um sie an ihr Versprechen zu erinnern.

F'nor räusperte sich hastig und wandte den Blick ab.

»Aber gegen die andere Beschuldigung kann ich etwas tun«, erklärte F'lar entschieden.

Und als feststand, daß die Drachenjungen jeden Moment ausschlüpfen würden, brach er mit einer weiteren Tradition. Er schickte Reiter aus, um die Väter der jungen Kandidaten von den Gehöften und Burgen zum Weyr zu holen.

Die große Brutstätte war zum Bersten gefüllt, als sich Besucher und Weyrbewohner auf den Galerien über dem heißen Sandboden zusammendrängten. Diesmal, so stellte Lessa fest, verrieten die jugendlichen Kandidaten keine Furcht — nur angespannte Erwartung. Es gab keine Zwischenfälle bei der Gegenüberstellung. Die Jungen traten sofort vor, wenn sie das lockende Summen der kleinen Drachen hörten, oder wichen zur Seite, falls ihnen die Tiere in ihrer Tolpatschigkeit zu nahe kamen. Rasch hatten die Partner zueinander gefunden — und viel zu rasch, wie es Lessa erschien. Drachen und Jungreiter entfernten sich zu ihren Quartieren, stolpernd und unsicher die einen, mit stolz erhobenen Köpfen die anderen.

Die junge Königin durchbrach die Schale und trat ohne Zögern auf Kylara zu, die selbstbewußt auf dem heißen Sand wartete. Die Drachen auf den Felsvorsprüngen summten zustimmend.

»Das war viel zu schnell vorbei«, sagte Lessa an diesem Abend enttäuscht zu F'lar.

Er lachte nachsichtig. Jetzt, da er wieder ein Stück vorwärtsgekommen war, gönnte er sich eine kleine Entspannung. Die Besucher hatten zutiefst beeindruckt den Weyr verlassen.

»Das kam dir nur so vor, weil du diesmal zusehen mußtest«, meinte er und schob das Haar aus der Stirn. Er wollte ihr Profil genauer beobachten. Wieder lachte er. »Dir wird aufgefallen sein, daß Naton ...«

»N'ton«, fiel sie ihm ins Wort.

»Also gut — daß N'ton von einem Bronzedrachen ausgewählt wurde.«

»Wie du es vorhergesagt hattest«, entgegnete sie ein wenig ungehalten.

»Und Kylara ist die Betreuerin von Pridith.«

Lessa sagte nichts dazu. Sie überhörte auch sein Lachen.

»Ich möchte doch wissen, welcher Bronzedrache sie erobern wird«, murmelte er.

»Hoffentlich T'bors Orth«, fuhr Lessa auf.

Darauf reagierte er wie jeder kluge Mann. Er schwieg.

*Wütet Kälte*
*Spät im Jahr.*
*Wird zu Staub*
*Die Gefahr.*

Lessa schrak aus dem Schlaf. Ihre Schläfen pochten, ihr Gaumen war trocken, und auf der Brust spürte sie einen dumpfen Druck. Sie erinnerte sich vage an einen furchtbaren Alptraum. Als sie sich die Haare aus dem Gesicht streichen wollte, merkte sie, daß ihr Schweißperlen auf der Stirn standen.

»F'lar?« rief sie unsicher. Offenbar war er früh aufgestanden. »F'lar?«

*Er kommt*, informierte Mnementh sie. Der Bronzedrache steuerte eben den Landevorsprung an. Lessa sandte ihre Gedanken zu Ramoth aus. Auch die Drachenkönigin wurde von quälenden Träumen heimgesucht. Sie wachte kurz auf und schlief dann wieder ein.

Beunruhigt stand Lessa auf und zog sich an — und zum erstenmal seit ihrer Ankunft im Weyr vergaß sie das Bad.

Sie bestellte Frühstück und flocht mit geschickten Fingern das Haar.

Eben als F'lar eintrat, kam das Frühstückstablett an. Der Bronzereiter beobachtete kopfschüttelnd Ramoth.

»Was ist denn in sie gefahren?«

»Sie scheint die gleichen schrecklichen Träume wie ich zu haben. Ich wache schweißgebadet auf.«

»Als ich fortging, um die Patrouillen für den heutigen Tag einzuteilen, hast du noch fest geschlafen. Die Jungdrachen wachsen so rasch heran, daß sie bereits kurze Strecken fliegen können. Sie fressen und schlafen und ...«

»... werden dabei groß und stark«, fuhr Lessa fort. Sie nippte nachdenklich an dem dampfendheißen *Klah*. »Du kümmerst dich ganz besonders um ihre Ausbildung, nicht wahr?«

»Du meinst, um einen versehentlichen Sprung in eine andere Zeit zu vermeiden?« Er nickte. »Ich kann es nicht dulden, daß verantwortungslose Reiter sich aus reiner Langeweile ins *Dazwischen* begeben.« Er warf ihr einen strengen Blick zu.

Sie lachte boshaft. »Wäre ich auf R'guls Ausbildung angewiesen gewesen, so hätte ich den Zeitsprung niemals entdeckt.«

»Damit hast du allerdings recht«, sagte er ernst.

»Weißt du, F'lar, ich kann mir nicht vorstellen, daß ich die erste und einzige bin, die diesen Trick kennt.«

F'lar verzog das Gesicht, als er sich die Zunge an dem heißen *Klah* verbrannte. »Aber wie soll ich das unauffällig in Erfahrung bringen? Natürlich wäre es dumm anzunehmen, daß wir als erste auf die Idee kamen. Es muß sich um eine angeborene Fähigkeit der Drachen handeln, sonst hättest du es niemals geschafft.«

Sie wollte auffahren, doch dann zuckte sie nur mit den Schultern.

»Ich kann den Gedanken nicht abschütteln, daß dieser Zeitsprung von entscheidender Bedeutung für uns sein wird.«

»Das, meine Liebe, ist eine echte Vorahnung.« Er wollte noch mehr sagen, aber in diesem Moment kündigte Mnementh an, daß F'nor den Weyr betreten habe.

»Was ist denn mit dir los?« fragte F'lar seinen Halbbruder, denn F'nor wurde von einem heftigen Husten geschüttelt.

»Staub«, keuchte er und klopfte sich die Kleider mit den Reithandschuhen ab. »Unheimlich viel Staub, aber keine Fäden.« Auf seinen Stiefeln war ein feiner, dunkler Belag zu sehen.

F'lar verkrampfte sich.

»*Woher kommst du?*« fragte er scharf.

F'nor betrachtete ihn erstaunt. »Von der Wetterpatrouille in Tillek. Der gesamte Norden wird von Staubstürmen heimgesucht. Aber was ich sagen wollte ...« Er unterbrach sich, als er F'lars starre Haltung bemerkte. »Was ist denn mit diesem Staub?« fragte er verwirrt.

F'lar wirbelte herum und rannte mit langen Schritten zum Archiv. Lessa folgte ihm dicht auf den Fersen. Kopfschüttelnd schloß sich F'nor an.

»Tillek sagtest du?« F'lar wischte alle Schriften von der Tischplatte und breitete vier Karten darauf aus. »Wann hast du diese Stürme zum erstenmal bemerkt? Und weshalb erwähntest du sie mit keiner Silbe?«

»Staubstürme? Soviel ich mich erinnere, sollte ich nach warmen Luftmassen Ausschau halten.«

»Wann hast du sie zum erstenmal bemerkt?« Jedes Wort klang wie ein Peitschenhieb.

»Vor einer knappen Woche.«

»Drück dich genauer aus!«

F'nor schluckte. »Vor sechs Tagen wurde mir der erste Sturm aus Tillek gemeldet. Dann kamen ähnliche Berichte aus Bitra, dem oberen Teil von Telgar, Crom und dem Hochland.«

Er warf Lessa einen zaghaften Blick zu, aber auch sie beugte sich angespannt über die vier sonderbaren Karten. F'nor versuchte zu begreifen, was die sich überschneidenden horizontalen und vertikalen Streifen bedeuteten, aber es gelang ihm nicht.

F'lar machte sich hastig Notizen und schob die Karten zur Seite.

»Man soll sich nie zu sehr in eine Sache vertiefen«, sagte er gereizt und schleuderte den Stift zu Boden. »Dabei verliert man den Überblick.«

»Aber du hast nur von warmen Luftmassen gesprochen«, murmelte F'nor. Er spürte, daß er den Weyrführer irgendwie enttäuscht hatte.

»Es ist nicht deine Schuld, F'nor. Ich hätte fragen sollen. Ich freute mich ja über die langanhaltende Kälte.« Er legte F'nor die Hände auf die Schultern und sah ihm in die Augen. «Die Fäden sind bereits gefallen«, sagte er ernst. »Aber die Luft war so kalt, daß sie gefroren und zu winzigen Teilchen zerbrachen, die der Wind forttrug – als schwarzen Staub.«

»Wütet Kälte spät im Jahr, wird zu Staub die Gefahr«, zitierte Lessa. »So lautet der Chor in »Moretas Ritt«.

»Ich möchte nicht gerade jetzt an Moreta erinnert werden«, meinte F'lar unwirsch und beugte sich über seine Karten. »Sie könnte sich mit jedem einzelnen Drachen in Verbindung setzen.«

»Aber das kann ich doch auch!« rief Lessa empört.

Langsam, als traue er seinen Ohren nicht, wandte sich F'lar Lessa zu. »Was hast du eben gesagt?«

»Daß ich mich mit jedem Drachen im Weyr in Verbindung setzen kann!«

F'lar setzte sich mit mechanischen Bewegungen. Er ließ kein Auge von ihr.

»Seit wann besitzt du *diese* Fähigkeit?« stieß er hervor.

Etwas in seinem Tonfall ließ Lessa unsicher werden. Sie stammelte wie ein Jungreiter, der bei einem Unfug ertappt worden war:

»Ich – ich konnte das von Anfang an. Schon beim Wachwher auf Ruatha.« Sie deutete mit einer fahrigen Geste in die Richtung der Burg. »Auch mit Mnementh habe ich mich auf Ruatha unterhalten. Und – als ich hierherkam, fiel es mir nicht schwer...« Sie stockte, als sie F'lars harten, anklagenden Blick bemerkte. Anklagend und, was noch schlimmer war, verächtlich.

»Ich dachte, du wolltest mir helfen.«

»Es tut mir wirklich leid, F'lar. Mir kam gar nicht die Idee, daß es irgendeinen Nutzen haben könnte ...«

F'lar sprang mit blitzenden Augen auf.

»Ich zerbreche mir monatelang den Kopf, wie ich während eines Angriffs die Geschwader führen und gleichzeitig mit dem Weyr in Kontakt bleiben kann, wie ich Verstärkungen und Nachschub von Feuersteinen anfordern kann. Und du – du siehst mir zu und verbirgst heimtückisch ...«

»Ich bin *nicht* heimtückisch«, schrie sie ihn an. »Ich sagte, daß es mir leid tut. Und das ist die Wahrheit. Aber du hast die scheußliche, selbstgefällige Angewohnheit, alles für dich zu behalten. Woher sollte ich wissen, daß du nicht die gleiche Fähigkeit besitzt? Du bist F'lar, der allmächtige, allwissende Weyrführer. Aber du bist ebenso schlimm wie R'gul, weil du mir nur die Hälfte von den Dingen erklärst, die ich wissen müßte ...«

F'lar packte sie an den Schultern und schüttelte sie, bis sie zu schreien aufhörte.

»Genug. Wir können unsere Zeit nicht damit verschwenden, daß wir wie Kinder streiten.« Mit einemmal wurden seine Augen groß. Er starrte an Lessa vorbei. »Zeit verschwenden – aber das ist ja gar nicht nötig!«

»Du denkst an einen Zeitsprung?« Lessa keuchte.

»Ja – an einen Zeitsprung.«

»Die Fäden fielen im Morgengrauen in Nerat«, sagte F'lar mit glänzenden Augen. Seine Haltung drückte Entschlossenheit aus.

F'nor spürte einen kalten Klumpen im Magen. Nerat? Im Morgengrauen? Aber das war gleichbedeutend mit der Vernichtung der Regenwälder! Sein Blut jagte schneller durch den Körper.

»Also gehen wir ins *Dazwischen* und tauchen am frühen Morgen in Nerat auf. F'nor, die Drachen können nicht nur den Ort, sondern auch die Zeit überwinden, wenn sie das *Dazwischen* durchqueren.«

»Die Zeit?« wiederholte F'nor entsetzt. »Das könnte gefährlich sein.«

»Ja, aber heute wird es uns helfen, Nerat zu retten. Lessa –« F'lar klopfte ihr stolz und liebevoll auf die Schulter – »du

175

trommelst alle Drachen zusammen, ob alt oder jung, wenn sie nur fliegen können. Befiehl ihnen, sich mit Feuersteinsäcken zu beladen. Ich weiß nicht, ob du die Verbindung zu ihnen auch über eine Zeitdistanz aufrechterhalten kannst ...«

»Mein Traum heute morgen ...«

»Vielleicht. Aber nun scheuche den Weyr auf.« Er wirbelte zu F'nor herum. »Wenn die Fäden im Morgengrauen in Nerat niedergegangen sind, fallen sie jetzt in Keroon und Ista. Du fliegst mit zwei Geschwadern nach Keroon. Verständige die Barone. Sie sollen Feuer in den Gruben machen. Nimm ein paar Jungreiter mit und schicke sie nach Igen und Ista. Diese Burgen sind nicht unmittelbar in Gefahr. Ich komme so bald wie möglich mit Verstärkung. Und – Canth soll auf Lessas Befehle hören.«

Der braune Reiter ging, immer noch ein wenig verwirrt.

»Mnementh sagt, daß R'gul heute Wachoffizier ist und wissen möchte ...«, begann Lessa.

»Komm, Mädchen!« F'lars Augen leuchteten vor Erregung. Er raffte die Karten zusammen und schob Lessa die Treppe hinauf.

R'gul und T'sum hatten den Beratungsraum bereits betreten. R'gul beschwerte sich über die ungewöhnliche Zusammenkunft.

»Hath befahl mir, mich hier zu melden«, erklärte er empört. »Wenn schon der eigene Drache ...«

»R'gul, T'sum, trommelt eure Geschwader zusammen! Gebt ihnen so viel Feuersteine, wie sie tragen können, und versammelt euch über dem Sternstein. Ich komme in ein paar Minuten nach. Wir gehen nach Nerat, zurück zur Zeit des Morgengrauens.«

»Nerat? Ich bin Wachoffizier und keiner Patrouille zugeteilt.«

»Es handelt sich um keine Patrouille«, schnitt ihm F'lar das Wort ab.

»Aber, Sir«, unterbrach ihn T'sum mit großen Augen. »Wie sollen wir *zurück* zur Zeit des Morgengrauens gehen?«

»Wir haben entdeckt, daß die Drachen die Fähigkeit besitzen, auch die Zeit zu überwinden, wenn sie das *Dazwischen* durchqueren. Im Morgengrauen sind in Nerat die ersten Fäden gefallen. Wir wollen sie vom Himmel sengen.«

F'lar achtete nicht auf R'guls gestammelte Fragen. T'sum

belud sich bereits mit Feuersteinsäcken und lief zum Landevorsprung, wo sein Munth wartete.

»Gehen Sie endlich, Sie alter Narr«, rief Lessa R'gul zornig zu. »Die Fäden sind hier! Sie behielten nicht recht. Nun benehmen Sie sich wie ein echter Drachenreiter! Oder verschwinden Sie für immer im *Dazwischen!*«

Ramoth, die von dem Aufruf geweckt worden war, stupste R'gul mit ihrem massiven Kopf an, und der ehemalige Weyrführer schreckte aus seiner Trance. Wortlos folgte er T'sum in den Korridor.

F'lar hatte den schweren Wherleder-Umhang übergeworfen und zwängte sich nun in seine Reitstiefel.

»Lessa, sorge dafür, daß alle Burgen verständigt werden. Die Fäden erreichen bei diesem Einfall zwar höchstens Ista, aber die Barone sollen sich vorbereiten.«

Sie nickte.

»Zum Glück hat der Rote Stern erst mit der Annäherungsphase begonnen. Wir können also mit einer Verschnaufpause von mehreren Tagen bis zum nächsten Angriff rechnen.

Ach ja, Manora und die Frauen der Unteren Höhlen sollen Bottiche mit Öl und Salben herrichten, um die Brandwunden der Drachen versorgen zu können. Und das Allerwichtigste, Lessa – falls uns etwas zustößt, mußt du warten, bis einer der Bronzedrachen ein Jahr alt ist, um Ramoth ...«

»Niemand außer Mnementh bekommt Ramoth«, rief sie mit blitzenden Augen.

F'lar drückte sie an sich und küßte sie hart. Dann ließ er sie so abrupt los, daß sie gegen Ramoth taumelte. Einen Moment lang stützte sie sich auf die Drachenkönigin.

*Das heißt, wenn Mnementh mich einholt,* erklärte Ramoth eitel.

> *Gleitet, taucht,*
> *Feuer haucht,*
> *Dazwischen fliegt,*
> *Die Kälte siegt.*
> *Weicht aus, greift an,*
> *Tier und Mann.*
> *Drachenreiter müssen streiten,*
> *Silberfäden vom Himmel gleiten.*

Als F'lar den Korridor entlang zum Landevorsprung rannte, war er mit einemmal dankbar für die vielen Erkundungsflüge, die ihn selbst in die entlegensten Winkel von Pern geführt hatten. Er sah die Landschaft Nerats deutlich vor sich. Er sah die Ranken, die zu dieser Jahreszeit breite weiße Blüten trugen. In den ersten Strahlen der Morgensonne leuchteten sie wie Drachenaugen zwischen den Blättern hervor.

Mnementh erwartete ihn voller Ungeduld. In seinen großen Augen spiegelte sich Erregung. F'lar warf sich auf den Bronzenacken.

Der Weyr war aufgescheucht. Es herrschte eine knisternde Atmosphäre, aber F'lar spürte nirgends Panik. Drachen und Drachenreiter strömten aus den Felsöffnungen des Weyrkessels. Vor den Unteren Höhlen hasteten die Frauen hin und her. Die Kinder, die am See gespielt hatten, erhielten die Anweisung, Feuerholz aufzulesen. C'gan versammelte die Jungreiter. Über der Klippe warteten die Geschwader in enger Flugformation. F'lar erkannte seinen Halbbruder auf dem Rücken von Canth.

Er befahl Mnementh aufzusteigen. Der Wind war kalt und roch nach Schnee.

R'guls und T'bors Geschwader schwärmten nach links aus; T'sum und D'nol dirigierten ihre Leute nach rechts. Er stellte fest, daß alle Drachen schwer mit Feuersteinsäcken beladen waren. Dann übermittelte er Mnementh das Bild des Regenwaldes kurz vor Sonnenaufgang. Es war Frühling, die hellen Blüten schimmerten im Laub auf, im Hintergrund schäumte das Meer gegen die Felsen ...

Er spürte die brennende Kälte des *Dazwischen*. Und er spürte, daß ihn einen Moment lang Zweifel durchzuckten. Wenn er nun alle in den Tod schickte?

Dann tauchten sie auf, in jenem schwachen Dämmerlicht, das den neuen Tag verhieß. Der üppige, würzige Geruch des Regenwaldes strömte ihnen entgegen. Es war warm, und das erschreckte F'lar. Im Nordosten pulsierte drohend der Rote Stern.

Die Männer hatten erkannt, was geschehen war, und sie stellten erstaunte Fragen. Mnementh berichtete F'lar, daß die Drachen die Aufregung ihrer Reiter nicht so recht begreifen könnten.

»Hört mir zu, Drachenreiter« rief F'lar, und seine Stimme klang unnatürlich laut. Er wartete, bis die Männer ganz nahe gekommen waren. Dann erklärte er, was sie getan hatten und weshalb. Die Reiter reagierten auf die Ankündigung mit beunruhigtem Schweigen. Mnementh gab die Information an die Drachen weiter.

F'lar wies die Geschwader mit knappen Worten an, die Formation auseinanderzuziehen.

Die Sonne ging auf.

Ein silberner Nebel fiel schräg auf das Meer zu, lautlos, schön, trügerisch. Silbriggrau waren die Sporen, die als ovale Kapseln den Raum durchquerten und sich in grobe, langgezogene Flocken auflösten, sobald sie in die warme Atmosphäre von Pern eindrangen. Ein einziger Faden, der in fruchtbaren Boden sank, vergrub sich tief und gab Tausende von neuen Sporen frei, die alles organische Leben vernichteten und das Land in eine schwarze Wüste verwandelten. Der Südkontinent von Pern war bereits kahl und tot.

Ein Schrei aus vielen Kehlen zerriß die morgendliche Stille über Nerats grünen Höhen – als könnten die Fäden die Herausforderung hören.

Die Drachen bogen die keilförmigen Köpfe zur Seite, um sich von ihren Reitern mit Feuersteinen füttern zu lassen. Gewaltige Kiefer zermahlten die Brocken. Im Magen der Tiere brodelten Säuren. Die tödlichen Phosphorgase wurden vorbereitet. Sobald die Drachen den Giftatem ausstießen, entzündete er sich in der Luft zu lodernden Flammen, welche die Fäden versengten.

Der Instinkt der Drachen erwachte, als die ersten Silbersporen über der Landfläche von Nerat auftauchten.

F'lars Bewunderung für seinen Bronzegefährten stieg während der nächsten Stunden ins Unermeßliche. Mit kräftigen Flügelschlägen und flammendem Atem stieß Mnementh auf die silbernen Fäden zu. Die Dämpfe erreichten F'lar, und er mußte sich tief über den Nacken seines Tieres ducken, um sie nicht einzuatmen. Der Drache schrie auf, als ein Faden seine Flügelspitze versengte. Sofort tauchte F'lar in das kalte, lautlose *Dazwischen*. Der Faden gefror und fiel ab. Im nächsten Moment kämpfte Mnementh weiter.

Um sich sah F'lar Drachen ins *Dazwischen* fliehen und wieder zurückkehren. Allmählich erkannte er ein Schema in den instinktiven Ausweich- und Angriffsbewegungen. Denn die Fäden fielen nicht gleichmäßig, wie er es aus den Archivberichten geschlossen hatte. Sie wirbelten umher wie Schneeflocken, die der Wind aufscheuchte, wichen hier aus und senkten sich dort. Nie konnte man ihre Bahn vorhersehen.

Langsam strichen die Drachen über die Regenwälder, diese einladend grünen Flächen. F'lar wagte nicht, darüber nachzudenken, was geschehen würde, wenn sich nur ein einziger Faden in diesem üppigen Land vergrub. Er mußte später eine Patrouille im Tiefflug über die Wipfel schicken. Ein Faden genügte, um die hellen Blütenaugen für immer auszulöschen.

Irgendwo schrie ein Drache auf. Bevor F'lar ihn erkennen konnte, war er ins *Dazwischen* getaucht. Er hörte noch mehr Schmerzensschreie – von Mensch und Tier. Er verschloß seine Gefühle und konzentrierte sich wie die Drachen auf den Augenblick.

Feuer brannte auf seiner Wange, fraß sich wie Säure in seine Schulter – unwillkürlich stöhnte F'lar. Mnementh jagte ins *Dazwischen*. Der Drachenreiter schlug mit zitternden Fingern gegen die Fäden, spürte, wie sie unter seinen Händen erstarrten und zerbröckelten. Mnementh kehrte zurück nach Nerat. Er schickte F'lar einen tröstenden Gedanken zu und stieß dann flammenspeiend auf die nächsten Fäden los.

Erst jetzt erkannte F'lar, daß auch der Nacken seines Kampfgefährten dunkle Spuren aufwies.

*Ich bin sehr schnell ausgewichen*, beruhigte ihn Mnementh und scherte zur Seite, als ein Fadenklumpen gefährlich nahe kam. Ein brauner Drache folgte ihm und versengte die Sporen.

Als F'lar schließlich das Meer unter sich erblickte, wußte er nicht, wieviel Zeit vergangen war. Fäden schwammen harmlos im Salzwasser. Nerat lag östlich von ihm. Nur eine Felszunge ragte weit ins Meer. F'lar konnte keinen Muskel mehr bewegen. In der Aufregung des Kampfes hatte er die Brandwunden auf Wange und Schulter vergessen. Nun schmerzten sie aufs neue.

Er steuerte Mnementh in die Höhe und sah sich um. Keine Fäden fielen mehr. Unter ihm suchten die Drachen den Regenwald nach verräterischen Spuren der Fäden ab.

»Zurück zum Weyr«, befahl er Mnementh mit einem tiefen
Seufzer. Er hörte, wie der Bronzedrache den Befehl weitergab,
und dann waren sie im *Dazwischen*. Er war so müde, daß er
vergaß, sich den Weyr vorzustellen. Aber Mnemenths Instinkt
brachte sie sicher ans Ziel.

> *Lob gebührt dem Drachenreiter,*
> *Zollt es ihm durch Wort und Tat,*
> *Seine starken Hände greifen*
> *Lenkend in das Schicksalsrad.*

Lessa stand am Landevorsprung und starrte zum Sternstein
hinauf, bis die vier Geschwader verschwunden waren.

Dann rannte sie die Stufen hinunter zum Talkessel des
Benden-Weyrs. Sie bemerkte, daß jemand am See ein Feuer
entfachte und daß Manora bereits mit ruhiger Stimme Befehle
erteilte.

Der alte C'gan hatte die Jungreiter in Reih und Glied aufgestellt. Sie sah, daß die Jünsten von den Fenstern aus neidisch
ihre Kameraden beobachteten.

Sie zitterte, als sie vor die Jungreiter trat, aber sie zwang
sich zu einem Lächeln. Dann erteilte sie ihnen den Befehl,
die Barone zu warnen, und überprüfte noch rasch, ob sie ihren
Drachen die richtigen Erkennungspunkte gegeben hatte. Sie
konnte sich vorstellen, welchen Wirbel die Ankündigung in
den Burgen auslösen würde.

Canth berichtete, daß in Keroon Fäden fielen, und zwar an
der Grenze zu Nerat. F'nor war der Meinung, daß zwei Geschwader nicht ausreichten, um das Weideland zu schützen.

*Knets Geschwader ist noch abkömmlich*, erklärte Ramoth. *Es
wartet über der Klippe.*

Lessa sah auf und erkannte Piyanth, der über dem Sternstein kreiste. Sie befahl ihm, das Geschwader nach Keroon
zu bringen, in der Nähe der Nerat-Bucht. Einen Augenblick
später waren die Drachen verschwunden.

Mit einem Seufzer wandte sie sich Manora zu, doch im
gleichen Augenblick hörte sie heftiges Flügelrauschen, und ein
widerlicher Gestank drang auf sie ein. Der Himmel war über-

sät von Drachen. Sie wollte gerade Piyanth fragen, weshalb er nicht nach Keroon gegangen war, als sie erkannte, daß nicht nur ein Geschwader landete.

*Aber ihr seid doch eben erst aufgebrochen*, rief sie, als sie Mnementh erkannte.

*Für uns liegen zwei Stunden dazwischen*, erwiderte Mnementh völlig erschöpft.

Einige der Drachen taumelten mit hilflosen Ruderbewegungen in die Tiefe. Sofort ergriffen die Frauen saubere Tücher und Salbentöpfe und kümmerten sich um die Verletzten.

Lessa atmete auf, als sie die kräftigen Flügelschläge Mnemenths sah. Er schien also nicht verwundet zu sein. Sie half T'sum, dessen Munth einen häßlichen Brandfleck am Flügel hatte. Als sie wieder aufblickte, war Mnementh verschwunden.

Sie zwang sich, Munth fertigzubehandeln, bevor sie nach dem Bronzedrachen und seinem Reiter suchte. Schließlich entdeckte sie die beiden – und Kylara, die Salbe auf F'lars Schulter strich. Lessa trat verärgert näher, doch im gleichen Augenblick empfing sie Canths eindringlichen Hilferuf. Mnementh hob den Kopf.

»F'lar, Canth sagt, daß sie es allein nicht mehr schaffen«, rief Lessa. Sie bemerkte nicht mehr, daß Kylara sich zurückzog.

Der Bronzereiter war nicht schwer verwundet. Das stellte sie mit einem raschen Blick fest. Kylara hatte die Verbrennungen bereits behandelt. F'lar hielt einen Becher mit heißem *Klah* in den Händen.

»Ist alles in Ordnung«, fragte Lessa und hielt ihn zurück, als er zu Mnementh gehen wollte.

Er lächelte müde und drückte ihr den leeren Becher in die Hand. Dann schwang er sich auf den Bronzedrachen. Jemand reichte ihm zwei Säcke mit Feuerstein.

Wieder formierten sich die Geschwader. Sechzig Drachen stiegen zur Klippe auf und verschwanden im *Dazwischen*. Die Verwundeten blieben zurück.

So wenige Drachen. So wenige Reiter. Wie lange konnten sie das durchhalten?

Canth sagte, daß F'nor noch mehr Feuerstein benötigte.

Sie sah sich verzweifelt um. Die Jungreiter waren noch nicht von den Burgen zurückgekehrt. Ein Drache schrie in der Nähe, und sie wirbelte herum, aber es war nur Pridith, die von Kylara zur Futterstelle gebracht wurde. Alle anderen Tiere waren verletzt oder – ihr Blick fiel auf C'gan, der aus den Räumen der Jungreiter kam.

»C'gan, könnten Sie und Tagath noch mehr Feuerstein nach Keroon bringen? F'nor benötigt Nachschub.«

»Natürlich«, versicherte ihr der alte blaue Reiter. Stolz schwellte seine Brust, und seine Augen blitzten. Sie hatte nicht daran gedacht, ihn einzusetzen, aber schließlich war er sein Leben lang auf diesen Notfall vorbereitet worden. Und er brannte darauf, sich nützlich zu machen.

Lächelnd half sie ihm, die Feuersteinsäcke aufzuladen. Tagath schnaubte und warf den Kopf hoch, als sei er in der Blüte seiner Jahre. Sie übermittelte ihm die Erkennungspunkte, die Canth ihr gegeben hatte.

Dann verschwanden die beiden über dem Sternstein.

*Das ist nicht fair*, beschwerte sich Ramoth. *Ich muß als einzige hierbleiben.* Lessa sah, daß sie sich auf dem Landevorsprung sonnte.

»Möchtest du Feuerstein fressen und zu einem dieser albernen grünen Weibchen werden?« tadelte Lessa sie scharf.

Sie trat zu den Verwundeten. B'fols zierliches grünes Tier warf stöhnend den Kopf hin und her. Der eine Flügel war bis auf den Knorpel verbrannt. Es würde Woche dauern, bis der Schaden geheilt war. Zum Glück wies keiner der anderen Drachen ähnlich schwere Verletzungen auf. Lessa wandte rasch den Kopf ab, als sie das Leid in B'fols Augen sah.

Während sie die Runde machte, entdeckte sie, daß mehr Reiter als Drachen verwundet waren. Zwei Männer aus R'guls Geschwader hatten Kopfverletzungen davongetragen. Einer war von den ätzenden Fäden geblendet worden. Manora hatte ihm einen Betäubungstrank gereicht. Ein Reiter hatte den Arm verloren. Lessa wurde immer niedergedrückter. Wie viele Verwundete würden aus Keroon zurückkehren?

Von einhundertsiebenundzwanzig Drachen waren bereits fünfzehn ausgefallen. Dabei hatte der Rote Stern seine Annäherungsphase erst begonnen. Was sollte werden, wenn die Fäden in immer kürzeren Abständen fielen?

Ein Kreischen zerriß die Stille. Lessa riß den Kopf hoch. Über dem Sternstein war ein blauer Drache aufgetaucht.

*Ramoth!* rief Lessa instinktiv, ohne recht zu wissen, weshalb. Die Königin schwebte in der Luft, noch bevor der Schrei verklungen war. Denn der blaue Drache taumelte besorgniserregend. Einer seiner Flügel hing schlaff herab. Der Reiter war nach vorn gerutscht und umklammerte mit einer Hand den Nacken des Tieres.

Lessa betrachtete angstvoll das Schauspiel. Man hörte im Weyr nichts außer Ramoths kräftigem Flügelschlag. Die Drachenkönigin flog dicht unter das taumelnde Tier und stützte es mit einem Flügel.

Ein Schrei ging durch die Zuschauer. Der Reiter glitt vom Nacken des Blauen, fiel — und landete auf Ramoths breiten Schultern.

Der blaue Drache stürzte wie ein Stein in die Tiefe. Ramoth landete vorsichtig und senkte den Nacken bis zum Boden, damit die Weyrbewohner den Reiter von ihrem Rücken holen konnten.

Es war C'gan.

Lessa wurde übel, als sie sah, wie die Fäden das Gesicht des alten Harfners zugerichtet hatten. Sie barg seinen Kopf in ihrem Schoß. Manora hatte Tränen in den Augen. Sie fühlte nach dem Herzen des alten Mannes. Ihre Züge wurden besorgt, und sie schüttelte den Kopf. Dann strich sie mit entschlossenen Bewegungen eine schmerzstillende Salbe über die Verletzungen.

»Zu alt, um rechtzeitig ins *Dazwischen* auszuweichen«, murmelte C'gan und warf den Kopf von einer Seite auf die andere. »Zu alt. Aber ›Drachenreiter müssen streiten, wenn Silberfäden vom Himmel gleiten‹...« Die Stimme verließ ihn. Er schloß die Augen.

Lessa und Manora sahen einander schmerzerfüllt an. Ein furchtbares, ohrenbetäubendes Wimmern klang auf. Tagath hatte sich mit letzter Kraft in die Luft geworfen. Einen Augenblick später verschwand er im *Dazwischen*.

Ein dünnes Klagen, einsam wie das Wimmern des Windes, ertönte. Die Drachen erwiesen den Toten die letzte Ehre.

Langsam erhob sich Lessa. Sie winkte ein paar Frauen herbei und befahl ihnen, sich um den toten Drachenreiter zu kümmern.

Ein Opfer hatten die Fäden bereits gefordert. Wie viele würden nachfolgen?

Und dann sah Lessa zum Sternstein hinauf, wo Ramoth mit golden schimmernden Flügeln ihre Kreise zog. Sie durfte jetzt nicht den Mut verlieren. F'lar brauchte mehr denn je ihre Unterstützung.

Als sie auf Ruatha von der Rache geblendet gewesen war, hatte er ihr eine neue Aufgabe gestellt. Er hatte ihr die Verantwortung für den Weyr übertragen. Und nun wollte sie ihm helfen, die Verantwortung für ganz Pern zu übernehmen.

Lessa warf den Kopf hoch. Der alte C'gan hatte recht:

*Drachenreiter müssen streiten,*
*Wenn Silberfäden vom Himmel gleiten.*
*Seine starken Hände greifen*
*Lenkend in das Schicksalsrad.*

Wie F'lar vorhergesagt hatte, endete die erste Attacke gegen Mittag. Ramoth begrüßte mit lautem Trompeten die müden Reiter und ihre Tiere.

Lessa vergewisserte sich, daß F'lar keine zusätzlichen Verletzungen erlitten hatte, daß F'nor einen Brandverband bekam und daß Manora ihre Rivalin Kylara in der Küche beschäftigte. Dann kümmerte sie sich tatkräftig darum, daß Lager für die Verwundeten gerichtet wurden.

Als die Abenddämmerung hereinbrach, wirkte der Weyr friedlich. Aber es war ein unruhiger Frieden. Die Drachenreiter waren zu müde, um sich noch mit ernsten Problemen zu beschäftigen. Lessa hatte eine Liste der Verletzten aufgestellt. Achtundzwanzig Männer oder Drachen fielen für den nächsten Kampf aus. Tote hatte es außer C'gan nicht gegeben. Aber in Keroon waren vier weitere Kämpfer schwer verwundet worden.

Lessa durchquerte den Kessel. Sie hatte Angst davor, F'lar die schlechte Nachricht zu überbringen.

Der Weyrführer war nicht in ihrer gemeinsamen Schlafkammer. Ramoth schlief bereits. Auch im Beratungsraum hielt sich F'lar nicht auf. Verwirrt und ein wenig beunruhigt ging Lessa ins Archiv – und dort sah sie den Bronzereiter, über einen Stapel von moderigen Häuten gebeugt.

»Was suchst du hier?« fragte sie ärgerlich. »Du solltest längst schlafen.«

»Du auch«, entgegnete er lächelnd.

»Ich mußte Manora bei den Verwundeten helfen ...«

»Jeder hat seine Aufgaben.« Aber er lehnte sich zurück und rieb die steifen Muskeln.

»Ich konnte nicht schlafen«, gestand er. »Und so begann ich noch einmal in den Aufzeichnungen zu blättern. Vielleicht enthalten sie doch die Lösung.«

»Die Lösung wofür?« rief Lessa erschöpft. Als könnten die Schriften alle Probleme lösen!

F'lar winkte Lessa zu sich, und sie nahm auf der Wandbank Platz.

»Es geht um ein einziges Problem«, erklärte der Bronzereiter. »Wie können wir mit unseren wenigen Geschwadern einen Kampf bestreiten, der früher von sechs Weyrn ausgetragen wurde?«

Lessa spürte, wie eiskalt die Angst in ihr aufstieg.

»Oh, dein Zeitplan müßte dir dabei helfen«, sagte sie tapfer.

»Und wenn erst die vierzig Jungdrachen einsatzfähig sind ...«

F'lar zog die Augenbrauen hoch.

»Seien wir doch ehrlich zueinander, Lessa!«

»Aber es hat doch schon früher lange Intervalle gegeben«, sagte sie. »Pern überlebte sie und wird sie auch diesmal überleben.«

»Früher waren immer sechs Weyr zur Verteidigung da. Und etwa zwanzig Planetendrehungen, bevor der Rote Stern auftauchte, legten die Drachenköniginnen ungeheure Mengen Eier. Alle Königinnen, nicht nur eine Ramoth. Oh, wie ich Jora verfluche!« Er sprang auf und ging wütend im Zimmer hin und her. Das dunkle Haar fiel ihm in die Stirn.

Lessa schwankte zwischen ihrer eigenen lähmenden Furcht und dem Wunsch, ihn zu trösten.

»Anfangs warst du zuversichtlich ...«

Er wirbelte herum. »Da hatte ich noch keine Begegnung mit den Fäden. Ich rechnete nicht mit so vielen Verwundeten. Mit einer Handvoll von Leuten kann ich das Land nicht gleichzeitig von der Luft und vom Boden aus überwachen.« Er bemerkte ihren erstaunten Blick. »Nerat muß morgen Schritt für Schritt durchgekämmt werden. Es wäre größenwahnsinnig, anzunehmen, daß wir sämtliche Fäden im Fluge abgefangen haben.«

»Überlaß das den Baronen! Sie können sich nicht in ihren sicheren Burgen verkriechen und uns alle Arbeit überlassen. Wenn sie sich nicht so idiotisch benommen hätten ...«

Er unterbrach sie mit einer Handbewegung. »Sie bekommen genug zu tun, verlaß dich darauf!« versicherte er ihr. »Ich berufe gleich morgen eine Ratsversammlung ein, zu der alle Barone und Gildemeister geladen werden. Aber es handelt sich nicht nur darum, die Fäden zu markieren. Wie sollen wir sie ausrotten, sobald sie sich tief in den Boden gegraben haben? Der Flammenatem der Drachen dringt nicht weit genug.«

»Oh, daran hatte ich nicht gedacht. Aber die Feuergruben ...«

»... befinden sich auf den Höhen und in der Nähe menschlicher Siedlungen, aber nicht in Keroons Weidegebieten oder den Regenwäldern von Nerat.«

Lessa zuckte verlegen mit den Schultern. »Unterbewußt habe ich die Drachen wohl immer für allmächtig gehalten.«

»Es muß andere Methoden geben«, sagte F'lar verbissen. »Die Schriften deuten es an, aber sie machen zu ungenaue Aussagen.« Er setzte sich müde neben Lessa. »Keine fünfhundert Drachen hätten die Fäden vernichten können, die heute fielen. Und doch gelang es unseren Vorfahren, Pern von dieser Plage freizuhalten.«

»Pern, ja, aber nicht den Südkontinent. Er ging verloren.«

F'lar winkte verächtlich ab. »Seit mehr als tausend Planetendrehungen hat sich niemand mehr um den Südkontinent gekümmert.«

»Immerhin ist er auf den Karten verzeichnet«, widersprach Lessa.

F'lar zog die Stirn kraus und starrte die Aufzeichnungen an, die in hohen Stapeln auf dem Tisch lagen.

»Irgendwo da drinnen steckt die Lösung. Irgendwo.«

Seine Stimme klang verzweifelt.

»Bis jetzt haben uns meist deine *eigenen* Ideen weitergeholfen«, erklärte Lessa entschieden. »Du hast den Zeitplan ausgearbeitet, ohne den wir verloren wären ...«

Er lächelte schwach. »Ich weiß, du schätzt die Schriften nicht besonders.«

»Wir sind uns beide im klaren darüber, daß sie große Lücken aufweisen.«

»Gut, Lessa. Vergessen wir also die Schriften und überlegen wir gemeinsam, wie es weitergehen soll. Erstens, wir brauchen Drachen. Zweitens, wir brauchen die Drachen sofort. Drittens, wir brauchen eine wirksame Waffe gegen die Fäden, die sich bereits in den Boden eingegraben haben.«

»Viertens, wir brauchen Schlaf, sonst können wir die ersten drei Probleme nicht lösen«, ergänzte Lessa.

F'lar lachte und legte ihr den Arm um die Schultern.

»Ich weiß, woran du denkst!« Er strich ihr über das Haar. Lessa versuchte sich loszumachen, aber es gelang ihr nicht. Für einen verwundeten, müden Krieger war er bemerkenswert temperamentvoll. Kylara fiel ihr wieder ein. Eine Frechheit von dieser Schlampe, F'lars Wunden zu versorgen!

»Als Weyrherrin bin ich auch für das Wohl des Weyrführers verantwortlich.«

»Aber du hast dich stundenlang um ein paar blaue Reiter gekümmert und mich den ungeschickten Händen Kylaras überlassen.«

»Es sah nicht so aus, als hättest du etwas gegen sie einzuwenden.«

F'lar warf den Kopf zurück und lachte. »Soll ich Kylara schon jetzt nach Fort schicken?«

»Ach, schick sie ins *Dazwischen!*« fauchte Lessa.

F'lar versteifte sich. Seine Augen wurden groß. Dann sprang er auf. »Das ist eine glänzende Idee!«

»Was?«

»Wir schicken Kylara mit ihrer Königin und den Jungdrachen ins *Dazwischen* — in die Vergangenheit!« F'lar ging erregt auf und ab, während Lessa versuchte, seinen Gedankengängen zu folgen. »Nein, ich schicke doch besser einen der älteren Bronzereiter mit. Und F'nor ... F'nor soll die Führung übernehmen. Diskret natürlich ...«

»Ich verstehe gar nichts. Du möchtest Kylara in eine andere Zeit schicken? In welche denn? Und wohin?«

»Eine gute Frage.« F'lar glättete wieder die Karten. »Eine sehr gute Frage. Wohin können wir sie schicken, ohne daß es zu Komplikationen kommt? Sie dürfen nicht an zwei Orten gleichzeitig auftauchen.«

Lessas Blicke wurden von den Umrissen des vernachlässigten Südkontinents angezogen.

»Schick sie dorthin«, schlug sie vor. Sie deutete auf die Karte.

»Aber dort ist doch nichts!«

»Sie können Vorräte mitnehmen. Und Wasser gibt es sicher im Überfluß, da es von den Fäden nicht angegriffen wird. Wir beschaffen ihnen Futter für die Herden, Getreide ...«

F'lar runzelte nachdenklich die Stirn. Seine Niedergeschlagenheit war vergessen.

»Zehn Planetendrehungen müßten ausreichen. In zehn Planetendrehungen kann Pridith für genügend Nachwuchs sorgen. Vielleicht sind sogar ein paar Königinnen darunter.«

Dann schüttelte er zweifelnd den Kopf. »Nein, dort unten gibt es keinen Weyr und keine Brutstätte ...«

»Woher weißt du das?« unterbrach ihn Lessa scharf. Das Projekt erschien ihr zu verlockend. »Die Aufzeichnungen erwähnen den Südkontinent nicht, gewiß, aber sie lassen auch eine Menge anderer Dinge aus. Woher wissen wir, daß sich das Land während der letzten vierhundert Jahre nicht wieder vom Einfall der Fäden erholt hat? Es steht fest, daß die Fäden verkümmern, sobald sie keine organische Nahrung mehr bekommen.«

F'lar sah sie bewundernd an. »Warum stieß bisher noch niemand darauf?«

»Die meisten sind zu stur.« Sie deutete auf die Schriften. »Außerdem bestand bisher keine Notwendigkeit, sich damit zu befassen.«

F'lar grinste boshaft. »Was Eifersucht alles vermag!«

Lessa wirbelte herum. »Ich habe nur das Wohl des Weyrs im Auge.«

»Morgen schicke ich dich mit F'nor auf einen Erkundungsflug. Das ist nur fair, da die Idee von dir stammt.«

Sie sah ihn an. »Du kommst nicht mit?«

»Ich verlasse mich ganz auf dich, da ich dein besonderes Interesse an dem Projekt kenne.« Lachend drückte er sie an sich. »Ich muß den Baronen ins Gewissen reden, damit sie uns nicht im Stich lassen. Und ich hoffe, daß einer der Gildemeister mein drittes Problem lösen kann — die Beseitigung der eingenisteten Fäden.«

»Aber...«

»Die Reise wird Ramoth etwas Bewegung verschaffen.« Er hob Lessas Kinn. »Und du bist mein viertes Problem, Mädchen.« Als er sich jedoch zu ihr hinunterbeugte, um sie zu küssen, klangen hastige Schritte im Korridor auf. Widerwillig ließ er sie los.

»Zu dieser Stunde?« sagte er unwillig. »Wer ist da?«

»F'lar?« Es war F'nors Stimme.

Die Miene des Bronzereiters blieb düster. Nicht einmal sein Halbbruder hatte das Recht, ihn so spät zu stören. Lessas Herz klopfte schneller.

Aber im gleichen Augenblick, als der braune Reiter den Raum betrat, war F'lars Ärger verflogen. Er warf Lessa einen erstaunten und verwirrten Blick zu.

F'nor hatte sich irgendwie verändert. Und während er seine zusammenhanglose Botschaft stammelte, erkannte Lessa auch, was es war: Seine Haut hatte eine tiefe Bräunung angenommen. Er trug keinen Verband, und von der Brandwunde an der Wange war nicht das geringste zu sehen.

»F'lar, es läßt sich nicht machen! Man kann nicht an zwei Zeiten zugleich glauben!« rief F'nor. Er schwankte und lehnte sich an die Wand. Unter seinen Augen zeichneten sich dunkle Ringe ab. »Ich weiß nicht, wie lange wir das noch durchhalten. Wir leiden alle darunter.«

»Ich verstehe dich nicht.«

»Den Drachen macht es nichts aus«, versicherte F'nor mit einem bitteren Lachen. »Sie bewahren Vernunft. Aber die Reiter — das Weyrvolk —, wir sind nur noch Schatten, weil wir mit halbem Herzen hier weilen.« Sein Gesicht verzerrte sich. »Und Kylara! Sie hat nur einen Wunsch – hierherzukommen und sich zu betrachten! Die Ichbezogenheit dieser Frau bringt uns noch alle um den Verstand.«

Sein Blick wurde verschwommen, und er hielt sich krampfhaft fest. »Ich kann nicht bleiben. Ich bin bereits hier. Zu nahe. Das macht es doppelt schlimm. Aber ich mußte dich warnen. F'lar, ich verspreche dir, daß wir so lange wie möglich durchhalten werden, aber wir sind mit unseren Nerven am Ende.«

Bevor F'lar zu einer Bewegung fähig war, hatte sich der braune Reiter umgedreht und war hinausgestolpert.

»Aber er ist doch gar nicht fort«, keuchte Lessa. »Er ist noch nicht fort!«

TEIL IV

F'lar starrte seinem Halbbruder verwirrt nach.

»Was kann nur geschehen sein?« fragte Lessa den Weyrführer. »F'nor weiß doch noch gar nichts von unseren Plänen. Wir haben die Sache eben erst beschlossen.« Sie strich sich über die Wange. »Und seine Brandwunde – sie ist verschwunden. Fort. Also muß er einen längeren Zeitraum überbrückt haben.« Sie ließ sich auf die Bank sinken.

»Aber er ist zurückgekommen. Das bedeutet, daß er sich auf das Wagnis einließ«, meinte F'lar nachdenklich. »Und wir wissen bereits jetzt, daß es nicht ganz so erfolgreich verlaufen ist, wie wir es uns vorstellten. Dennoch haben wir F'nor in die Vergangenheit geschickt.« Er machte eine Pause. »Wir haben also gar keine andere Wahl, als das Experiment fortzusetzen.«

»Was könnte nur schiefgegangen sein?«

»Ich glaube, ich weiß es, aber es gibt kein Heilmittel dagegen.«

Er setzte sich neben sie und sah ihr in die Augen. »Lessa, als du von deinem ersten Zeitsprung zurückkamst, warst du außergewöhnlich erregt. Ich bin jetzt nicht mehr der Meinung, daß es sich um einen Schock handelte, der durch deine Schuldgefühle ausgelöst wurde. Ich glaube, es hat damit zu tun, daß man zugleich in zwei verschiedenen Zeiten ist.«

Lessa sah ihn ehrfürchtig an.

»Ich stelle es mir entnervend vor, ein jüngeres Ich betrachten zu müssen«, fuhr F'lar fort.

»Das hat F'nor gemeint, als er von Kylara sprach« rief Lessa. »Wahrscheinlich hat sie nichts anderes im Sinn, als zum Weyr zurückzukehren und sich als Kind zu beobachten. Oh, dieses Mädchen!« Ihre Stimme klang erbittert. »Sie wird mit ihrem Egoismus alles ruinieren!«

»Noch nicht«, erinnerte F'lar sie. »F'nor berichtete zwar, daß die Lage sich verschlechtert habe, aber er erzählte nicht, was alles erreicht wurde. F'nors Wunde war völlig verheilt – also hat er sich doch ein oder zwei Planetendrehungen in der Vergangenheit aufgehalten. Selbst wenn Pridith nur ein einzigesmal Eier gelegt hat — oder selbst wenn nur die vierzig Jungen von Ramoth herangereift sind — haben wir eine Menge gewonnen.« Er richtete sich auf. »Deshalb, Weyrherrin, dürfen wir F'nors Rückkehr nicht beachten. Erwähne die Angelegenheit mit keinem Wort, wenn du morgen zum Südkontinent fliegst. Verstehst du mich?«

Lessa nickte ernst und stieß dann einen kleinen Seufzer aus. »Ich weiß nicht recht, ob ich mich darüber freuen soll, daß der Südkontinent nun doch einen Weyr ernähren kann.«

»So oder so — unsere Probleme bleiben«, erwiderte F'lar.

»Bis auf Nummer Vier«, meinte Lessa lächelnd.

> *Weber, Bergmann, Harfner, Schmied,*
> *Gerber, Bauer und Baron,*
> *Eilt herbei im Sturmesschritt,*
> *Wenn die Silberfäden droh'n.*

Sie verrieten sich nicht, als sie das Problem am nächsten Morgen dem braunen Reiter vortrugen.

»Ich bin gern einverstanden, wenn du T'bor mitschickst«, meinte er. »Allein werde ich mit Kylara nicht fertig. T'bor und sie — nun ja, die beiden kennen sich gut, man könnte sie fast als Paar bezeichnen...«

Lessa wußte, daß er sich deutlicher ausgedrückt hätte, wenn sie nicht im Raum gewesen wäre. Kylara konnte es nicht ertragen, wenn ein Mann sie links liegen ließ, und da F'nor ihre Aufmerksamkeiten bisher abgewehrt hatte, setzte sie alles daran, die Festung zu stürmen.

»Ich hoffe, daß zwei Bronzedrachen reichen«, meinte F'lar lachend. »Pridith kann zwischen den Tieren von N'ton und T'bor wählen, wenn sie zum Paarungsflug aufsteigt.«

»Ach, hör zu grinsen auf!« fauchte F'nor und wirbelte wütend herum. »Denk lieber darüber nach, was du den Baronen sagen willst. Kommen Sie, Lessa, wir müssen nach Süden aufbrechen!«

Lessa verbiß sich mühsam das Lachen, warf ihren pelzgefütterten Reitumhang über die Schultern und folgte ihm.

Während F'lar zum Beratungsraum ging, überlegte er, ob er den Baronen und Gildemeistern von diesem Abenteuer zum

Südkontinent berichten sollte oder nicht. Kaum jemand wußte von der Fähigkeit der Drachen, die Zeit zu überbrücken. Wenn F'lar sicher sein konnte, daß das Unternehmen Erfolg brachte – nun, es würde der Versammlung ein wenig Optimismus geben.

Ach was! Vielleicht genügte es, wenn er ihnen die Karten zeigte.

Die Besucher versammelten sich rasch. Nicht alle konnten ihr Entsetzen über den Einfall der Fäden verbergen. Mit einemmal war der Rote Stern zur Drohung für ganz Pern geworden. F'lar warf einen Blick auf die Gesichter und wünschte sich einen Moment lang selbst auf den Südkontinent. Seufzend beugte er sich über die Karten.

Nach einer kurzen Wartezeit fehlten nur noch Meron von Nabol (den F'lar am liebsten ausgeschlossen hätte) und Lytol von Ruatha. F'lar hatte zuletzt nach Lytol geschickt, da er nicht wollte, daß der Mann mit Lessa zusammentraf. Sie hing immer noch an Ruatha und gönnte Gemmas Sohn das Erbe nicht. Zudem war Lytol ein ehemaliger Drachenreiter, und die Rückkehr in den Weyr fiel ihm vermutlich sehr schwer. Aber der Verwalter von Ruatha war neben dem jungen Larad von Telgar der wertvollste Verbündete des Weyrs.

S'lel trat ein, dicht gefolgt von Meron. Der Baron war wütend über die Einberufung; man sah es an seiner Miene, in seinen Augen, an seinem Gang. Aber er verriet auch versteckte Neugier. Meron nickte Larad kurz zu und setzte sich auf den freien Platz neben ihm. F'lar bedachte er mit einem haßerfüllten Blick.

Der Weyrführer erwiderte S'lels Salut und winkte dem Bronzereiter, Platz zu nehmen. Die Sitzordnung war sorgfältig geplant. Die Drachenreiter verteilten sich unauffällig zwischen den Baronen und Gildemeistern. Der große Beratungsraum war zum erstenmal seit Planetendrehungen gefüllt.

Das Flüstern der Menge verstummte plötzlich. F'lar sah auf. An der Schwelle stand der untersetzte, düstere Lytol. Er hob die Hand langsam zum Salut.

Seine Blicke streiften schmerzerfüllt den Raum. Er nickte den Mitgliedern seines früheren Geschwaders zu, begrüßte Larad und setzte sich neben Zurg, den Webermeister seiner Burg.

F'lar erhob sich.

»Ich freue mich, daß ihr meinem Ruf gefolgt seid, Barone

und Gildemeister. Wieder einmal fallen die Fäden. Den ersten Angriff konnten wir abwehren. Baron Vincet —« der Burgherr von Nerat sah beunruhigt auf — »wir haben eine Patrouille zu den Regenwäldern geschickt, die sich vergewissern soll, daß keine Fäden in den Boden eindringen.«

Vincet schluckte nervös. Er dachte an sein fruchtbares Land und den Schaden, den die Silberfäden anrichten konnten.

»Dazu benötigen wir Ihre besten Dschungelleute. Sie müssen uns helfen ...«

»Helfen? Aber Sie sagten doch — der Angriff sei abgewehrt worden ...«

»Wir dürfen nicht das geringste Risiko eingehen«, erwiderte F'lar. Er tat, als sei die Patrouille eine Vorsichts- und nicht eine Notmaßnahme.

Vincet schluckte wieder und sah sich im Raum um. Die anderen wichen seinem Blick aus.

»Auch nach Keroon und Igen werden Patrouillen kommen.« F'lar sah erst Baron Corman und dann Baron Banger an. Beide nickten ernst. »Ich kann zu Ihrer Beruhigung sagen, daß während der nächsten drei Tage und vier Stunden kein neuer Angriff stattfinden wird.« F'lar deutete auf seine Karten. »Danach werden die Fäden etwa hier in Telgar fallen und nach Westen durch das Berggebiet von Crom ziehen. Wahrscheinlich erreichen sie auch noch Ruatha und das Südende von Nabol.«

»Woher wissen Sie das so genau?« fragte Meron von Nabol verächtlich.

»Die Fäden senken sich nicht willkürlich, Baron«, erwiderte F'lar. »Man kann ihren Weg vorherberechnen. Jeder Einfall dauert genau sechs Stunden. Die Abstände zwischen den Attacken werden sich im Laufe der nächsten zwei Planetendrehungen noch verringern, bis der Rote Stern die kürzeste Entfernung zu Pern erreicht hat. Danach fallen die Fäden vierzig Jahre lang in Intervallen von vierzehn Stunden, bis der Rote Stern sich wieder abwendet und weiterzieht.«

»Das sagen *Sie*«, höhnte Meron. Zustimmendes Gemurmel begleitete seine Worte.

»Das sagen die Lehrballaden«, warf Larad mit fester Stimme ein.

Meron sah den Herrn von Telgar wütend an und fuhr fort:

»Hatten Sie nicht auch prophezeit, daß die Fäden gleich nach der Wintersonnenwende niedergehen würden?«

»Sie sind niedergegangen«, unterbrach F'lar ihn. »In den Nordgebieten – als schwarzer Staub. Wir können dem Geschick danken, daß wir diesmal einen außergewöhnlich langen und kalten Winter hatten.«

»Staub?« warf Nessel von Crom ein. »Der Staub rührt von den Fäden her?« Der Mann war ein Blutsverwandter von Fax und stand unter Merons Einfluß; er hatte nie im Leben etwas anderes als Ränkespiele kennengelernt. »Über meiner Burg stehen immer noch die dunklen Wolken. Sind sie gefährlich?«

F'lar schüttelte energisch den Kopf. »Wie lange weht der Staub schon? Seit Wochen, nicht wahr? Hat er irgendwelchen Schaden angerichtet?«

Nessel verneinte.

»Eine Frage, Weyrführer«, sagte Larad liebenswürdig. »Geben Ihre Karten Auskunft darüber, wie oft wir mit einem Einfall der Fäden auf unseren Gütern rechnen müssen?«

»Ja. Und Sie können sicher sein, daß die Drachenreiter kurz vor dem Angriff auftauchen werden«, entgegnete F'lar. »Allerdings benötigen wir Ihre Mithilfe. Aus diesem Grunde habe ich Sie hierhergerufen.«

»Einen Augenblick«, unterbrach ihn Corman von Keroon. »Ich verlange eine Abschrift dieser Karten. Und ich möchte wissen, was diese Streifen und Wellenlinien eigentlich bedeuten. Ich ...«

»Selbstverständlich erhalten Sie den Zeitplan. Harfner Robinton –« er nickte dem Gildemeister freundlich zu – »wird die Schreiber überwachen und dafür sorgen, daß alle Burgherren die Symbole verstehen.«

Robinton, ein großer, hagerer Mann mit zerfurchtem Gesicht, verbeugte sich tief. Ein Lächeln glitt über seine Lippen, als er die verzagten Blicke der Barone auf sich gerichtet sah. Man spottete seit langem über sein Amt, und er hatte im Laufe der Planetendrehungen viele Demütigungen hinnehmen müssen. Nun war sein Ansehen mit einem Male wieder gestiegen. Robinton besaß einen regen Geist und ein scharfes Auge für das Lächerliche. Das plötzliche Umschwenken der Barone mußte seinen Gerechtigkeitssinn befriedigen. Aber er kostete seinen Triumph nicht aus, sondern sagte lediglich: »So soll es geschehen.«

Meron wollte wieder das Wort ergreifen, aber Larad kam ihm zuvor. »Wir erhalten also den Zeitplan«, sagte er, »und die Drachenreiter werden uns beistehen, sobald die Fäden fallen. Worin bestehen nun die zusätzlichen Schutzmaßnahmen? Und weshalb sind sie nötig?«

Wieder richteten sich alle Blicke auf F'lar.

»Weil diesmal ein Weyr die Arbeit verrichten muß, in die sich früher sechs teilten. Gewiß, Ramoth hat uns mit vierzig Jungdrachen versorgt. Sie wachsen rasch und gedeihen gut. Und solange die Fäden noch in größeren Abständen fallen, reicht der Schutz des Weyrs aus.« Er machte eine kleine Pause. »Traditionsgemäß kümmern sich die Barone nur um ihre Burgen, die ausreichend durch Feuergruben und Felsen geschützt sind. Aber es ist Frühling, und ihr habt die Hänge eurer Burganlagen verwildern lassen. Auf den Feldern geht die junge Saat auf. Riesige Gebiete müssen überwacht werden. Dazu ist ein einziger Weyr auf die Dauer nicht in der Lage.«

Bei diesem freimütigen Geständnis begannen die Barone erregt zu diskutieren.

»Ramoth wird bald wieder zum Paarungsflug aufsteigen«, fuhr F'lar gelassen fort. »Sie ist eine gute Königin, aber sie kann die Fehler der Vergangenheit nicht aus der Welt schaffen. Jora war alt und krank und Nemorth widerspenstig ...«

»Ihr Drachenreiter mit eurem Hochmut werdet ganz Pern zugrunde richten!« schrie Meron.

Robinton hatte sich hoch aufgerichtet. »Schreibt euch die Schuld selbst zu!« rief er mit dröhnender Stimme über den Lärm hinweg. »Ihr habt den Drachenreitern weniger Achtung gezollt als eurem Wachwher! Aber nun lauert Gefahr auf euren Höhen, und ihr schreit Zeter und Mordio, weil der Weyr vernachlässigt ist! Ihr selbst wolltet ihn abschaffen, immer wieder, und warum? Weil die Drachenreiter euch warnten! Weil sie versuchten, euch auf die Gefahr vorzubereiten! Weil sie dafür sorgten, daß die Drachen nicht ausstarben! Wie viele von euch haben Dankbarkeit gegenüber dem Weyrvolk gezeigt?« Sein Tonfall wurde schneidend. »Seit ich Gildemeister bin, haben mir meine Harfner immer wieder berichtet, daß sie Spott und Schläge ertragen mußten, wenn sie die alten Lieder sangen, wie es ihre Pflicht ist. Ihr verdient es nicht anders! Bangt um eure Burgen! Zittert um eure Ernte, noch bevor die erste Saat aus dem Boden bricht!«

Raid, der drahtige Burgherr von Benden, hob energisch den Kopf. »Bitra, Lemos und Benden haben immer ihre Pflicht dem Weyr gegenüber erfüllt!«

»Ja, das ist wahr. Von all den Burgen habt nur ihr den Drachenreitern die Treue gehalten. Aber ihr anderen —« er betonte jedes einzelne Wort — »ihr habt den Weyr verachtet. Ich hörte von eurer Verschwörung gegen die Drachenreiter, als ihr noch in Flüstertönen darüber spracht! Was wäre geschehen, wenn ihr den Weyr besiegt hättet?«

Er stemmte die Hände in die Hüften und sah sich im Kreise um. F'lar verstand nun, weshalb der Mann Gildemeister der Harfner war.

»Und nun, im Augenblick höchster Gefahr, wagt ihr es auch noch, die Maßnahmen der Drachenreiter anzuzweifeln?« Verachtung klang in der Stimme des Harfners mit. »Tut, was der Weyrführer euch befiehlt, und erspart ihm euer kleinliches Gezänke!«

Er wandte sich an F'lar und fuhr ruhig fort: »Sie verlangten unsere Mithilfe, Weyrführer. In welcher Hinsicht?«

F'lar räusperte sich hastig.

»Die Burgen sollen Suchtrupps zusammenstellen, die während oder zumindest nach den Angriffen alle betroffenen Gebiete durchkämmen. Dabei müssen sämtliche Fäden, die sich in den Erdboden gegraben haben, markiert und vernichtet werden. Je früher man sie entdeckt, desto leichter ist es, sie zu beseitigen.«

»Wir haben nicht genug Zeit, um auf den Ländereien Feuergruben anzulegen«, widersprach Nessel. »Und wir verlieren dabei zuviel fruchtbaren Boden ...«

»In alten Zeiten gab es andere Mittel, um die Fäden zu zerstören.«

Fandarel, der Gildemeister der Schmiede, hatte sich erhoben. Er überragte alle Anwesenden um Haupteslänge. Seine Stimme klang rauh und kehlig. »Mein Vater, von dem ich das Handwerk übernahm, erzählte mir von altem Werkzeug, das einst zur Ausrottung der Fäden gedient hatte. Vielleicht gibt es Skizzen davon im Archiv — vielleicht auch nicht. Diese Dinge halten sich nicht lange auf den Häuten.« Er warf dem Gerbermeister einen düsteren Blick zu.

»Es geht im Augenblick um unsere eigenen Häute«,

warf F'lar rasch ein, um einen Streit zwischen den Gilden zu vermeiden.

Fandarel lachte dröhnend. Dann fuhr er fort: »Ich werde der Sache nachgehen. Bestimmt ist es nicht leicht, die Fäden zu vernichten, ohne den Boden zu zerstören. Gewiß, es gibt Flüssigkeiten mit zersetzender Wirkung. Ich denke vor allem an eine Säure, mit der wir Ornamente in Dolche und Schwerter ätzen. Wir Schmiede nennen sie Salpeter. Dann sind da die schwarzen Tümpel von Igen und Boll. Sie enthalten ein schweres Wasser, das heiß und sehr lange brennt ...« Der Schmied kratzte sich nachdenklich am Kopf.

Der Gildemeister der Farmer meldete sich zu Wort.

»Vor langer Zeit stieß ich in den Aufzeichnungen auf einen Hinweis, daß die Sandwürmer von Igen zum Schutze ...«

»Igen hat noch nie etwas Nützliches hervorgebracht«, spöttelte jemand.

»Wir brauchen jeden Vorschlag«, entgegnete F'lar scharf. »Bitte, suchen Sie nach dem Hinweis, Gildemeister. Baron Banger, Sie besorgen mir ein paar Sandwürmer!«

Banger von Igen nickte heftig. Er schien ebenfalls überrascht, daß er etwas Brauchbares beisteuern konnte.

»Solange wir keine besseren Methoden gefunden haben, müssen die Suchtrupps mit Feuerstein arbeiten. Sie alle wissen, wie schnell die Fäden sich vermehren können! Seien Sie gewissenhaft. Sie selbst haben am meisten zu verlieren. Verlassen Sie sich nicht auf die anderen. Trommeln Sie alle verfügbaren Kräfte der Burgen zusammen – und zwar schon jetzt!«

Angespanntes Schweigen herrschte im Versammlungsraum. Schließlich erhob sich Zurg, der Webermeister.

»Auch mein Handwerk hat etwas zu bieten. Früher einmal hing in Ruatha ein alter Gobelin – ich weiß nicht, wohin er gekommen ist ...« Seine Blicke fielen auf Meron von Nabol und dann auf Bargen vom Hochland, der das Erbe von Fax angetreten hatte. »Die Arbeit war so alt wie Pern selbst und zeigte unter anderem einen Mann, der ein sonderbares Gerät auf dem Rücken trug. In der Hand hielt er ein Rohr von der Länge eines Schwertes, aus dem Flammen züngelten – in herrlichen Rottönen, die wir nicht mehr herstellen können. Bronzedrachen schwebten über ihm – oh, diese Bronzefarben!«

»Ein Flammenwerfer?« meinte der Schmied nachdenklich.

»Ein Flammenwerfer.« Seine buschigen Brauen bogen sich zusammen. »Darüber muß ich nachdenken.« Er senkte den Kopf und beteiligte sich nicht mehr an der Diskussion.

»Ja, Zurg, im Laufe der Planetendrehungen gingen viele der alten Künste verloren«, sagte F'lar düster. »Es ist lebenswichtig, daß wir sie wiedererwecken.« Er warf einen bedeutungsvollen Blick auf die Barone, die sich das Erbe von Fax geteilt hatten. »Ich hoffe, der Gobelin, von dem Meister Zurg sprach, taucht bald in Ruatha auf.«

Die Barone rutschten verlegen auf ihren Plätzen hin und her, aber niemand bekannte sich als Besitzer des kostbaren alten Wandbehangs. »Er gehört ohnehin Jaxom, dem Sohn von Fax, der nun auf Ruatha herrscht.«

Lytol nickte heftig.

Robinton meldete sich wieder zu Wort. »Ich schlage vor, daß alle Gildemeister die alten Schriften studieren, die sich zweifellos in ihrem Besitz befinden.« Er lächelte plötzlich verlegen. »Und wir Harfner werden wieder die Sagas und Lehrballaden hervorkramen, die wir vermodern ließen, weil man uns verbot, sie zu singen.«

F'lar blieb nur mühsam ernst. Der Mann war ein Genie.

»Ich muß diesen Gobelin sehen!« stieß Fandarel plötzlich hervor.

»Er wird in Kürze wieder auf Ruatha sein«, sagte F'lar mit einer Zuversicht, die er nicht fühlte. »Barone, Gildemeister, ihr wißt nun, was uns erwartet. Ich verlasse mich auf eure Mithilfe. In drei Tagen werden die Drachenreiter nach Telgar, Crom, Ruatha und Nabol kommen, um die Fäden zu bekämpfen. Der Gildemeister der Bergleute kann euch beraten, wenn ihr Schwierigkeiten beim Ausheben neuer Feuergruben habt.«

Der Angesprochene erhob sich kurz und verbeugte sich. »Ich stehe gern zu Diensten.«

Im gleichen Moment erspähte F'lar seinen Halbbruder, der im Schatten des Korridors stand. Der braune Reiter strahlte, und man sah ihm an, daß er gute Nachrichten brachte. F'lar gab ihm durch einen Wink zu verstehen, daß er in der Schlafkammer warten solle.

»Und nun will ich euch nicht länger aufhalten«, sagte F'lar zu den Baronen und Gildemeistern. »Ab sofort steht jeder Burg ein Jungdrache für Botendienste zur Verfügung. Lebt wohl!«

Er verließ den Beratungsraum und eilte in die Felskammer der Drachenkönigin. F'nor stand im Schlafgemach und schenkte sich einen Becher Wein ein. Jetzt erst erkannte F'lar, daß sein Bruder tiefgebräunt war.

»Erfolg!« rief F'nor, als der Weyrführer eintrat. »Aber ich werde nie begreifen, weshalb du genau zweiunddreißig Kandidaten geschickt hast. Ich dachte schon, du wolltest unsere Pridith beleidigen. Aber zweiunddreißig Eier hat sie in vier Tagen gelegt — keines mehr und keines weniger.«

F'lar gratulierte ihm erleichtert. Ganz umsonst war das Wagnis also nicht gewesen. Nun mußte er nur noch herausfinden, wieviel Zeit bis zu F'nors zweitem, verzweifelten Besuch verstrichen war. Denn im Augenblick schien der braune Reiter nicht die geringsten Sorgen zu haben.

»Kein Königinnenei?« fragte F'lar hoffnungsvoll.

F'nors Miene verdüsterte sich. »Nein — und ich hatte so fest damit gerechnet. Aber vierzehn Bronzedrachen! Darin hat Pridith Ramoth übertroffen.« Stolz schwang in seiner Stimme mit.

»Allerdings. Wie geht es sonst im Weyr?«

F'nor zuckte mit den Schultern. »Kylara ... nun, sie ist ein Problem. Macht ständig Schwierigkeiten. T'bor bekommt ihre ganze Launenhaftigkeit zu spüren, und er ist so empfindlich geworden, daß ihm alle aus dem Weg gehen.« Doch dann strahlte er wieder. »Der junge N'ton entwickelt sich zu einem prachtvollen Geschwaderführer. Vielleicht besiegt sein Bronzedrache T'bors Orth, wenn Pridith zum zweiten Paarungsflug aufsteigt. Nicht, daß ich N'ton Kylara wünsche ...«

»Keine Versorgungsschwierigkeiten?«

F'nor winkte ab. »Wenn du nicht darauf bestanden hättest, daß wir keine Verbindung miteinander aufnehmen, hätte ich dir das schönste Obst und Gemüse in den Norden geschickt. Wir speisen wie echte Drachenreiter, F'lar! Vielleicht besinnst du dich doch noch ...«

»Alles zu seiner Zeit. Geh jetzt zurück. Du weißt, daß du deine Besuche nicht allzusehr ausdehnen darfst.«

F'nor schnitt eine Grimasse. »Oh, das ist nicht so schlimm. Im Augenblick scheine ich mich nicht im Weyr zu befinden.«

»Allerdings.« F'lar nickte. »Aber sei vorsichtig!«

»Wie? Ja natürlich, du hast recht. Ich vergesse, daß für euch die Zeit schneller vergeht als für uns. Aber wenn Pridith zum zweitenmal legt, komme ich wieder.«

Mit einem fröhlichen Abschiedsgruß verließ F'nor die Kammer. F'lar sah ihm nach, während er langsam zurück zum Beratungsraum ging. Zweiunddreißig Jungdrachen, davon vierzehn Bronzemännchen – das schien das Risiko aufzuwiegen. Oder nahm die Gefahr im Laufe der Zeit zu?

Jemand räusperte sich. F'lar zuckte zusammen. Im Eingang zum Beratungsraum stand Robinton.

»Bevor ich Abschriften von diesen Karten anfertigen kann, Weyrführer, muß ich sie selbst verstehen. Aus diesem Grunde blieb ich zurück.«

»Sie sind ein tüchtiger Mitkämpfer, Harfner!«

»Es geht um eine edle Sache, Weyrführer.« Doch dann leuchteten die Augen des Meisterharfners boshaft auf. »Ich habe mir mein Leben lang gewünscht, vor diesen Baronen sprechen zu können.«

»Darf ich Ihnen einen Becher Wein anbieten?«

»Die Trauben von Benden sind berühmt.«

»Wenn man das zarte Bukett zu schätzen weiß.«

F'lar überlegte, was den Mann im Weyr zurückgehalten hatte. Es ging ihm bestimmt nicht um die Karten. Als habe er die Gedanken des Weyrführers erraten, begann der Harfner:

»Mir geht eine Ballade im Kopf herum, die ich aussonderte, als ich Gildemeister wurde. Ich verstand ihren Sinn nicht.« Er nahm einen Schluck von dem Wein. »Es ist ein düsterer Gesang, von den Worten und der Melodie her. Als Harfner entwickelt man allmählich ein Gefühl dafür, welche Lieder man vortragen kann – oder darf – und welche nicht.« Er zuckte mit den Schultern. »Mir fiel auf, daß die Ballade Sänger und Zuhörer gleichermaßen quälte, und legte sie daher beiseite. Doch nun ist es wohl an der Zeit, sie neu zu durchleuchten.«

Seit dem Tode von C'gan hing sein Instrument im Beratungsraum. Man hatte noch keinen Nachfolger für den alten Harfner gefunden. Nun strich Robinton mit leichten Fingern über die abgenützten Saiten. Er nickte zufrieden, als er die fein abgestimmten Klänge hörte.

Doch dann schlug er eine so grelle Dissonanz an, daß F'lar zusammenzuckte und ihn verwundert ansah. Er wiederholte den

Ton. Eine dumpfe, unheimliche Melodie schloß sich an. F'lar lief eine Gänsehaut über den Rücken.

»Ich sagte Ihnen, daß es sich um einen düsteren Gesang handelt. Aber vielleicht gelingt es Ihnen, das Rätsel zu lösen. Ich habe es immer wieder versucht, doch der Sinn der Worte blieb dunkel.«

Er räusperte sich und begann zu singen:

> *Warum steh'n die Weyr leer?*
> *Warum kreist kein Drache mehr?*
> *Warum nur, warum?*
> *Sind sie vorausgeeilt, fort,*
> *an einen fremden Ort,*
> *in eine andere Welt,*
> *die neue Gefahren enthält?*
> *Warum wimmert hohl der Wind*
> *In Sälen, die keine mehr sind,*
> *Warum nur, warum?*

Der letzte Ton hallte klagend nach.

»Sie müssen wissen, daß die Ballade zum erstenmal vor etwa vierhundert Planetendrehungen aufgezeichnet wurde«, meinte Robinton leichthin. »Damals zog der Rote Stern gerade fort von Pern. Das Volk hatte Grund genug, sich um die plötzlich verwaisten Weyr Sorge zu machen. Oh, damals gab es sicher eine ganze Reihe von Erklärungen für das Verschwinden der Drachenreiter, aber keine einzige wurde überliefert.« Robinton machte eine nachdenkliche Pause.

»Auch ich habe nichts in den Schriften gefunden«, erwiderte F'lar. »Ich ließ sogar die Archive der übrigen Weyr hierherschaffen, um meinen Zeitplan möglichst genau aufstellen zu können. Aber die Aufzeichnungen enden einfach so —« F'lar hieb mit der Handkante auf den Tisch. »Nur in Benden wurden sie weitergeführt, aber sie weisen mit keinem Wort darauf hin, was geschehen sein könnte. Keine Krankheit, keine Naturkatastrophe — nichts. Die Eintragungen beschäftigen sich nur mit Benden. Ein einzigesmal, kurz bevor die Mitteilungen von den übrigen Weyrn aufhören, wird erwähnt, daß auf ganz Pern die Drachenreiter zu Patrouillenflügen aufbrachen. Aber das ist alles.«

»Merkwürdig.« Robinton schüttelte den Kopf. »Vielleicht wollten die Drachenreiter das geplagte und verarmte Volk entlasten und gingen ins *Dazwischen*, als die Gefahr des Roten Sterns vorbei war. Aber an einen solchen Massenselbstmord kann ich nicht glauben. Es muß eine andere Erklärung geben.«

Der Harfner sah wehmütig in seinen leeren Becher, und F'lar schenkte nach.

Als Robinton getrunken hatte, meinte er vorsichtig: »Sie haben den Baronen nicht die ganze Wahrheit gesagt. Wenn Sie die Unterstützung meiner Gilde benötigen —« er zupfte ein paar Marschklänge an — »so werde ich alles tun, was in meinen Kräften steht.«

F'lar schüttelte den Kopf. »Fünfhundert Drachen kann auch die tapferste Gilde nicht ersetzen.«

»So schlimm steht es also?«

»Ja.«

»Die Flammenwerfer, an die sich der alte Zurg erinnerte — könnten sie den Ausschlag geben?«

F'lar betrachtete nachdenklich den klugen Harfner und kam dann zu einer raschen Entscheidung.

»Selbst die Sandwürmer von Igen sind eine Hilfe. Aber je näher der Rote Stern rückt, desto kürzer werden die Zeiträume zwischen den Angriffen, und wir haben nur zweiundsiebzig junge Drachen.«

»Zweiundsiebzig?« unterbrach ihn Robinton scharf. »Ramoth hat vierzig Eier gelegt, und die Tiere, die ausschlüpften, sind noch zu jung, um Feuerstein zu fressen.«

F'lar berichtete von F'nors und Lessas Expedition, die in diesem Augenblick stattfand. Er schilderte auch F'nors zweimalige Rückkehr und die Warnung, die er ausgesprochen hatte.

»Wie kann F'nor bereits zurückgekehrt sein, wenn Sie noch keine Ahnung haben, ob er und Lessa auf dem Südkontinent eine geeignete Brutstätte vorfanden?« warf Robinton ein.

»Die Drachen besitzen die Fähigkeit, die Zeit ebenso zu überwinden wie den Raum.«

Die Augen des Harfners weiteten sich.

»Auf diese Weise konnten wir gestern den Angriff auf Nerat abfangen. Wir sprangen um zwei Stunden zurück und vernichteten die Fäden, noch während sie fielen.«

»Gibt es eine Grenze für diese Sprünge?«

»Ich weiß nicht. Als ich Lessa beibrachte, Ramoth zu fliegen, kehrte sie versehentlich nach Ruatha zurück — zu einem Tag, der dreizehn Planetendrehungen in der Vergangenheit lag. Ich selbst habe einen Sprung von zehn Planetendrehungen gewagt. Den Drachen bereitet das nicht die geringsten Schwierigkeiten, aber für die Reiter ist es eine ungeheure Belastung. Als wir gestern von Nerat kamen, hatte ich fast nicht mehr die Kraft, nach Keroon weiterzufliegen.« F'lar schüttelte den Kopf. »Offensichtlich gelang es uns, Kylara, Pridith und die anderen zehn Planetendrehungen zurückzuschicken. Aber je weiter die Zeit fortschreitet, desto unglücklicher scheinen sie zu werden. Immerhin — zweiundsiebzig erwachsene Drachen sind der Lohn dafür.«

»Schicken Sie einen Reiter in die Zukunft«, schlug Robinton vor. »Damit ersparen Sie sich viele Grübeleien.«

»Das ist unmöglich. Jeder Drache benötigt bestimmte Erkennungspunkte. Wie soll man ihm eine Zeit beschreiben, die noch nicht eingetreten ist?«

»Sie besitzen Fantasie!«

»Aber ich kann es mir nicht leisten, auch nur einen Drachen zu verlieren. Nein, es muß alles zu Ende geführt werden, wie es begonnen wurde. Sehen wir uns den Zeitplan an!«

Es wurde Nachmittag, bis der Meisterharfner sich von F'lar verabschiedete.

> *Über das weite, einsame Meer,*
> *Die kraftvollen Schwingen ausgespannt,*
> *Kommen zwei Drachen vom Norden her,*
> *Erreichen das totgesagte Land.*

Die ersten Barone strebten dem Weyr zu, als Ramoth und Canth mit ihren Reitern zum Sternstein aufstiegen.

F'nor und Lessa hatten beschlossen, zuerst in die Vergangenheit des Weyrs zurückzukehren und von da aus einen Punkt vor der Küste des vernachlässigten Südkontinents anzusteuern.

Der braune Reiter zeichnete seinem Drachen den Weyr, wie er vor zehn Planetendrehungen ausgesehen hatte, und Canth gab die Bezugspunkte an Ramoth weiter. Die entsetzliche Kälte des *Dazwischen* nahm Lessa den Atem. Einen Moment lang sah sie unter sich den Weyr, und dann trug Ramoth sie zum Südkontinent. Sie schwebten über der aufgewühlten See.

Der Himmel war bedeckt, und ein Stück vor ihnen tauchte purpurn der Uferstreifen des Südkontinents auf. Angst stieg in Lessa hoch. Die Drachenkönigin flog mit kraftvollen Flügelschlägen auf das ferne Land zu. Canth versuchte tapfer, auf gleicher Höhe mit ihr zu bleiben.

*Er ist doch nur ein Brauner*, schalt Lessa Ramoth.

*Wenn er mit mir fliegt, muß er die Schwingen eben ein wenig strecken*, erwiderte die goldene Königin kühl.

Innerlich dachte Lessa. Ramoth war immer noch gekränkt, weil man es ihr verwehrte, Seite an Seite mit den Bronzedrachen zu kämpfen. Die Männchen würden es in nächster Zeit schwer mit ihr haben.

Und dann sah Lessa den Vogelschwarm. Sie seufzte erleichtert. Es gab also Leben am Südkontinent!

Sie konnte es vor Ungeduld kaum erwarten, bis Ramoth die schroffe Felsenküste erreicht hatte. Stein, grau unter grauem Himmel...

Enttäuscht befahl Lessa Ramoth höherzufliegen. Alles wirkte kahl und verlassen. Aber dann brach ein Sonnenstrahl durch die Wolkendecke, und das Grau löste sich in Braun- und Grüntöne auf. Üppige tropische Vegetation wurde sichtbar. Lessas triumphierender Schrei vermischte sich mit dem lauten Trompeten der Drachen. Kreischend flogen Möwen auf, erschreckt von dem ungewohnten Geräusch.

Dschungel und Grasland erstreckte sich unter ihnen. Es hatte Ähnlichkeit mit der Landschaft von Boll. Aber so eifrig sie das Gelände absuchten, sie konnten nirgends einen Felsstock finden, der sich zum Weyr eignete.

Entmutigt landeten sie auf einem Hochplateau neben einem kleinen See. Das Wetter war warm, aber nicht schwül, und während F'nor und Lessa aßen, wälzten sich die beiden Drachen im Wasser.

Lessa war rastlos und zeigte wenig Appetit. Sie merkte, daß auch F'nor immer wieder verstohlene Blicke zum Dschungelrand warf.

»Was befürchten wir eigentlich? Die Vögel sind harmlos, und Where meiden die Nähe von Drachen. Mit Fäden müssen wir auch nicht rechnen, da wir uns zehn Jahre in der Vergangenheit befinden.«

F'nor zuckte mit den Schultern und schnitt eine Grimasse, als er den Proviant wieder in die Tasche schob.

»Wahrscheinlich ist es die Leere«, meinte er. Im gleichen Augenblick erspähte er an einer Mondblütenranke eine reife Frucht. »Mhm, das sieht lecker aus! Ob man sie essen kann?«

Er streckte sich und riß die orangenrote Frucht ab. »Fühlt sich saftig an und hat ein frisches Aroma«, verkündete er. Mit geschickten Fingern löste er die Schale und reichte Lessa die Hälfte des goldgelben Fruchtfleisches. »Auf daß wir gemeinsam in den Tod gehen — falls das Ding wider Erwarten doch giftig sein sollte!« meinte er grinsend.

Lessa biß herzhaft in die Frucht. Das Fleisch war süß und zart — besser als alles, was sie bisher im Weyr gegessen hatte.

F'nor erhob sich und holte noch ein paar Früchte aus den Ranken. »Zumindest ist uns ein glücklicher Tod beschert!« rief er Lessa zu.

Als sie gegessen hatten, meinte er nachdenklich: »Ich glaube, uns fehlen nur die Klippen und Höhlen. Wir sind es nicht mehr gewohnt, im Freien zu leben. Dazu kommt die völlige Stille. Sie vermittelt ein Gefühl der Einsamkeit.«

Lessa nickte. »Ramoth, Canth — würde es euch stören, außerhalb eines Weyrs zu leben?«

*Wir waren nicht immer in Höhlen eingesperrt,* erwiderte Ramoth hochmütig und wälzte sich im Wasser, daß hohe Wellen ans Ufer schlugen. *Die Sonne scheint angenehm warm, und das Wasser erfrischt. Mir würde es hier gefallen, aber mich übergeht man ja wieder einmal.*

Sie ist beleidigt«, flüsterte Lessa F'nor zu. Dann wandte sie sich besänftigend an die Drachenkönigin: »Gönn Pridith auch etwas! Du hast den Weyr für dich allein.«

Ramoth tauchte unter und kam prustend wieder hoch. Sie würdigte Lessa keines Blickes.

Auch Canth bestätigte, daß er ohne den Weyr auskommen könne. Der Boden war sicher wärmer als Stein, sobald man sich eine bequeme Schlafmulde gebuddelt hatte. Und solange es genug zu fressen gab ...

»Wir werden ein paar Herdentiere hierherschaffen müssen«, sagte F'nor. »Das Plateau eignet sich gut als Weidegrund. Es besitzt keine Ausläufer und wird durch den See mit Süßwasser versorgt. Wenn man die Hütten hier am Ufer baut ...«

»Vielleicht wäre es klug, Jungreiter auszuwählen, die von Gehöften und Handwerkerdörfern kommen«, warf Lessa ein.

»Sie werden sich rascher an die Weite und Einsamkeit gewöhnen als jemand, der auf einer Burg oder im Weyr aufgewachsen ist.« Sie lachte verlegen. »Ich muß gestehen, daß mich der freie Raum nervös macht.«

Sie versorgten sich noch einmal mit Früchten und traten dann den Rückweg an. Lessa stählte sich für den Augenblick im *Dazwischen.* Sie wußte nicht, weshalb der Sprung durch die Zeit sie stärker beunruhigte als der Sprung durch den Raum. Die Drachen schienen keinen Unterschied zu spüren. Ramoth schickte ihr ein paar tröstende Gedanken zu. Das schwarze Nichts wurde abrupt von Sonnenlicht abgelöst. Sie schwebten über dem Weyr.

Zu ihrer Verblüffung entdeckte Lessa vor den Unteren Höhlen Bündel und Säcke, und Drachenreiter waren damit beschäftigt, ihre Tiere zu beladen.

»Was bedeutet das denn?« fragte F'nor.

»Oh, F'lar hat offensichtlich damit gerechnet, daß wir mit guten Nachrichten heimkehren würden«, entgegnete Lessa rasch.

Mnementh, der das Gewirr vom Landevorsprung aus beobachtete, begrüßte Ramoth und berichtete, daß F'lar die Heimkehrer sofort sprechen wolle.

F'lar saß wie immer über den stinkenden alten Aufzeichnungen, die er in den Beratungsraum geschafft hatte.

Er grinste breit, als er Lessa und F'nor sah.

»Nun?«

»Grün, üppig, wie geschaffen für unser Vorhaben«, erklärte Lessa. Sie beobachtete F'lar genau. Er wußte inzwischen noch mehr. Sie hoffte nur, daß er in F'nors Gegenwart nichts Falsches sagte.

»Auf diese Auskunft hatte ich gehofft«, fuhr F'lar ruhig fort. »Aber nun erzählt in allen Einzelheiten, was ihr entdeckt habt!«

Lessa überließ F'nor das Wort. Der Weyrführer hörte mit gespannter Aufmerksamkeit zu und machte sich gelegentlich Notizen.

Als F'nor mit seinem Bericht fertig war, sagte F'lar: »Selbst auf die Gefahr hin, daß es umsonst gewesen sein könnte, habe ich bereits die Reiter ausgewählt, die euch begleiten sollen. Schließlich haben wir nur drei Tage Zeit, um euch in die Vergangenheit zu befördern. Ramoths Jungdrachen müssen

kampfbereit sein, wenn die Fäden in Telgar fallen. Zum Glück stammen die Kandidaten, die wir vorsorglich für Pridiths Nachwuchs auf den Weyr geholt hatten, ohnehin fast nur von Bauern oder Handwerkern ab. Das ist also kein Problem. Die meisten der zweiunddreißig Burschen sind an die fünfzehn Jahre alt.«

»Zweiunddreißig!« rief F'nor. »Ich hatte mit fünfzig gerechnet. Man muß den Jungdrachen eine gewisse Auswahl bieten ...«

F'lar zuckte mit den Schultern. »Du kannst ja Nachschub anfordern, wenn es zu wenige sind«, meinte er ungerührt.

F'nor kam nicht mehr dazu, dem Weyrführer zu widersprechen, denn F'lar begann sofort, Anweisungen zu erteilen.

»Angenommen, der Südkontinent hätte sich als unbewohnbar erwiesen?« fragte F'nor, verwirrt durch die sichere Haltung seines Halbbruders. »Was dann?«

»Oh, uns wäre schon eine Lösung eingefallen«, erwiderte F'lar vage und fuhr dann rasch fort: »Ich würde dir gern noch ein paar Bronzereiter mitgeben, aber ich benötige sie dringend für die Tiefflüge über Keroon und Nerat. In Nerat haben sie bereits ein paar Fäden entdeckt. Vincet soll einem Schlaganfall nahe sein.«

Lessa erlaubte sich ein paar abfällige Bemerkungen über den Herrn von Nerat.

»Wie verlief die Sitzung heute morgen?« fragte F'nor.

»Das ist jetzt unwichtig, F'nor. Du mußt noch heute abend zum Südkontinent zurückkehren.«

Lessa warf dem Weyrführer einen prüfenden Blick zu. Nun, sie würde bald herausfinden, was geschehen war.

»Könntest du mir ein paar Bezugspunkte skizzieren, Lessa?« F'lar sah sie bittend an. Sie verstand, daß sie in F'nors Gegenwart keine Fragen stellen sollte. Seufzend nahm sie ein Stück Haut und den Schreibstift, den er ihr zuschob.

Mit F'nors Unterstützung fertigte sie eine Karte von dem Plateau an, das sie ausgewählt hatten. Aber unvermittelt wurde ihr schwarz vor den Augen. Die Linien verschwammen.

»Lessa?« F'lar beugte sich über sie.

»Alles ... dreht ... sich«, stieß sie hervor und brach zusammen.

F'lar fing sie auf. Er sah seinen Halbbruder besorgt an.

»Ich hole Manora«, schlug F'nor vor.

»Wie fühlst du dich?« rief der Weyrführer ihm nach.

»Müde, aber durchaus wohl.« F'nor trat an den Schacht und rief nach Manora. Dann bestellte er heißen *Klah*.

F'lar legte die Weyrherrin auf eine Ruhebank und deckte sie behutsam zu.

»Mir gefällt die Sache nicht«, murmelte er. Er erinnerte sich an F'nors Warnung, von der sein Halbbruder im Moment noch nichts wußte. Auch Kylara hatte die Folgen des Zeitsprungs gespürt, aber doch nicht so rasch ...

Der braune Reiter stand kopfschüttelnd neben ihm. F'lar sah ihn an. »F'nor, es könnte sein, daß die Zeitsprünge eine starke innere Belastung hervorrufen. Deshalb müssen wir verhindern, daß die Drachen, die am Südkontinent aufwachsen, nach Belieben hierher zurückkommen können. Ich werde den Befehl erteilen, daß nur du den Weyr ansteuern darfst. Ramoth soll meine Worte an die Drachen übermitteln. Wir dürfen kein unnötiges Risiko eingehen.«

»Einverstanden.«

»Und noch eines, F'nor! Wähle die Zeit, in die du zurückkehrst, sehr sorgfältig aus. Es wäre ungünstig, zu einem Moment zu landen, in dem sich dein zweites Ich hier im Weyr befindet. Ich weiß nicht, was geschieht, wenn due etwa deinem Gegenüber im Korridor begegnest. Sei vorsichtig! Ich kann es mir nicht leisten, dich zu verlieren.«

F'lar legte seinem Bruder die Hand auf die Schulter.

»Denk daran, F'nor! Und vergiß nicht, daß *wir* nur noch drei Tage Zeit haben, während euch zehn Planetendrehungen zur Verfügung stehen.«

F'nor ging. Nach einer Weile kam Manora.

Sie konnte nichts Ernsthaftes bei Lessa entdecken, und schließlich kamen sie überein, daß es sich um Erschöpfung handeln mußte. Die Reise und der Kampf vom Vortag waren zuviel für die Weyrherrin gewesen.

Als F'lar die Schlafkammer verließ, um sich von der Südkontinent-Expedition zu verabschieden, lag Lessa im tiefen Schlaf da. Sie war blaß, aber ihr Atem ging ruhig.

Kaum hatten die schwerbeladenen Drachen den Weyr verlassen, als ein Bote von Nerat über dem Sternstein auftauchte. Das Gesicht des Jungreiters wirkte bleich und verängstigt.

»Weyrführer, es wurden noch sehr viel mehr Fäden entdeckt, und man kann sie nicht alle durch Feuer beseitigen. Baron Vincet verlangt nach Ihnen.«

F'lar konnte sich vorstellen, was Vincet jetzt fühlte.

»Iß etwas, Junge, bevor du wieder zurückfliegst. Ich komme in Kürze nach.«

Als er durch die äußere Felskammer eilte, hörte er Ramoths tiefes Brummen. Sie hatte es sich in ihrer Schlafmulde bequem gemacht.

Lessa schlief immer noch, und ihr langes Haar hing über den Bettrand. F'lar lächelte. Sie wirkte so kindhaft und zerbrechlich. Also hatte sie gestern Eifersucht gezeigt, als Kylara sich um seine Wunden kümmerte? Er fühlte sich geschmeichelt. Niemals würde er ihr verraten, daß Kylara keinerlei Anziehungskraft mehr für ihn besaß. Er liebte Lessas Unabhängigkeit und sogar ihre Widerspenstigkeit. Vorsichtig beugte er sich über sie und drückte ihr einen Kuß auf die Lippen. Sie lächelte im Schlaf.

Nur zögernd trennte er sich von ihr. Als er die äußere Felsenkammer betrat, hob Ramoth den großen keilförmigen Kopf; ihre Facettenaugen schillerten, als sie den Weyrführer betrachtete.

Fandarel besaß nicht nur Muskelkraft, sondern einen eisernen Willen; er betrachtete ruhig die Fäden in dem ausgehobenen Loch. Sie wanden und schlängelten sich ekelerregend. Man konnte sehen, wie sie wuchsen.

»Hunderte und Aberhunderte allein in dieser Höhle«, rief Baron Vincet von Nerat erregt. Er deutete mit zitternden Fingern auf die Jungholzpflanzung, in der die Fäden entdeckt worden waren. »Die Bäume verdorren bereits. Weshalb unternehmen Sie nichts? Weshalb stehen Sie nur herum? Wo bleiben die Drachen mit ihren Phosphorflammen?«

F'lar und Fandarel achteten nicht auf sein hysterisches Geschwätz. Sie waren zugleich fasziniert und angewidert von dem Bild, das sich ihnen bot. F'lar hoffte nur, daß nicht noch mehr Fäden in dem warmen, fruchtbaren Boden von Nerat Nahrung gefunden hatten. Wenn er nur Wachtposten aufgestellt hätte, welche die Lage der Fäden sofort markierten! Nun, dieser Fehler würde sich auf Telgar, Crom und Ruatha nicht wiederholen.

Fandarel winkte die beiden Gehilfen herbei, die ihn begleitet hatten. Sie schleppten eine sonderbare Vorrichtung: einen großen Metallzylinder, der an einem Ende in ein Rohr mit breitem Mundstück überging; am anderen Ende befand sich eine Stange mit einem Kolben. Einer der Männer betätigte den Kolben, während der zweite mit zitternden Händen ein Ventil oberhalb des Mundstücks öffnete. Ein dünner Strahl sprühte in das ausgehobene Loch. Einen Augenblick später zischte Dampf auf. Die glitschigen, fahlen Fäden verwandelten sich in eine verkohlte Masse. Noch lange, nachdem Fandarel seine Leute zurückgewinkt hatte, stand er nachdenklich über die Höhle gebeugt. Schließlich stocherte er mit einem Stock in den Überresten umher. Keiner der Fäden rührte sich.

»Gut«, sagte er mit sichtlicher Befriedigung. »Aber wir können nicht jeden Nistplatz ausheben. Machen wir noch einen zweiten Versuch!«

Die Dschungelläufer führten sie durch den Regenwald zu einer Stelle nahe der Küste. Hier waren die Fäden neben einer knorrigen Baumwurzel in den Boden eingedrungen. Das Laub ringsum hatte bereits eine bräunliche Farbe angenommen.

Mit einem Stock bohrte Fandarel ein winziges Loch in die Mitte des Nestes. Dann winkte er seine Gehilfen heran. Während der eine pumpte, verstellte der andere das Mundstück und senkte es in das Loch. Fandarel gab das Startzeichen und zählte langsam. Aus der Öffnung quoll Rauch.

Der Schmied wartete geraume Zeit, bis er den Dschungelläufern befahl, die Höhle aufzugraben. Die Männer achteten sorgfältig darauf, daß sie nicht mit der Säure in Berührung kamen. Als die Erde abgetragen war, sahen sie wiederum eine schwarz verkohlte Masse.

Fandarel schnitt eine Grimasse und kratzte sich am Kopf.

»Das dauert alles zu lange. Am besten wäre es, sie gleich an der Oberfläche zu erwischen«, meinte er.

»Am allerbesten wäre es, sie in der Luft abzufangen«, jammerte Baron Vincet. »Und wie wird sich diese Säure auf meine Obstplantagen auswirken? Ich wage nicht, daran zu denken!«

Fandarel drehte sich um und betrachtete den Baron, als sähe er ihn zum erstenmal.

»Mein lieber Mann, in verdünnter Form fahren Sie diese Säure im Frühjahr als Dünger auf Ihre Felder! Gewiß, diesen Fleck hier können Sie für ein paar Jahre abschreiben, aber wenigstens enthält er keine Fäden.« Wieder kratzte er sich am Kopf. »Vielleicht sollten wir die betroffenen Gebiete aus der Luft besprühen. Das wäre zugleich eine neue Düngungsmethode. Jungdrachen – aber nein, das Gerät ist zu schwer.« Er kehrte dem verblüfften Baron den Rücken zu und fragte F'lar, ob der Gobelin inzwischen aufgetaucht sei. »Es will mir nicht gelingen, ein Rohr herzustellen, das Flammen speit. Diese Vorrichtung hier dient normalerweise den Obstbauern zur Schädlingsvertilgung.«

»Ich warte immer noch auf Nachricht«, erwiderte F'lar. »Aber Ihr Sprühmittel ist sehr wirksam. Die Fäden sterben ab.«

»Auch die Sandwürmer sind wirksam, wenn man es so betrachtet«, meinte Fandarel unzufrieden. Er drehte sich abrupt um und stapfte zu seinen Gehilfen, die bereits darauf warteten, zurückgebracht zu werden.

Robinton kam ihnen entgegen, als sie den Weyr betraten. Er verbarg nur mühsam seine innere Erregung. Dennoch erkundigte er sich höflich nach Fandarels Fortschritten. Der Schmied zuckte mit den Schultern.

»Meine ganze Gilde beschäftigt sich mit dem Problem.«

»Der Schmied ist zu bescheiden«, warf F'lar ein. »Er hat bereits ein raffiniertes Gerät entwickelt, das Säure in die Nistplätze sprüht und die Fäden zu einer schwarzen Masse verbrennt.«

»Das genügt nicht«, erklärte der Schmied, aber seine Augen leuchteten. »Der Gedanke mit dem Flammenwerfer läßt mich nicht los.« Er schüttelte den Kopf und starrte in die Ferne. Dann nickte er F'lar und dem Harfner kurz zu und sagte: »Ich gehe jetzt.«

»Die Zielstrebigkeit des Mannes ist bewundernswert«, stellte Robinton fest. In seiner Stimme schwang Respekt, obwohl man deutlich sah, daß ihn die schroffe Art des Schmieds amüsierte. »Ich werde meinen Lehrlingen den Auftrag geben, eine Sage über den Gildemeister zu schreiben.« Dann wandte er sich F'lar zu. »Das Abenteuer im Südkontinent hat begonnen?«

F'lar nickte unbehaglich.

»Ihre Zweifel mehren sich?«

»Auch der Zeitsprung fordert seine Opfer«, gab F'lar zu. Er warf einen besorgten Blick zum Schlafgemach.

»Die Weyrherrin ist krank?«

»Sie schläft jetzt, aber die Reise in die Vergangenheit hat sie angegriffen. Wir brauchen eine andere, weniger gefährliche Lösung.« F'lar rieb nervös die Finger gegeneinander.

»Nun, mit einer Lösung kann ich nicht dienen«, hakte Robinton ein, »aber ich bin auf eine neue Spur gestoßen, die Licht in das Dunkel bringen könnte. Ich entdeckte in den Archiven einen Eintrag. Vor vierhundert Jahren, kurz nachdem der Rote Stern vom Abendhimmel verschwunden war, rief man den damaligen Meisterharfner zum Fort-Weyr.«

»Und?«

»Obwohl es sich um ein sehr ungewöhnliches Ereignis handelte – man holte den Harfner nachts aus dem Bett –, wurde der Besuch später mit keiner Silbe erwähnt. Der Mann setzte ein paar Wochen danach die Eintragungen fort, als habe er die Gildehalle überhaupt nicht verlassen.« Robinton deutete mit spitzem Finger auf F'lar. »Und einige Zeit später wurde der düstere Frage-Gesang, den ich Ihnen vortrug, in die Lehrballaden aufgenommen.«

»Sie glauben, daß diese beiden Vorfälle mit dem rätselhaften Verschwinden der Drachenreiter von den übrigen fünf Weyrn zu tun hat?«

»Ja, aber ich kann nicht sagen, weshalb. Ich spüre nur, daß die Ereignisse miteinander verknüpft sind.«

F'lar füllte zwei Becher mit Wein.

»Ich habe selbst Nachforschungen angestellt«, sagte er. »Bis zum Augenblick des Verschwindens muß das Leben auf den Weyrn ganz normal verlaufen sein. Die Aufzeichnungen beschäftigen sich mit den Abgaben, den Vorräten, den Patrouillen. Und dann hört mit einem Schlag alles auf. Nur das Archiv des Benden-Weyrs wird weitergeführt.«

»Weshalb gerade der Benden-Weyr?« meinte Robinton nachdenklich. »Wenn schon ein Weyr übrigbleiben mußte, hätte sich Ista sehr viel besser geeignet. Benden liegt völlig abgeschieden im Norden.«

»Vielleicht eine Krankheit, die alle anderen Weyr erfaßte?«

»Wir haben nirgends Skelette gefunden. Zudem wäre eine Seuche sicher in den Schriften erwähnt worden. Ich kann mir nicht vorstellen, daß sämtliche Reiter und Drachen im gleichen Augenblick tot umfielen.«

»Dann überlegen wir, weshalb der Harfner gerufen wurde! Erhielt er den Auftrag, eine Lehrballade zu schreiben, die dieses Thema behandelte?« Robinton rümpfte die Nase. »Eine Beruhigung für die Nachwelt stellt sie jedenfalls nicht dar. Und sie bietet keine Lösung an — nur Fragen!«

»Die wir beantworten sollen?« meinte F'lar leise.

»Ja.« Robintons Augen glänzten. »Es handelt sich um einen quälenden Gesang, den man nicht mehr vergißt, wenn man ihn einmal gehört hat. Er hat die Aufgabe, uns wachzurütteln. Diese Fragen sind wichtig, F'lar.«

»Welche Fragen sind wichtig?« fragte Lessa vom Eingang her.

Die beiden Männer sprangen auf. F'lar rückte Lessa mit ungewohnter Fürsorge einen Stuhl zurecht und reichte ihr einen Becher Wein.

»Ich bin nicht zerbrechlich«, wehrte sie ein wenig ärgerlich ab. Doch dann lächelte sie und nahm damit ihren Worten die Schärfe. »Ich habe geschlafen und fühle mich sehr viel besser. Worüber habt ihr beide so eifrig diskutiert?«

F'lar schilderte in raschen Worten, worum es ging. Als er den Frage-Gesang erwähnte, zuckte Lessa zusammen.

»Diese Zeilen gehen mir nie aus dem Sinn«, gestand sie. »Als ich sie auswendig lernen mußte, hatte ich nächtelang Alpträume.« Mit einemmal sprang sie erregt auf.

»Sind sie *voraus*geeilt, fort!« rief sie. »Das ist der Kernsatz! Alle fünf Weyr gingen — in die Zukunft! Aber in welche Zeit?«

F'lar sah sie sprachlos an.

»In unsere Gegenwart«, fuhr sie flüsternd fort. »Die Drachenreiter von fünf Weyrn!«

»Nein, das ist unmöglich«, widersprach F'lar.

»Weshalb?« fragte Robinton erregt. »Er würde all unsere Fragen und Probleme lösen.«

F'lar schob sich das Haar aus der Stirn und nickte. »Zumindest verstehe ich nun, weshalb sie keine Aufzeichnungen hinterließen. Damit hätten sie das Unternehmen gefährdet. Auch ich konnte F'nor nichts von den Schwierigkeiten verraten, die auf ihn zukommen würden, obwohl ich sie kannte.« Er machte eine Pause. »Aber wie gelangen sie hierher? Woher wissen sie, daß sie gebraucht werden — und zu welchem Zeitpunkt sie gebraucht werden? Wie übermittelt man einem Drachen Erkennungspunkte von der Zukunft?«

»Jemand von uns muß in die Vergangenheit gehen und sie verständigen«, erwiderte Lessa ruhig.

»Du bist wahnsinnig, Lessa!« rief F'lar entsetzt. »Hast du

schon vergessen, wie elend du dich fühltest, als du aus der Vergangenheit zurückkamst? Aber das war ein Sprung von zehn Planetendrehungen! Wie möchtest du *vierhundert* Planetendrehungen überwinden? Und welche Bezugspunkte besitzt du für die Vergangenheit?«

»Pern ist jedes Opfer wert«, entgegnete sie und sah ihn ernst an.

F'lar packte sie an den Schultern und schüttelte sie, wie immer, wenn er erregt war.

»Nein! Wir dürfen weder dich noch Ramoth verlieren. Das kann niemand von uns verlangen. Lessa, Lessa, dieses eine Mal *mußt* du auf mich hören!«

»Vielleicht gibt es eine Lösung, die wir heute noch nicht kennen, Weyrherrin«, warf Robinton gewandt ein. »Wer weiß, was das Morgen bringt? Bevor wir etwas unternehmen, müssen wir zumindest alle Gesichtspunkte prüfen.«

F'lar ließ Lessa nicht los, als sie den Kopf zur Seite wandte und Robinton ansah.

»Wein?« fragte er und reichte ihr einen Becher. Endlich lockerte F'lar seinen Griff.

»Ramoth hat keine Angst, es zu versuchen!« Lessas Lippen waren zu einem Strich zusammengepreßt.

F'lar warf der Drachenkönigin einen wütenden Blick zu.

»Ramoth ist jung«, sagte er unwirsch und fing gleich darauf Mnemenths Gedankengänge auf.

Lessa warf den Kopf zurück und lachte schallend. Robinton sah sie fragend an.

»Mnementh erklärte F'lar, daß er zwar nicht mehr jung sei, aber auch keine Angst hätte«, sagte Lessa. »Schließlich würde es sich nur um einen lächerlichen Sprung handeln.«

F'lar starrte grimmig zum Felsvorsprung, wo Mnementh seinen Stammplatz hatte.

*Da kommt ein Drache*, warnte Mnementh. *Es scheint der junge B'rant auf Fanth zu sein. Und hinter ihm sitzt Lytol.*

»Bringt er seine Hiobsbotschaften nun schon persönlich?« fragte Lessa säuerlich.

»Es fällt Lytol sicher nicht leicht, überhaupt einen Drachen zu besteigen, Lessa«, erwiderte F'lar streng. »Quäle ihn nicht mit deiner kindischen Eifersucht!«

Lessa senkte den Blick. Sie war wütend, daß F'lar in Gegenwart von Robinton so mit ihr zu sprechen wagte.

Lytol stürmte mit langen Schritten in die Felskammer. Er trug ein Ende einer schweren Teppichrolle und achtete nicht darauf, daß der junge B'rant ihm kaum folgen konnte. Lytol verbeugte sich vor Ramoth. Dann rollte er gemeinsam mit dem braunen Reiter den Gobelin auf. F'lar verstand nun, weshalb Zurg dieses Werk so gut in Erinnerung behalten hatte. So alt die Farben auch waren, sie besaßen Leuchtkraft und eine ganz besondere Ausstrahlung. Der Bronzereiter beugte sich fasziniert über die Szenen.

»Mnementh, laß Fandarel kommen! Hier ist sein Flammenwerfer«, sagte F'lar.

»Dieser Gobelin gehört nach Ruatha«, rief Lessa empört. »In meiner Kindheit hing er im Großen Saal. Unsere Familie hütete ihn mit besonderem Stolz. Wer hat es gewagt, ihn zu entfernen?« Ihre Augen blitzten.

»Lady, er wurde nach Ruatha zurückgebracht«, erklärte Lytol gleichmütig, ohne sie anzusehen. »Das Werk eines Meisters«, fuhr er fort und strich bewundernd über das schwere Gewebe. »Diese Farben, diese Muster! Darin steckt die Kunst einer ganzen Gilde!«

Die obere Hälfte der Szene beherrschten drei Drachengeschwader. Sie versengten mit ihrem Flammenatem die Fädenklumpen, die sich grausilbern von einem strahlenden Himmel abhoben. Ein tiefes Herbstblau, dachte F'lar, wie man es in der heißeren Jahreszeit niemals sah. Das Laub an den Berghängen färbte sich bereits gelb. Darüber türmten sich drohende Schieferfelsen, typisch für die Landschaft von Ruatha. Weiter unten verließen Männer das Dorf. Sie schwankten unter dem Gewicht der merkwürdigen Rohre, die Zurg erwähnt hatte. Feuerzungen schossen auf die Fäden zu, die bereits den Boden erreicht hatten.

Lessa stieß einen erstaunten Ruf aus und beugte sich dicht über den Gobelin. Sie starrte die Umrisse der Burg an. Das mächtige Tor mit seinen Bronzeverzierungen war in allen Einzelheiten wiedergegeben.

»Ich glaube, so sehen die Ornamente heute noch aus«, stellte F'lar fest.

»Ja und nein«, erwiderte Lessa verwirrt.

Lytol warf ihr einen finsteren Blick zu und betrachtete dann das Gewebe. »Sie hat recht«, meinte er nach einer kleinen Pause. »Es ist das Tor von Ruatha — und doch wieder nicht.«

»Jedenfalls haben wir hier die Flammenwerfer, die Fandarel solches Kopfzerbrechen bereiten«, sagte F'lar erleichtert und deutete auf die Gestalten am unteren Rand der Szene.

Er konnte noch nicht sagen, ob sich nach dem Bild ein brauchbares Modell herstellen ließe, aber wenn es einer schaffte, dann war es Fandarel.

Der Schmied zeigte sich begeistert, als er den Gobelin sah. Er saß mit überkreuzten Beinen auf dem Boden und skizzierte die Vorrichtungen in allen Einzelheiten.

»Das schaffen wir«, hörten sie ihn murmeln. »Wir müssen es schaffen.«

Lessa ließ *Klah*, Brot und Fleisch kommen, als sie von B'rant erfuhr, daß weder er noch Lytol vor dem Abflug gegessen hatte. Sie überredete auch den hünenhaften Schmied zu einer kleinen Mahlzeit, die er hastig in sich hineinschlang, um sofort zu dem Wandbehang zurückzukehren.

Endlich hatte er genug Zeichnungen angefertigt und bat, zurück zu seinem Dorf gebracht zu werden.

F'lar sah ihm lächelnd nach. »Es hat keinen Sinn, ihn zu fragen, wann er wiederkommen wird. Er ist zu tief in Gedanken versunken.«

»Wenn ihr gestattet, ziehe ich mich ebenfalls zurück«, meinte Lessa liebenswürdig. Sie warf dem Verwalter von Ruatha einen Blick zu. »Vielleicht sollte man den jungen B'rant bald zur Ruhe schicken. Er ist jung und braucht Schlaf.«

»Ich bin nicht müde«, versicherte der Jungreiter hastig, aber er blinzelte immer wieder.

Lessa lachte nur und zog den Vorhang des Schlafgemachs hinter sich zu. F'lar schüttelte nachdenklich den Kopf.

»Ich traue der Weyrherrin nicht, wenn sie so fügsam ist«, sagte er langsam.

»Nun, wir müssen alle aufbrechen.« Robinton erhob sich.

F'lar begleitete die Männer hinaus. Als er zurückkehrte, blieb er in der Felsenkammer der Drachenkönigin stehen.

»Ramoth ist jung, aber nicht so unbedacht«, murmelte er und horchte auf eine Antwort von Mnementh. Aber der Bronzedrache schlief auf dem Landevorsprung.

*Schwarz, unendlich schwarz,*
*Losgelöst von den Dingen.*
*Nichts, furchtbares Nichts,*
*Durchschnitten von Drachenschwingen.*

»Ich möchte den Gobelin persönlich nach Ruatha zurückbringen«, beharrte Lessa am nächsten Tag. »Er soll an seinem gewohnten Platz hängen.«

F'lar gönnte ihr den Triumph, und er hatte nichts gegen den kurzen Sprung einzuwenden. Lessa ließ den kostbaren Wandbehang zusammenrollen und auf Ramoths Rücken schnallen.

Der Weyrführer sah zu, wie die Drachenkönigin mit mächtigen Flügelschlägen zum Sternstein aufstieg und über dem Weyr schwebte. Doch dann wurde er abgelenkt, als R'gul auf ihn zutrat und berichtete, daß eine neue Ladung Feuerstein eingetroffen sei. F'lar nahm sie in Empfang. Später zeigte ihm Fandarel voller Eifer den ersten Entwurf seines Flammenwerfers. Es wurde Nachmittag, bis der Schmied den Weyr wieder verließ.

R'gul richtete F'lar säuerlich aus, daß F'nor bereits zweimal nach ihm gefragt habe.

»Zweimal?«

»Ja. Er wollte keine Nachricht hinterlassen.« R'gul war sichtlich gekränkt darüber.

Beim Abendessen fiel F'lar zum erstenmal auf, daß Lessa fehlte. Er ließ in Ruatha nachfragen und erfuhr, daß sie den Gobelin tatsächlich gebracht hatte. Sie war nicht von der Stelle gewichen, bis das Gesinde ihn im Großen Saal aufhängte. Und selbst dann hatte sie noch stundenlang davor gesessen und jede Einzelheit studiert.

Schließlich war sie aufgebrochen, und Lytol hatte wie jeder andere auf Ruatha angenommen, daß sie zum Weyr zurückgekehrt sei.

»Mnementh«, rief F'lar entsetzt, »Mnementh, wo sind sie?«

Es dauerte lange, bis der Bronzedrache antwortete.

*Ich kann sie nirgends finden*, erwiderte er schließlich kummervoll.

F'lar umkrampfte die Tischkante mit beiden Händen. Ein furchtbarer Verdacht stieg in ihm hoch. Seine Warnungen hatten also nichts genützt...

*Kalt und still wie das Grab,*
*Von Mensch und Tier gemieden.*
*Harre aus, halte durch!*
*So ward es zweimal entschieden.*

Unter ihnen war der Große Turm von Ruatha. Lessa steuerte Ramoth ein wenig nach links. Sie wußte, daß auch die Drachenkönigin erregt war, und überhörte deshalb ihre bissigen Bemerkungen.

*So ist es gut, Liebes. Auf dem Wandbehang sieht man den Eingang von Ruatha genau aus diesem Winkel. Damals war er allerdings noch nicht mit einem Sturz versehen. Auch der Turm, der Außenhof und das Tor fehlten.* Sie strich über die erstaunlich weiche Nackenhaut von Ramoth und lachte, um ihre Nervosität und Anspannung zu überdecken.

Immer wieder sagte sie sich, daß sie gute Gründe für ihr waghalsiges Unternehmen hatte. Die Zeile: »Sie sind vorausgeeilt, fort?« deutete ganz klar auf einen Zeitsprung hin. Und der Gobelin vermittelte die notwendigen Bezugspunkte. Oh, wie sie dem Weber dankte, der diese Szene gearbeitet hatte! Vielleicht konnte sie ihm persönlich sagen, was für ein Meisterwerk er geschaffen hatte. Vielleicht ... Ach was, genug davon. Sie mußte es schaffen. Waren nicht aus fünf Weyrn die Drachenreiter verschwunden? Und sie, Lessa von Ruatha, mußte in die Vergangenheit gehen, um ihnen die Erkennungspunkte zu geben. Sie und Ramoth.

Wieder lachte sie nervös und atmete tief ein.

»Sei mein Liebes«, murmelte sie. »Du weißt, in welche Zeit ich zurückkehren muß. Bring mich ins *Dazwischen*, Ramoth!«

Die Kälte war unerbittlich, noch schneidender, als sie geglaubt hatte. Aber es war keine physische Kälte, sondern das Bewußtsein, absolutes Nichts um sich zu haben. Kein Licht. Kein Laut. Je länger sie in dieser Leere schwebte, desto mächtiger stieg das Gefühl der Panik in Lessa hoch. Es drohte sie zu überwältigen. Sie wußte, daß sie auf Ramoths Rücken saß, aber sie konnte das Tier nicht spüren. Ihre Lippen öffneten sich zu einem Schrei, den sie nicht hörte. Ihr eigener Körper schien mit dem Nichts zu verschmelzen.

*Ich bin hier*, hörte sie Ramoths beruhigende Gedanken.

*Wir bleiben zusammen*. Und sie klammerte sich an diese Versicherung, um nicht den Verstand zu verlieren.


Jemand war vernünftig genug, Robinton zu verständigen. Als der Harfner den Weyr betrat, saß F'lar totenbleich am Tisch und starrte die Wände an. Die ruhige Stimme des Gildemeisters riß den Weyrführer aus seiner Apathie. Robinton schickte die anderen Weyrbewohner hinaus.

»Sie ist fort. Sie hat versucht, vierhundert Planetendrehungen zu überspringen«, sagte F'lar mit harter, gepreßter Stimme.

Der Harfner ließ sich in einen Sessel sinken.

»Sie brachte den Gobelin nach Ruatha zurück«, fuhr F'lar tonlos fort. »Ich hatte ihr von der Rückkehr F'nors erzählt. Ich hatte sie eindringlich gewarnt. Sie widersprach kaum, und ich weiß, daß sie Angst vor dem *Dazwischen* hatte — soweit man bei Lessa überhaupt von Angst sprechen konnte.« Er schlug mit der Faust auf den Tisch. »Ich hätte es ahnen müssen! Wenn sie glaubt, daß sie im Recht ist, wägt sie nicht lange ab. Sie handelt einfach.«

»Aber sie ist eine kluge Frau«, entgegnete Robinton langsam. »Nicht einmal sie würde einen Sprung ohne Bezugspunkt wagen, oder?«

»Sind sie vorausgeeilt, fort? — das war der einzige Schlüssel, den sie hatte.«

»Einen Augenblick!« Robinton schnippte mit den Fingern. »Gestern abend zeigte sie auffälliges Interesse für das Portal von Ruatha. Sie sprach sogar mit Lytol darüber — erinnern Sie sich noch?«

F'lar war aufgesprungen. »Kommen Sie, Mann, wir müssen nach Ruatha!«


Lytol ließ Lichter hereintragen, damit F'lar und Robinton den Gobelin genau betrachten konnten.

»Sie stand den ganzen Nachmittag hier und starrte die Szene an«, erzählte der Verwalter kopfschüttelnd. »Sind Sie sicher, daß sie diesen unglaublichen Sprung gewagt hat?«

»Eine andere Möglichkeit gibt es nicht. Mnementh kann weder ihre noch Ramoths Gedanken auffangen. Dabei erzählte er sogar von Canth, der zehn Planetendrehungen entfernt auf dem Südkontinent lebt, schwache Ausstrahlungen.« F'lar blieb vor dem Wandbehang stehen. »Was für Unterschiede sehen Sie zu dem heutigen Ruatha, Lytol?«

»Nun, viele sind es nicht. Das Portal erhielt einen Sturz, und der Außenhof mit dem Wachtturm wurde angebaut ...«

»Das ist es! Beim ersten Ei, nun wird mir alles klar. Lessa kam zu dem Schluß, daß der Gobelin eine Szene zeigt, die vierhundert Jahre zurückliegt. Sie benutzte das Bild als Erkennungspunkt!«

»Aber dann befindet sie sich doch in Sicherheit!« rief Robinton und ließ sich erleichtert auf einen Stuhl sinken.

»O nein, Harfner«, murmelte F'lar. »So einfach ist das nicht.« Robinton starrte ihn an. Auch Lytol war blaß geworden.

»Weshalb nicht?«

»Im *Dazwischen* ist nichts, absolut nichts«, erklärte F'lar tonlos. »Das kann man nicht länger als drei Atemzüge ertragen, ohne wahnsinnig zu werden. Aber vierhundert Planetendrehungen ...« Er sprach den Satz nicht zu Ende.

> *Wer will,*
> *Vermag.*
> *Wer wagt,*
> *Gewinnt.*
> *Wer liebt,*
> *Lebt.*

Stimmen dröhnten schmerzhaft in ihren Ohren und verstummten wieder. Das Bett drehte sich, wirbelte, immer wieder, bis sie keuchte. Sie grub den Kopf in die Kissen und schrie.

Manchmal spürte sie Ramoths Nähe in dem kreisenden Dunkel, das sie umhüllte. Dann versuchte sie an der goldenen Drachenkönigin Halt zu finden, versuchte die Botschaft hervorzustoßen, bevor sie wieder erschöpft zusammenbrach.

Schließlich fühlte sie eine weiche, glatte Hand auf ihrem Arm. Jemand flößte ihr ein warmes Getränk ein. Es benetzte ihre geschwollene Zunge und den wunden Gaumen. Sie begann zu husten. Dann öffnete sie vorsichtig die Augen. Der Raum drehte sich nicht mehr.

»Wer ... sind ... Sie?« stieß sie hervor.

»Oh, meine liebe Lessa ...«

»Bin ich das?« fragte sie verwirrt.

»Ramoth hat Sie so genannt«, erwiderte die Stimme. »Ich bin Mardra vom Fort-Weyr.«

»Oh, F'lar wird so wütend sein«, stöhnte Lessa, als die Erinnerung mit einem Schlag zurückkehrte. »Er wird mich schütteln wie immer, wenn er die Beherrschung verliert. Aber ich hatte recht. Ich hatte recht. Mardra? Oh, dieses ... entsetzliche ... Nichts.« Wieder schloß sie die Augen und verfiel in einen tiefen Schlaf.

Der Raum war schwach erhellt. Er hatte Ähnlichkeit mit Lessas Schlafgemach im Benden-Weyr und war doch anders. Er besaß glatte Wände – und eine gewölbte Decke. Schränke und Truhen waren mit herrlichem Schnitzwerk verziert. Lessa wälzte sich unruhig hin und her.

»Ah, die geheimnisvolle Fremde ist wieder wach«, sagte ein Mann. Licht strömte von der äußeren Felskammer herein. Lessa spürte, daß jenseits des Vorhangs noch mehr Menschen waren.

Eine Frau trat ans Bett.

»Ich kann mich an Sie erinnern«, sagte Lessa überrascht. »Sie sind Mardra.«

»Ja, und das hier ist T'ton, der Weyrführer von Fort.«

T'ton schob ein paar Fackeln in den Wandhalter. Er achtete sorgfältig darauf, daß Lessa von dem Licht nicht geblendet wurde.

»Ramoth!« rief Lessa und setzte sich kerzengerade auf. Die Drachenkönigin lag nicht in der äußeren Felsenkammer.

»Oh, Ihr Drache!« Mardra lachte und hob abwehrend die Hände. »Das Tier plündert unsere Futterstelle regelrecht. Nicht einmal meine Loranth kann sie davon abhalten.«

»Und sie kreist über den Sternsteinen, als seien sie ihr Eigentum«, fügte T'ton weniger freundlich hinzu. »Sie schreit erbärmlich.« Der Weyrführer hielt den Kopf schräg!« »Da! Jetzt hat sie aufgehört!«

»Ihr könnt doch kommen, oder?« stieß Lessa hervor.

»Kommen? Wohin denn, meine Liebe?« fragte Mardra verwirrt. »Sie haben schon in Ihren Träumen ständig davon gesprochen – von den Silberfäden und dem Roten Stern, der im Felsöhr auftaucht ... Wissen Sie denn nicht, daß der Rote Stern seit zwei Monaten nicht mehr über Pern steht?«

»Nein, der Fädenfall hat eben erst begonnen. Deshalb wagte ich doch den Zeitsprung und kam zurück ...«

»Zurück? Zeitsprung?« T'ton beugte sich über das Bett und warf Lessa einen scharfen Blick zu.

»Könnte ich etwas *Klah* haben? Ich weiß, daß meine Worte ziemlich wirr klingen, aber ich bin weder krank noch wahnsinnig. Es fällt mir nur schwer, alles richtig zu erklären. Es ist so kompliziert.«

»Ja, ich verstehe.« In T'tons Stimme schwang Bedauern mit. Aber er ließ eine Kanne mit *Klah* kommen, und setzte sich an Lessas Bett, um sich ihre Geschichte anzuhören.

»Natürlich ist sie nicht wahnsinnig«, warf Mardra ein und bedachte ihren Weyrgefährten mit einem wütenden Blick. »Würde sie sonst eine Königin reiten?«

T'ton nickte zögernd. Er reichte Lessa einen Becher mit *Klah*, und sie trank dankbar.

Dann holte sie tief Atem und begann ihre lange Erzählung. Als sie von jenem Sprung ins *Dazwischen* berichtete, der sie zum Tag des Überfalls nach Ruatha zurückgebracht hatte, rief Mardra erregt:

»Ein Überfall — auf unsere Burg?«

»Ruatha hat viele starke Weyrherrinnen hervorgebracht«, meinte Lessa mit einem feinen Lächeln, und T'ton verstand.

»Sie ist eine Ruatha«, sagte er zu Mardra.

Lessa erzählte weiter von der schwierigen, beinahe hoffnungslosen Lage der Drachenreiter, vom Frage-Gesang und von dem Wandbehang, der den Großen Saal von Ruatha zierte.

Mardra preßte die Hand auf den Mund. »Ein Wandbehang?« Wie sieht er aus?«

Als Lessa ihn beschrieb, zeichnete sich auf den Zügen der beiden Zuhörer endlich Überzeugung ab.

»Mein Vater hat die Weber eben damit beauftragt, einen Gobelin mit diesen Motiven herzustellen. Er tat es, weil der Hauptkampf diesmal über Ruatha stattfand.« Kopfschüttelnd wandte sich Mardra an T'ton. »Sie muß tatsächlich aus der Zukunft kommen. Wie könnte sie sonst den Wandbehang schildern?«

»Wenn Sie noch Zweifel haben, fragen Sie doch meine und ihre Drachenkönigin!« schlug Lessa vor.

»Nein, meine Liebe, wir glauben Ihnen«, erwiderte Mardra ernst, »aber wir können es kaum fassen.«

»Nach allem, was ich durchgemacht habe, würde ich es ein zweitesmal auch nicht mehr wagen«, sagte Lessa.

»Ja, und ich überlege eben, wie ich meinen Reitern diesen Schock ersparen kann«, warf T'ton ein.

»Sie werden also kommen? Sie werden kommen?«

»Die Möglichkeit besteht«, sagte der Weyrführer ernst, doch dann huschte ein Lächeln über sein Gesicht. »Nach Ihrer Schilderung bleibt uns kaum eine andere Wahl.«

Lessa hätte am liebsten sofort den Aufbruch organisiert, aber die anderen zwangen sie dazu, im Bett zu bleiben. Nach Mardras Auskunft hatte sie wochenlang im Delirium gelegen, immer wieder gequält von wilden Träumen.

Mardras Vater, der Herr von Ruatha, war starr vor Entsetzen gewesen, als eines Tages auf der Klippe des Sternsteins eine völlig erschöpfte Drachenkönigin mit einer schwankenden Reiterin auftauchte. Er hatte sofort seine Tochter verständigt, und so war Lessa zum Fort-Weyr gebracht worden. Noch wußte die Öffentlichkeit nichts von dem Vorfall.

Als Lessa sich wieder kräftig genug fühlte, ließ T'ton eine Versammlung der Weyrführer einberufen. So merkwürdig es klang, niemand war gegen das Abenteuer – vorausgesetzt, daß sich das Problem des Zeitschocks lösen ließ. Es dauerte eine Weile, bis Lessa die Haltung der Drachenreiter verstand. Die meisten von ihnen waren während des Fädeneinfalls geboren und langweilten sich nun, da die Kämpfe vorbei waren. Schon jetzt spürten sie, daß die Bewunderung der Barone nachließ. Die Abgaben wurden knapper bemessen, und die Einladungen auf die Burgen kamen immer seltener. So nahmen sie Lessas Vorschlag mit Begeisterung auf.

Von Benden wurde nur der Weyrführer eingeweiht. Seine Reiter durften nichts von dem bevorstehenden Aufbruch erfahren, da sie die Pflicht hatten, den Weyr bis zu Lessas Epoche weiterzuführen.

Lessa beharrte darauf, daß man den Meisterharfner kommen ließ, wie es in den Aufzeichnungen stand. Aber als er sie bat, ihm den Text des Frage-Gesangs zu verraten, schüttelte sie lächelnd den Kopf.

»Sie müssen ihn selbst schreiben – Sie oder Ihr Nachfolger.«

»Eine schwere Aufgabe«, meinte er seufzend.

»Es muß eine Lehrballade sein«, verriet sie ihm. »Und sie besteht aus Fragen, auf die ich in meiner Zeit die Antwort finden werde.«

Er nickte und verabschiedete sich nachdenklich.

Man schnitt das schwierige Problem des Zeitschocks an.

»Vielleicht könnten wir die vierhundert Planetendrehungen in kürzere Abschnitte aufteilen«, schlug T'ton vor.

»Gewiß«, warf der bedächtige D'ram, Weyrführer von Ista, ein. »Aber dazu fehlen uns die Erkennungspunkte. Lessa legte die ganze furchtbare Strecke auf einmal zurück. Sie weiß nicht, wie es in den Epochen dazwischen aussieht.«

Die übrigen Weyrführer wirkten ratlos.

»Und woher wissen wir, daß wir in Lessas Zeit landen werden?« fuhr D'ram fort. »Ich meine, als die Weyrherrin aufbrach, waren wir noch nicht auf Benden eingetroffen. Eine Sicherheit gibt es also nicht ...«

T'ton verlor plötzlich die Geduld. Er schlug mit beiden Fäusten auf den Tisch und rief: »Beim Ei, sollen wir uns für den Rest unseres Lebens hier langweilen? Ich habe die Beschaulichkeit bereits jetzt satt. Beinahe tut es mir leid, daß der Rote Stern am Abendhimmel immer kleiner wird. Wir sind Drachenreiter! Unsere Aufgabe ist es, die Fäden zu bekämpfen. Gehen wir das Risiko ein! Folgen wir Lessa in die Zukunft ...«

Er bemerkte nicht, daß der Meisterharfner erregt aufgesprungen war. »Ich habe die Bezugspunkte!« rief er mit dröhnender Stimme. »Ich habe sie!«

Die anderen schwiegen mit einemmal. Alle Augen wandten sich dem Harfner zu.

»Zwanzig Planetendrehungen oder zweitausend – wir haben einen Führer. T'ton brachte mich darauf. Der Rote Stern ...«

Später, als sie die Bahn des Roten Sterns aufzeichneten, sahen sie erst, wie einfach die Lösung war. Über jedem Weyr befanden sich die Sternsteine, die den Verlauf des Roten Sterns genau markierten. So war es kein Problem, die vierhundert Planetendrehungen in kleinere Aufschnitte aufzuteilen. Man beschloß, alle fünf Weyr als Ausgangsbasen zu benutzen, da es unweigerlich zu Unfällen geführt hätte, wenn achtzehnhundert Reiter von einem Punkt aus gestartet wären.

Obwohl Mardra und T'ton Lessa ständig beschäftigten, wurde ihre Ungeduld mit jedem Tag größer. Sie war jetzt länger als einen Monat von F'lar getrennt und sehnte sich nach seiner Nähe. Zudem hatte sie Angst, daß Ramoth bald zum Paarungsflug aufsteigen würde. Wenn Mnementh dann vierhundert Jahre entfernt von ihr war ...

Lessa war den Tränen nahe, als sie mit Ramoth endlich

über dem Sternstein des Fort-Weyrs schwebte. Dicht neben ihr befanden sich T'ton und Mardra. Über allen fünf Weyrn hatten sich die Geschwader versammelt und warteten auf das Startzeichen.

> *Ein roter Punkt in der kalten Nacht,*
> *Ein Tropfen Blut hält einsam Wacht.*
> *Es dreht sich Pern, die Zeit entflieht,*
> *Der Rote Stern vorüberzieht.*

Sie hatten elf Sprünge zurückgelegt. Von den mehr als achtzehnhundert Drachenreitern waren nur vier im *Dazwischen* geblieben. Man beschloß, vor dem letzten, entscheidenden Sprung eine Pause einzulegen. *Klah* wurde herumgereicht.

T'ton warf einen Blick auf den Roten Stern, der am Morgenhimmel stand und sie bis jetzt zuverlässig geführt hatte. »Er ändert seine Position jetzt nicht mehr sehr auffällig, vor allem, da unser letzter Sprung nur zwölf Planetendrehungen beträgt. Wir werden zusätzliche Erkennungspunkte brauchen, Lessa.«

»Ich möchte, daß wir Ruatha erreichen, bevor F'lar meine Abwesenheit bemerkt.« Sie fröstelte, als sie zum Himmel sah. »So stand der Stern schon einmal über Ruatha – nein, zweimal ...« Ihre Kehle schnürte sich zusammen, als sie an jenen Morgen dachte. Mit einemmal wurde ihr schwarz vor den Augen. Sie fühlte sich schwach und elend.

»Was ist, Lessa?« fragte Mardra besorgt. »Sie sehen so blaß aus. Und Sie zittern!« Sie legte Lessa den Arm um die Schultern.

»Vor zwölf Planetendrehungen war ich noch auf Ruatha«, murmelte Lessa und umklammerte Mardras Hand. »Brechen wir rasch auf! Ich muß zu F'lar. Er wird so wütend sein.«

In ihrer Stimme schwang Hysterie mit. T'ton befahl hastig, die Feuer zu löschen und den letzten Sprung vorzubereiten.

Bis ins Innerste aufgewühlt, gab Lessa die Erkennungspunkte an die Drachen der Weyrführer weiter: Ruatha im Abendlicht, der Außenhof, der große Turm, die Frühlingslandschaft ...

> *Das Dunkel weicht dem Dämmerlicht,*
> *Die Sonne durch die Wolken bricht.*
> *Nur meine wilden Qualen bleiben,*
> *Sie kann kein Hoffnungsstrahl vertreiben.*

Lytol und Robinton zwangen F'lar, etwas zu essen, und sie sorgten auch dafür, daß er genügend Wein trank. Der Weyrführer wußte, daß er jetzt durchhalten mußte, aber ihm fehlte jegliche Energie. Er brachte es nicht fertig, Pridith und Kylara zurückzuholen, denn mit diesem Schritt hätte er eingestanden, daß Lessa und Ramoth nicht mehr am Leben waren.

Robintons scharfe Stimme durchdrang seine Gedanken. »F'lar, Sie müssen jetzt schlafen.«

F'lar sah verwirrt auf. Er versuchte den Krug zu heben, aber Robinton hatte den Henkel fest in der Hand.

»Was sagten Sie?«

»Kommen Sie! Ich begleite Sie nach Benden. Mann, Sie sehen um Jahre gealtert aus!«

»Und ist das verwunderlich?« rief F'lar. Sein ganzer ohnmächtiger Zorn richtete sich gegen Robinton.

In den Augen des Harfners stand Mitleid. Er zog F'lar hoch und stützte ihn. »Ich weiß, was Sie durchmachen, aber Sie dürfen sich jetzt nicht gehenlassen. Morgen müssen Sie F'nor benachrichtigen, und übermorgen beginnt der Kampf.« Seine Stimme wurde leise. »Die Drachenreiter brauchen einen Führer...«

Wortlos ging F'lar auf das verhängnisvolle Portal zu.

> *Oh, preist die starken Drachenschwingen,*
> *Die Mut und neue Hoffnung bringen!*

Vor ihnen ragte düster der große Turm von Ruatha auf. Die hohen Wälle des äußeren Hofes zeichneten sich gegen das schwache Abendlicht ab.

Das Jubeln der Fanfare wurde vom Rauschen der Drachenschwingen übertönt. Geschwader um Geschwader tauchte in herrlicher Formation über Ruatha auf.

Ein Lichtstrahl fiel auf die Pflastersteine, als sich die Tür öffnete.

Ramoth landete am Wachtturm, und Lessa rannte auf Lytol zu, der ein paar Fackeln in der Hand hielt. Ihre Abneigung gegen den Verwalter von Ruatha war mit einemmal verflogen.

»Bei Ihrem letzten Sprung haben Sie sich um zwei Tage verschätzt, Lessa«, rief Lytol, sobald sie in Hörweite war.

»Um zwei Tage? Aber wie ist das möglich?« rief sie.

T'ton und Mardra standen neben ihr.

Lytol umklammerte ihre Hände. »Kein Grund zur Beunruhigung!« Er lächelte zum erstenmal. »Kehren Sie noch einmal um und landen Sie zwei Tage früher. Stellen Sie sich die gleiche Stunde vor! Hier im Hof stehen F'lar, Robinton und ich. Mnementh wartet am Wachtturm. In seiner Nähe befindet sich ein blauer Drache.«

*Mnementh?* fragte Ramoth eifrig. Ihre großen Augen begannen zu schillern.

»Ich begreife das nicht«, entgegnete Lessa verwirrt. Mardra legte ihr tröstend den Arm um die Schultern.

»Aber ich — vertrauen Sie mir!« bat Lytol. Er warf T'ton einen hilfesuchenden Blick zu. »Es ist, wie F'nor sagte. Man kann sich nicht zweimal in der gleichen Zeit aufhalten, ohne eine tiefe seelische Erschütterung zu erleiden. Die Belastung für Lessa war zu groß, als sie in das Ruatha zurückkehrte, in dem sie als Magd gelebt hatte.«

»Das wissen Sie?« rief T'ton.

»Natürlich. Gehen Sie um zwei Tage zurück. Begreifen Sie doch, ich *weiß*, daß Sie umgekehrt sind. Ich weiß es jetzt, auch wenn ich bei unserer nächsten Begegnung überrascht sein werde. Gehen Sie! Sträuben Sie sich nicht lange! F'lar hat aus Sorge um Sie halb den Verstand verloren.«

»Er wird mich wieder schütteln!« Lessa schluchzte wie ein kleines Mädchen.

»Lessa!« T'ton nahm sie an der Hand und führte sie zurück zu Ramoth. Dann übernahm er das Kommando. Er gab seinem Fidranth die Erkennungspunkte, die er von Lytol erfahren hatte. Ramoth half ihm dabei.

Die Kälte des *Dazwischen* brachte Lessa wieder zur Vernunft, obwohl der Irrtum ihr Selbstvertrauen schwer erschüttert hatte. Die Drachen tauchten über Ruatha auf ...

Licht drang aus dem Portal. Es erhellte Lytol, den hochgewachsenen, hageren Robinton und ... F'lar.

Mnementh begrüßte sie mit einem heiseren Trompeten, und Ramoth stürzte zu ihm, kaum als sie Lessa abgesetzt hatte.

Lessa blieb reglos stehen. Sie wußte, daß Mardra und T'ton sie stützten. Aber sie sah nur F'lar, der über die Pflastersteine auf sie zurannte.

Er riß sie an sich und hielt sie so fest, daß jeder Zweifel in ihr ausgelöscht war.

»Lessa, Lessa«, stieß er hervor und strich immer wieder

über ihr Haar. Dann ließ er sie plötzlich los und legte ihr die Hände auf die Schultern. »Lessa, wenn du je wieder ...« begann er. Doch dann unterbrach er sich, als er die Fremden entdeckte.

»Ich wußte doch, daß du mich schütteln würdest«, sagte Lessa und wischte sich die Tränen aus den Augen. »Aber, F'lar, ich habe sie mitgebracht – alle, bis auf den Benden-Weyr. Ich habe sie mitgebracht.«

F'lar starrte zum Himmel, wo Geschwader um Geschwader kreiste.

»Du hast die Weyr geholt?« flüsterte er.

»Ja, das hier sind Mardra und T'ton vom Fort-Weyr, D'ram und ...«

Er begrüßte die Neuankömmlinge. »Ich weiß nicht, wie ich euch danken soll«, sagte er leise.

T'ton trat vor und reichte ihm die Hand.

»Wir bringen achtzehnhundert Drachen, siebzehn Königinnen und alles, was nötig ist, um unsere Weyr auszustatten.«

»Und sie besitzen Flammenwerfer!« rief Lessa erregt.

»Aber – das Wagnis ...«, stammelte F'lar.

»Lessa hat uns ein Beispiel gegeben ...«

»... und der Rote Stern war unser Führer«, ergänzte sie.

»F'lar von Benden«, erklärte T'ton feierlich, »wir sind Drachenreiter. Lessa sagte uns, daß hier Fäden drohen. Unsere Aufgabe ist es, diese Fäden zu beseitigen – ganz gleich, in welcher Epoche.«

*Rührt die Trommeln für den Krieg,*
*Schlagt die Harfe für den Sieg.*
*Feuer, friß dich tief ins Land,*
*Bis der Rote Stern gebannt.*

Noch während die Drachenreiter aus der Vergangenheit ihre Weyr bezogen, brachte F'nor seine Schutzbefohlenen vom Südkontinent zurück. Sie alle waren am Ende ihrer Nerven und freuten sich, daß sie in den Weyr zurückkehren durften, von dem sie zehn Planetendrehungen und zwei Tage getrennt waren.

R'gul, der keine Ahnung von Lessas Unternehmen hatte, begrüßte F'lar und die Weyrherrin und berichtete, daß F'nor mit zweiundsiebzig Drachen zurückgekehrt sei. »Ich habe noch nie im Leben so ausgemergelte Gestalten gesehen«, meinte er. »Wie war so etwas nur möglich? Sie hatten Sonne, genug zu essen und nicht die geringste Verantwortung.«

F'lar und Lessa sahen einander an.

»Nun, der Weyr im Süden sollte nicht aufgegeben werden, R'gul. Überlegen Sie sich die Sache!«

»Ich bin ein Kämpfer und kein Weiberheld«, brummte der alte Drachenreiter. »Aber jedenfalls hätte mich die Reise in die Vergangenheit nicht so fertiggemacht.«

»Oh, sie werden sich rasch erholen«, erwiderte Lessa und kicherte. R'gul sah sie strafend an.

»Das ist auch nötig, wenn sie Pern von den Fäden befreien wollen«, sagte er unwirsch.

»Dieses Problem haben wir gelöst«, erklärte F'lar leichthin.

»Tatsächlich? Mit einhundertvierundvierzig Drachen?«

»Zweihundertsechzehn«, verbesserte Lessa.

R'gul ignorierte sie und wandte sich an F'lar. »Besitzt der Schmied nun endlich einen Flammenwerfer, der funktioniert?«

»Und ob!« F'lar grinste.

Fandarel hatte sich auf die Waffen der Drachenreiter gestürzt. Im Augenblick brannte sicher jede Esse von Pern.

R'gul nickte widerstrebend. »Vielleicht hilft uns das ein wenig.«

»Wir haben etwas gefunden, das uns noch viel mehr helfen wird«, rief Lessa und verschwand in ihrem Schlafgemach.

Zu seiner Mißbilligung hörte R'gul jenseits des Vorhangs ein unterdrücktes Lachen. Das Mädchen war zu jung, um eine ordentliche Weyrherrin abzugeben. Sie besaß keine Würde.

»Begreift sie denn nicht, wie kritisch unsere Lage ist?« fragte R'gul heftig. »Sie sollten ihr verbieten, den Weyr zu verlassen.«

F'lar gab keine Antwort darauf. Er schenkte sich einen Becher Wein ein.

»Sie erklärten einmal, die fünf verlassenen Weyr seien ein Beweis dafür, daß der Rote Stern keine Gefahr mehr darstelle.«

R'gul räusperte sich verlegen, doch bevor er antworten konnte, fuhr F'lar fort: »Sie haben sich getäuscht. Die Weyr beweisen genau das Gegenteil. Sie standen leer, weil ihre Bewohner hierherkamen – in unsere Zeit.«

R'gul stellte seinen Becher ab und musterte F'lar sorgenvoll. Der Mann war ebenfalls zu jung für die Verantwortung, die er tragen mußte. Aber – er schien fest von seinen Worten überzeugt zu sein.

»Sie müssen mir nicht glauben, R'gul. Spätestens morgen werden Sie es mit eigenen Augen sehen. Achtzehnhundert Drachen und Reiter! Sie besitzen Flammenwerfer und sehr viel Kampferfahrung.«

R'gul drehte sich wortlos um und ging hinaus. Er ließ sich nicht zum Besten halten. Und er beschloß, die Organisation des Weyrs in die Hand zu nehmen, noch bevor die Fäden fielen.

Als er am nächsten Morgen die Geschwader in voller Pracht und Stärke aufsteigen sah, zog er sich an einen einsamen Fleck zurück und betrank sich.

Die Weyrführer trafen sich zu einer Konferenz, an der auch Fandarel und Robinton teilnahmen. Die beiden Gildemeister sprachen wenig, aber ihnen entging kein Wort.

F'lar bot T'ton die Führung an, aber davon wollte niemand etwas wissen.

»Sie haben sich in Nerat und Keroon geschickt verteidigt«, sagte T'ton. »Und Sie waren zur Stelle, als die Fäden fielen – wenn auch durch einen ungewöhnlichen Schachzug.« Der Führer des Fort-Weyrs lachte. »Kein Drachenreiter hätte mehr tun können.« Er machte eine kleine Pause und fuhr dann fort: »Wir werden Ihnen ein paar Geschwader zur Verfügung stellen, solange der Benden-Weyr noch nicht genügend eigenen Drachen-Nachwuchs hat. Oh, die Königinnen lieben diese Zeit ...«

F'lar erwiderte das Lächeln. Er dachte daran, daß Ramoth und Mnementh bald wieder zum Paarungsflug aufsteigen würden. Und Lessa – er mußte auf Lessa achten. Sie war an diesem Morgen so merkwürdig fügsam gewesen ...

T'ton sah die anderen Reiter an. »Es ist also vereinbart, daß sich alle Geschwader drei Stunden nach Sonnenaufgang über Telgar treffen und die Spur der Fäden nach Crom verfolgen. Übrigens, F'lar, die Karten, die mir Robinton zeigte, sind großartig. Wir besaßen so etwas nicht.«

»Woher wußtet ihr dann, wo und wann die Fäden fallen würden?«

»Oh, die Angriffe kamen so regelmäßig, daß wir immer vorbereitet waren. Aber die Karten erleichtern die Arbeit natürlich.«

Die übrigen Drachenreiter nickten.

»Und sobald wir die Fäden vernichtet haben, werden wir unseren Lohn bei den Baronen holen«, sagte T'ton grinsend.

»Im Süden unten gibt es Vorräte in Hülle und Fülle«, warf F'nor ein. »Die Herden haben sich vermehrt, und das Getreide steht prachtvoll.«

»Vielleicht könnten wir den Weyr im Südkontinent weiterführen.« F'lar sah F'nor ermutigend an.

»Gern – aber du mußt entweder auf Kylara oder auf mich verzichten!« entgegnete sein Halbbruder.

Man beschloß, sofort ein paar Vorräte aus dem Süden zu holen, um die neu eingerichteten Weyr mit dem Notwendigsten zu versorgen.

T'ton wandte sich kopfschüttelnd an Robinton. »Ich kann es immer noch nicht glauben, daß der Weyr, den ich gestern verließ, heute eine staubige Ruine ist.«

»Dabei haben wir so schön aufgeräumt!« warf F'nor ein. Er hatte sich rasch von seiner Erschöpfung erholt.

»Mardra behauptet immer, Männer hätten keine Ahnung vom Aufräumen«, erwiderte T'ton.

F'lar beobachtete seinen Bruder aufmerksam. Die zehn Jahre in der Vergangenheit hatten ihm viel abverlangt. »Glaubst du, daß du mich morgen begleiten kannst, F'nor?« fragte er.

»Gönnst du mir den Kampf nicht«, fuhr der braune Reiter auf. »Ich würde selbst mitkommen, wenn ich keinen Drachen hätte.«

»Ach ja, da fällt mir etwas ein«, sagte F'lar. »Lessa muß uns morgen nach Telgar begleiten.« Er wandte sich an T'ton und D'ram: »Sie kann nämlich mit den Drachen sprechen.«

»Oh, das wissen wir«, entgegnete T'ton. »Und Mardra hat auch nichts dagegen.« Als er F'lars verwirrte Miene bemerkte, setzte er hinzu: »Als älteste Weyrherrin führt Mardra selbstverständlich die Königinnengeschwader.

F'lar schüttelte den Kopf. »*Königinnengeschwader?*«

»Unsere *Königinnen?* T'ton, hier auf Benden besitzen wir seit vielen Generationen nur eine einzige Königin, die wir wie unseren kostbarsten Schatz hüten.«

»Aber kennen Sie die Balladen nicht?«

»Sie meinen »Moretas Ritt?«

»Genau.«

F'nor lachte laut, als er F'lars wütenden Gesichtsausdruck sah. Der Weyrführer strich sich das Haar aus der Stirn, doch dann mußte auch er lachen.

»Nun, das bringt mich auf einen Gedanken.«

Er verabschiedete sich freundlich von den Weyrführern, winkte Robinton und Fandarel zu und fragte Mnementh, wo Lessa sein könnte.

*Sie badet*, erwiderte der Bronzedrache.

F'lar warf einen Blick in die leere Felsenkammer von Ramoth. *Oh, sie sonnt sich auf der Klippe.* Mnementh schien davon nicht gerade begeistert zu sein.

F'lar bestellte heißen *Klah* und wartete auf Lessa. Er freute sich auf die bevorstehende Unterredung.

»Wie verlief das Treffen?« fragte Lessa sanft, als sie aus dem Bad kam. Sie hatte sich in ein großes Handtuch gewickelt.

»Großartig. Weißt du übrigens, Lessa, daß wir dich morgen in Telgar brauchen werden?«

Sie musterte ihn aufmerksam, doch dann lächelte sie wieder. »Ja«, erwiderte sie. »Schließlich bin ich die einzige, die sich mit jedem Drachen verständigen kann.«

»Aber nicht mehr die einzige Drachenreiterin«, entgegnete F'lar gutgelaunt.

»Ich hasse dich!« fauchte Lessa, aber sie wehrte sich nicht, als F'lar sie an sich preßte.

»Auch noch, wenn ich dir sage, daß Fandarel einen Flammenwerfer für dich hat?«

Sie starrte ihn an. Er hatte ihre Gedanken also erraten.

»Und daß Kylara den Weyr auf dem Südkontinent übernimmt?«

Sie schmiegte sich wortlos in seine Arme.

> *Aus dem Weyr, zutiefst im Fels,*
> *Steigen auf die Drachenreiter,*
> *Schweben leuchtend über Pern,*
> *Sind hier und dort, sind nah und fern.*

Knappe drei Stunden nach Sonnenaufgang schwebten zweihundertsechzig Drachen über der Klippe des Benden-Weyrs. F'lar überprüfte noch einmal ihre Formation.

Im Kessel hatte sich das Weyrvolk versammelt. Selbst die verletzten Drachenreiter schleppten sich ins Freie, um den Anblick zu genießen.

Nur Lessa und Ramoth waren bereits aufgebrochen, um sich im Fort-Weyr dem Königinnengeschwader anzuschließen. F'lar setzte eine besorgte Miene auf, als er an sie dachte. Aber dann verscheuchte er die trüben Gedanken. Wenn Lessa einen Zeit-

sprung von vierhundert Planetendrehungen geschafft hatte, dann war sie auch in der Lage, sich gegen die Fäden zu schützen.

Er gab den Befehl zum Aufbruch. Sie tauchten ins *Dazwischen* und kreisten Sekunden später über den südlichen Gebieten von Telgar. Sie waren nicht die ersten. Im Westen, im Norden und nun auch im Osten wirbelten Drachenschwingen die Luft auf. Ganz schwach hörte F'lar von der Burg her eine Fanfare.

»Wo ist sie?« fragte F'lar seinen Drachen. »Wir brauchen sie hier ...«

*Sie kommt schon*, beruhigte ihn Mnementh.

Direkt über der Burg erschien ein neues Geschwader. Goldschuppen funkelten in der Sonne. F'lar lächelte stolz.

Doch im gleichen Augenblick stiegen im Osten die ersten Geschwader auf. Sie hatten die Silberfäden entdeckt.

Mnementh hob den keilförmigen Kopf und trompetete schrill. Hunderte von Drachen zermahlten knirschend Feuersteinbrocken.

Fäden! Sie hoben sich jetzt deutlich gegen den Frühlingshimmel ab. F'lars Puls schlug schneller. Er war erfüllt von einer wilden Freude. Mnementh verlangte mehr Feuerstein. Seine Schwingen peitschten durch die Luft.

Die Geschwader im Osten spien den Fäden ihren Feueratem entgegen. Drachen verschwanden im Nichts, tauchten wieder auf.

Die mächtigen goldenen Königinnen kreisten über der Klippe und achteten darauf, daß keine Fäden zu Boden gingen.

F'lar sah zum Roten Stern auf und schüttelte die Faust. »Eines Tages überwinden wir den Raum und kommen zu dir«, schrie er. »Und dann versengen wir die Fäden für alle Zeiten!«

Doch dann lachte er verlegen, Wenn ihn jetzt Lessa gehört hätte.

*Achtung, Fäden!* warnte ihn Mnementh.

Der Bronzedrache schoß mit flammendem Atem nach vorn, und F'lar preßte seine Schenkel hart gegen den biegsamen Nacken. Der Kampf hatte begonnen.